그리스드라마 명장면 20선

그리스드라마 명장면 20선

송옥 편집 및 번역

도서출판 ▌동인

머리말

『극으로 읽는 그리스신화』 번역서를 2018년 6월에 출간한 후, 나는 그리스드라마의 명장면들을 선정하여 번역하는 이 작업을 시작했다. 연극창작물인 그리스드라마에 관심 있는 분들이 낭독극공연의 기분으로 소리 내어 읽는 재미와 청소년들에게 고전을 통한 연극놀이의 기회를 주려는 목적에서 출발했다. 그리스의 위대한 4인 작가의 작품에서 스무 장면을 발췌했으며, 대본 읽기에 앞서 이들 장면의 이해를 돕기 위한 작품의 전체적인 배경/해설을 첨부하고 있다.

인간이 창조한 우수한 예술품을 접할 때마다 느끼는 바이지만, 문학도의 한 사람인 나는 뛰어난 문학작품을 읽을 때면 햄릿의 대사가 떠오른다. "인간은 천지조화의 걸작이 아닌가! 숭고한 이성! 무한한 능력! 자태는 얼마나 정교하고 움직임은 또 얼마나 감탄스러운가! 행동은 천사 같고 이해력은 얼마나 신과 같은가!" 여기서 "신과 같다"는 표현이 나를 기쁘게 한다. 그렇다. 태초에 세상만물을 창조하신 하나님은 우리 인간을 "하나님의 형상"(Imago Dei)으로 빚었다고 하였다. 신과 같은 형상의 특성은 그렇다면 어떤 것일까? 영적인 존재, 독립적인 자유인, 창의력을 지닌 개인, 공동체 정신, 이런 것들이 아닐까.

그리스드라마를 읽을 때마다 내게 울려오는 감동이 있다. 그것은 인간의 기본가치와 개인의 자유를 추구하고 진리를 탐색하는 이들의 끈질긴 힘이다. 성경에서 기원후 사도 바울은 전도 여행 중 아테네의 아레오파고스 공회당에서 매사에 종교심이 깊은 아테네인들을 인정했다. 그러면서 바울은 기원전 3세기에 활동한 크레타 시인 에피메니데스 아라토스가 지은 4행시의 한 구절인, "우리가 그[하나님]를 힘입어 살며 기동하며 존재하느니라. 우리가 그[하나님]의 소생이라”를 인용하고 있다. 우리는 예수의 탄생 300여 년 전에, 이름 모를 신[하나님]을 찾고 있는 그리스 시인의 이 목소리를 새겨들을 필요가 있다. 이는 영적 존재인 인간의 의식 속에는 창조주의 절대 진리에 대한 갈구가 있음을 보여주는 인용문이 아닐까.

그리스드라마의 대부분의 주인공들은 개인의 자유가 거저 주어지는 게 아님을, 개인과 자유의 소중한 가치를 알았기에, 이를 빼앗기지 않으려고 투쟁한다. 무대 위의 인간 개인의 등장은 자유민주주의 법치의 출발이라고 하면 너무 지나친 단언인가? 아리스토파네스 희극의 한 주인공은 자신의 자유와 소득의 재산권을 쟁취하기 위해서 도마 위에 머리를 얹고 연설한다. 문자 그대로, “자유가 아니면 죽음”이라는 강렬한 이미지를 표시하는 제스처이다.

고려대학교에서 2010년 2월 정년퇴직 후, 나는 청담동에 연구실을 하나 갖고 있었다. 10년이 지난 2020년 1월, 대부분의 책들과 물품을 정리/처분하고 연구실 문을 닫고, 거의 40년을 나와 함께한 벤자민 나무 한 그루와 몇 마리의 붕어들, 그리고 몇 줌 안 되는 책과 음악cd들을 나는 집으로 옮겨왔다. 그러고는 느닷없이 중국역병이 몰고 온 난세를 만나, 해가 바뀐 지금까지, 사람이 사람을 마음 놓고 만나보지 못하는, 창살 없는 감옥과 같은 생활을 하고 있다. 햄릿 대사 한 줄을 더 떠올려본다. “호두 껍데기 속에 갇혀있다 해도 나는 나를 무한한 공간의 제왕으로 여길 수 있을 것이네.” 호두알에 비교할쏘냐마는, 너덧 발자국이면 이 벽과 저 벽이 만나는 아파트 베란다에 나는 작은 책상과 책들을 벌려놓고, 이따금 물고기들과 놀고, 그리스장면을 사색하면서 연못 있는 나의 베란다 정원(?)을 거닌다. 그리고 상상한다. 내가 붙잡고 꼬물대는 이 책이 “무한한 공간”을 헤집고 나와, 호두알 밖으로, 아니 베란다 벽 너머로 마법의 양탄자처럼 넓게 펼쳐질 수 있으면 얼마나 좋으랴.

이 책의 표지를 꾸며주신 이영순 선생님께 감사드리고, 그 어느 때보다도 누구나 힘겨운 나날을 보내는 오늘의 상황에서 기꺼이 책을 내어주시는 이성모 사장님께 존경과 감사의 마음을 보낸다.

2021년 3월

송옥

일러두기 (1)

그리스 고유 명칭의 우리말 표기는 『뉴에이스 영한사전』(*New-Ace English Dictionary*)에 근거하였음을 밝힌다. 역자가 『극으로 읽는 그리스신화』(2018)에서 사용한 고유 명칭의 우리말 표기는 주로 『에센스 영한사전』에 의했기 때문에, 지금 이 책의 표기와는 약간의 차이가 있음을 독자들께서 양해해주시기를 바란다.

일러두기 (2)

역자가 우리말 번역의 출처로 참고한 영역본들은 아래와 같다.

Richard Claverhouse Jebb

The Complete Plays of Sophocles. Bantam Books, 1982.

Moses Hadas

The Complete Plays of Aristophanes. Bantam Books, 1988.

Moses Hadas와 John McLean

Ten Plays by Euripides. Bantam Books, 1981.

John Harrison

Euripides, Medea. Cambridge Univ. Press, 2000.

Ezra Pound

Sophocles, Women of Trachis. Faber and Faber, 1969.

Jonathan Price

Classic Scenes. A Mentor Book, 1979.

James Steffensen, Jr.

Great Scenes From the World Theater. Avon Books, 1972.

일러두기 (3)

그리스드라마에 등장하는 코러스(Chorus)의 기능에 대한 설명이 필요할 것 같기에 여기 짧게 기술하겠다.

연극은 아테네인들의 생활에서 핵심적인 제도였다. 그 이유는 연극축제는 이들의 종교와 시민 생활을 지켜주는 제의의 클라이맥스였기 때문이다. 연극 구경은 매일 있는 행사가 아니라, 매년 정해진 기간 동안만 볼 수 있었다. 디오니소스 주신에게 헌정된 아테네의 페스티발을 의미하는, "시티 디오니시아"(City Dionysia) 축제는 1월 말과 2월 초 사이에, 그리고 3월 말과 4월 초 사이에 열렸다. 이때는 장사도 하지 않고, 관공서도 모두 문을 닫고 쉬면서 일주일간의 휴일을 즐겼다. 밀튼(1608-74)은 이 도시를 가리켜 "예술과 웅변의 어머니, 그리스의 눈"이라고 불렀다.

그리스연극의 독특하고 호기심을 끄는 형식은 주신찬가[dithyramb] 시절부터 지켜온 코러스였다. 고대그리스인들 사이에서 코러스의 의미는 가면을 쓴 한 집단을 일컬었다. 이들은 풍요로운 종교적 축제에서 춤을 추고 노래를 부르고 시를 읊었다. 기원전 6세기 최초의 고대그리스 연극배우였던 테스피스는 한때 50명의 코러스를 거느린 것으로 전해진다. 곧잘 여성 의상을 입고 등장하는 이들 남자 코러스들은 규칙적인 패턴에 따라 시나 대사를 합창 형식으로 이야기하고 몸동작은 율동적이었다. 코러스장[leader]을 통해 서로 애가도 부르고 논쟁도 벌였다. 아이스킬로스가 테스피스 이외에 배우를 한 명 더 첨가하자, 그만큼 코러스의 대사가 줄면서 코러스 역할의 중요성도 줄어들었다. 소포클레스의 극에서 코러스는 도덕적이고 종교적인 사회의 전통적인 통념을 표방하는 해설자 역할을 했다. 길잡이 역할의 코러스를 통해서 관객은 작가의 성향과 작품의 의도를 파악할 수 있고, 또한 작가의 속내를 들여다볼 수 있었다. 소포클레스의 극에서 코러스가 그만큼 플롯의 중요한 역할을 유지했으나 규모는 작아졌고, 합창 [choral ode]은 극적 장면들 사이의 시적인 간주 역할 정도로 줄었다. 에우리피데스 극에서는 코러스 역할이 이보다 더 줄어서 주로 서정적 기능을 맡았다. 형식에서 훨씬 더 엄격하고 복잡한 아리스토파네스의 희극에서는 코러스의 수를 24명까지 늘렸지만, 이들은 한목소리를 내지 않고 서로 다른 논쟁을 지지하거나 펼치도록 코러스를 두 편으로 갈라놓았다.

코러스의 전통은 그리스에서 로마로 이어졌으며, 16세기 중엽 새크빌 (1536-1608)과 같은 일부 영국작가들이 로마 세네카의 코러스를 흉내 냈지만, 대체로 영국 극작가들은 고전적 코러스를 모방하지 않았다. 그러나 17세기에 밀튼이 그의 『용사 삼손』(*Samson Agonistes*, 1671)에서, 그리고 낭만주의 시대의 셸리(1792-1822)가 『풀려난 프로메테우스』(*Prometheus Unbound*, 1820)에서 코러스를 사용했고, 20세기에는 T.S. 엘리엇(1888-1965)이 캔터베리 주교 토마스 베켓의 순교를 다룬 그의 현대판 도덕극 『대성당 안의 살인』(*Murder in the Cathedral*, 1935)에서 고전적 코러스를 효과적으로 사용했다.

|차 례|

아리스토파네스

작가 소개

아이스킬로스(Aeschylus, 525/4-456/4 BC)

기원전 4-5세기 사이에 수많은 비극작가의 작품이 있었지만 오직 아이스킬로스, 소포클레스, 에우리피데스, 이 세 사람의 비극 33편만이 현존하며, 그중 가장 오래된 것은 아이스킬로스의 극이다. 디오니소스축제공연에서 열세 번 우승했고 그가 쓴 80편 정도의 극 중 7편만 남아있다. 아이스킬로스는 기원전 525년 페르시아 왕 캄비세스가 이집트를 침략하던 해에 태어났다. 512년 그가 13세 되던 어린 시절 다리우스왕이 발칸반도를 침입했고, 26세의 성인이 되는 때에 페르시아와 그리스 사이의 긴장은 더욱 심해졌다. 표면적으로는 아시아 제국주의 역사의 작은 사건과 "비극의 아버지"로 불리는 아이스킬로스의 출생은 관련이 없어 보이지만, 아이스킬로스는 이 과정에서 수많은 전쟁을 목격하며 성숙해 갔다. 490년 극작가로 데뷔한 지 10년 되던 해, 그는 마라톤전투에 참가하여 35세에 국가적 영웅으로 인정받았다.

그의 작품은 인간의 계속된 범죄에도 결연한 낙관성을 보여준다. 그는 모든 것을 포용하는 원리원칙을 사용하여 상반되는 요구를 화해시킴으로써 행복한 결말에 이르게 하였으며, 올곧은 신념으로 끊임없이 투쟁하는 시인 아이스킬로스는 아테네인들로부터 칭송을 받았다. 그가 69세에 시실리섬의 젤라에서 숨을 거두었을 때 그곳 시민들은 그의 비석에 이런 묘비명을 썼다. "고국 아테네에서 멀리 떨어진 이곳에 아이스킬로스가 잠들다. 그를 가리켜 전투에서 용감히 싸웠던, 유포리온의 아들이라고 말해준 자는 마라톤 전투에서 도망한 장발의 페르시아인이다.”

아이스킬로스는 제의를 인간의 드라마로 변형시킨 첫 비극작가이다. 영적인 비전을 드라마에 투영함으로써 인간을 연극무대에 올려놓는 데 성공한, 비극예술의 시작을 열어준 세계 최초의 극작가이다.

소포클레스(Sophocles, 496?-406? BC)

소포클레스는 기원전 496년경 아테네 근처의 콜로너스에서 태어났다. 그는 120편 이상을 창작한 것으로 알려져 있으나 현존하는 작품 수는 7편에 불과하며, 디오니소스축제공연에서 24번 우승했다. 극적 구조를 가장 잘 구성한 작가로 알려져 있는 소포클레스의 『오이디푸스왕』은 가장 완벽한 비극으로 불린다. 그의 극에 등장하는 인물들은 불운한 인생으로 고통받는 자들이지만, 작가의 실제 인생은 길고 풍요로웠다. 부유한 가문에서 좋은 교육을 받고 성장한 그는 아테네인들의 존경을 받으며 복되고 건강한 삶을 누렸다. 청년 시절 그의 아름다운 몸매와 운동 실력은 유명했으며, 그는 뛰어난 음악적 재능으로 페르시아와의 살라미스해전에서 승리를 축하하는 코러스의 수장을 맡기도 했다. 그의 첫 연극은 468년 아이스킬로스를 제치고 상을 받았고, 450년 이전에 24편의 극을 썼다. 이때에 그는 코러스의 수를 줄이고 전통적으로 두 명이던 배우의 수를 세 명으로 늘렸다. 아리스토텔레스(384-322 BC)는 그의 『시학』에서 비극작가 중 소포클레스를 가장 높이 평가했고 『오이디푸스왕』을 그리스비극의 모델로 간주했다. 펠로폰네소스전쟁(431-404 BC)이 시작되던 기원전 431년까지 50년간 아이스킬로스, 소포클레스, 에우리피데스, 이들 3대 비극작가들의 비극과 아리스토파네스의 희극이 공연되어 그리스문화의 전성기를 이루었고, 정치적으로는 살라미스해전의 승리에 기여한 도시의 민초들이 득세하여 페리클레스(490?-429 BC)가 주도하는 민주주의가 꽃을 피웠다.

소포클레스는 동시대 손위의 아이스킬로스나 손아래인 에우리피데스보다 더 많은, 24개 정도의 상을 받았다. 아테네인들은 그를 가리켜 순수한 꿀을 추출할 수 있는 자라는 뜻에서 "아테네의 벌"[Attic Bee]이란 별명을 붙여주었다. 인생에 대한 자세는 그의 작품에서 알 수 있듯이, 보수적 태도를 견지하고 종교와 철학의 혁신적 사고에 반대하였다. 83세에도 그는 아테네 정부에서 영향력 있는 활동을 했으며, 죽기 바로 얼마 전까지도 『콜로너스의 오이디푸스』같은 우수한 비극을 완성하고 아테네에서 90세에 사망했다. 아이스킬로스가 만년에 시실리아로 떠나고 에우리피데스는 마케도니아로 떠나 타향에서 객사한 것과 달리, 소포클레스는 아테네에서 생을 마감했다.

에우리피데스(Euripides, 485/4-407/6 BC)

에우리피데스의 삶에 대해서는 알려진 바가 거의 없다. 약 기원전 485년경 살라미스섬에서 태어나 극작가로 변신하여 기원전 455년 드라마 경연대회에 나가기 전까지는 화가였다. 그는 90여 편의 다작의 작가였으나 19편만 남아 있고, 디오니소스축제공연에서 상을 받은 것은 다섯 번에 불과했지만 그의 극은 그의 생전에 자주 공연되었다. 에우리피데스는 소포클레스가 누린 성공적이고 복된 삶과는 대조적으로 행복하지 못했다. 마케도니아에서 망명 중 그곳 왕으로부터 대우를 받았으나 18개월 정도에 불과했고, 뒤늦게 그의 진가를 알게 된 아테네인들은 그들의 위대한 작가를 잃은 것을 애석해했다. 아테네의 시민이라면 누구나 그랬듯이 그 역시 60세까지 펠로폰네소스전쟁에 참여하여 싸웠다.

에우리피데스는 끝날까지 종교적 숭배의 미적 가치에 민감했고 종교상 자유사상가에 속했으며, 극작가로서 실상과 판타지, 감성과 이성 사이의 이원성에 끌렸다. 모든 교리나 신조에 의문을 가진 에우리피데스는 이성의 기술을 가르친 소피스트들에게 매료되었다.

에우리피데스는 소포클레스와 달리 냉담한 중립상태를 유지하지 않았고, 또 아이스킬로스와 달리 일반적인 윤리적 고려에 스스로를 묶지 않았다. 그의 『트로이의 여인들』은 온전히 군대의 침략 행위와 제국주의의 악을 파고들었다. 트로이항해를 가능하게 하려고 소녀 이피게네이아의 희생을 요구하는 전쟁은 에우리피데스에게 맹렬한 분노와 멸시를 유발시켰다. 406년 에우리피데스의 사망과 함께 비극은 내리막길에 접어들었고, 그의 긴장감 높은 극작기법을 통해서 비극이 다시 꽃을 피운 것은 그 뒤 2,000년 후, 셰익스피어에 와서이다. 이때에 에우리피데스에서 제기된 문제극을 셰익스피어가 발전시켰다.

당시 에우리피데스는 비루한 주인공과 부도덕한 여인들을 등장시켜, 이를 고상한 비극형식을 추락시키는 것으로 간주한 보수적인 사람들로부터 비난을 받았다. 동시대인들이 그를 혹평한 데는 이유가 있다. 무대에서 부적절한 주제를 다룬 점을 들 수 있는데, 이를테면 의붓아들을 향한 파이드라의 사랑, 자식들을 죽인 메데이아, 황소와 정을 통하는 비정상적인 파시파에의 열정 등은 비난을 받았다. 그의 등장인물들은 신들의 정의감에 의문을 제기하기도 했으며, 경건치 못한 불신앙으로 재판받고 수모당하는 우울한 삶을 살던 에우리피데스는 아테네를 떠났다. 그러나 그 이전의 작가들과는 거리감을 느꼈던 관객들은 에우리피데스의 극에서는 직접적인 호소력을 인지했다. 그가 동료 극작가들에게 강렬한 인상을 준 것 또한 틀림없다. 아리스토파네스 같은 희극작가는 에우리피데스의 작품과 인물을 상당히 조롱하고 패러디하였으나, 그럼에도 그를 존경한 것으로 보인다. 극장에 가는 일이 거의 없었던 소크라테스였지만 에우리피데스의 극이 공연될 때는 언제든지 관람했다는 기록도 있다. 에우리피데스의 사망 소식을 들은 그 시대의 천재 연극인 소포클레스는 그 자신의 코러스에게 상복을 입힘으로써 애도를 표시했다.

에우리피데스는 사후에 더 큰 인기를 누렸고 그의 영향력은 그 이후 드라마의 성격을 완전히 변화시켰다. 버나드 쇼(1856-1950)는 그를 그리스 최고의 극작가로 간주했고, 오늘날 많은 연극인들은 에우리피데스를 유럽의 현대드라마를 발전시킨 감성의 창시자로 일컫는다.

아리스토파네스(Aristophanes, 447?-388 BC)

　　현존하는 5세기 희극은 아리스토파네스 한 사람의 작품만 남아있으며 그의 44개의 극 중 11편이 남아있다. "희극의 아버지" 또는 "고대 코미디의 왕자"로 알려진 고대 그리스의 가장 유명한 희극작가 아리스토파네스는 아테네 시민으로 기원전 447년경 태어났다. 그의 생애에 대해서는 거의 알려진 게 없고 알려진 부분도 대체로 그의 작품에 언급된 것에서 비롯한다. 그의 작품은 그리스 구희극[Old Comedy]의 대표작들이다. 구희극은 그 관례가 어쩔 수 없이 5세기 아테네의 정치적, 사회적 문제를 언급하도록 되어 있는 형식이었다.

　　그의 나이 18세가 되기 전에 쓴, 첫 번째 극인『연회 참석자들』(427 BC)은 전에 2등상을 받았다.『구름』(423 BC)에서 밝히듯 그때는 너무 어려서 그의 이름으로 공연할 수 없었다. 그의 두 번째 극인『바빌로니아인들』(425 BC)에서는 선동가 클레온(?-422 BC)을 비난하자 클레온이 중상비방죄목으로 아리스토파네스를 고발하여 법적 검거를 취하도록 했다는 기록이 있다. 작가는『아카르니아 주민들』에서도 클레온을 맹렬히 공격한다. 그럼에도 아이러니하게도『기사』(424 BC)에서 그는 인기 있는 아테나 지도자를 공격한 공로로 그해 1등상을 받았다. 27년간 계속된 아리스토파네스의 전성기는 펠로폰네소스전쟁(431-404 BC) 기간과 겹친다. 그의 희극을 정치희극이라고 일컫는 평자들도 있으나, 그가 전달하고 싶어 한 문제는 일반인들의 공동체 생활에 위협을 가하는 정치와 정치문화를 지적하여 이를 공격하고 풍자하는 데 그 의미가 있다. 그가 주로 공격한 대상은 휴전조약을 맺을 기회가 여러 차례 있었음에도 불구하고 이를 외면하고 자신들의 정권을 유지하기 위해서 민중을 선동하고 영향력을 행사하는 사이비 민주주의자들이었다.『아카르니아 주민들』,『평화』(421 BC),『리시스트라타』

(411 BC) 같은 많은 극들은 전쟁의 어리석음을 고발한다. 또한 『구름』에서처럼 돈을 받고 젊은이들에게 옳은 것과 그른 것을 마음대로 뒤집을 수 있는 웅변술을 가르치는 소피스트들을 비난했다. 『풀루터스』(388 BC)는 그의 생전에 공연된 마지막 작품이다. 아리스토파네스는 재치와 유머가 뛰어난 희극 기법과 서정적 시를 발전시켰다. 404년 이후 아테네가 펠로폰네소스전쟁에서 패하면서 정치적, 사회적 풍자는 희극에서 점차 사라지고 새로운 형태의 신희극[New Comedy]이 발생하였다.

아이스킬로스

『아가멤논』

▌ 배경

탄탈로스의 손자이고 펠롭스의 아들인 아트레우스왕은 아내 메로페와 불륜관계를 맺은 동생 티에스테스에게 복수한다. 아트레우스는 티에스테스의 아들 중 둘을 죽이고 그 살을 요리해서 동생에게 먹인다. 이를 알게 된 티에스테스는 아트레우스를 죽이고, 그는 아트레우스의 아들 아가멤논의 손에 죽는다. 아가멤논과 아내 클리타임네스트라 사이에는 이피게네이아, 엘렉트라, 크리소테미스, 오레스테스, 이렇게 네 자녀들이 있다. 아가멤논은 그리스 동맹군의 총사령관으로 트로이전쟁의 출전에 앞서 함대의 순조로운 출항을 위해서 예언자 칼카스의 권고에 따라 큰딸 이피게네이아를 희생제물로 바친다. 클리타임네스트라는 이런 일을 행한 남편을 결코 용서하지 못한다. 그녀는 10년간의 트로이전쟁 동안 비밀리에 티에스테스의 아들 아이기스토스의 정부가 되었고, 아들 오레스테스를 멀리 포키스왕과 살도록 내보낸다. 그리고 아이기스토스와 함께 아가멤논의 살해를 모의한다.

아이스킬로스의 3부작 『오레스테이아』를 이해하기 위해서는 이 극의 내용을 담고 있는 신화의 "무너진 가문"의 주제가 그 당시 아테네 역사의 복사판임을 아는 것이 중요하다. 민주주의 옹호자들과 귀족정치주의자들 사이의 싸움은 피를 흘리는 권력투쟁의 극심한 정치적 혼란을 야기했다.

▌ 작품 소개

『오레스테이아』는 『아가멤논』『제주를 바치는 여인들』『자비의 여신들』
이렇게 세 편으로 구성된 3부작이다. 이야기는 이렇다. 아가멤논의 아버지인 아
르고스의 왕 아트레우스는 왕비가 왕의 동생 티에스테스의 유혹으로 불륜관계
를 가졌던 사실을 뒤늦게 알게 된다. 이를 복수하기 위해 아트레우스는 티에스
테스의 아들들의 살을 요리해서 동생에게 먹였고, 티에스테스는 아트레우스 가
문을 저주했다. 『아가멤논』에서 티에스테스의 아들 아이기스토스는 극이 시작
하기 전에 클리타임네스트라와 관계를 맺었다. 연인이 된 두 사람은 아가멤논의
살해를 모의함으로써 아이기스토스의 아버지 티에스테스의 원수를 갚는다. 이
로 인해 아트레우스 가문은 한 세대에서 다음 세대로 저주, 섹스, 폭력, 살인의
복수 행진을 이어간다.

아이스킬로스의 극에서 트로이전쟁은 트로이 왕 프리아모스의 아들 파
리스가 스파르타의 왕비 헬레네를 유혹하여 트로이로 사랑의 도피를 한 사건이
발단이 되었다. 제우스와 레다의 딸 헬레네는 스파르타 왕 메넬라오스와 결혼했
고 헬레네의 자매 클리타임네스트라는 메넬라오스의 형제 아가멤논과 결혼했다.
(전설 판본에 따라 설이 다르기는 하지만 대개는 클리타임네스트라의 아버지는
제우스가 아닌 것으로 알려져 있다.) 헬레네의 도피 이후 그리스인들은 아가멤
논과 메넬라오스의 지휘 아래 트로이를 공격하기 위한 함대들을 아울리스에 집
결시킨다.

그러나 아가멤논은 아르테미스 여신이 신성시하는 동물을 죽였기 때문
에 여신의 분노를 사게 되었고, 이로 인해 여신은 바람을 반대 방향으로 일으켜
서 함대의 출항을 저지한다. 예언자 칼카스는 아가멤논의 딸 이피게네이아를 희
생제물로 바치기 전에는 항해할 수 없다고 한다. 아가멤논의 딸을 번제물로 희
생시킨 결과, 함대는 출항하였고, 10년에 걸친 포위공격 끝에 마침내 트로이를
함락시킨다. 그리스 남자들은 도시를 약탈하고 여자들을 겁탈하고 신전을 파괴

하는 등 끔찍한 범죄를 행하고, 그리스 장수들은 포로로 잡힌 여인들을 나누어 갖는다. 아가멤논은 프리아모스왕의 딸 카산드라를 그의 노예 겸 첩으로 삼는다. 카산드라는 예언 능력의 소유자이지만, 과거에 아폴로 신의 성적 요구를 거부한 벌로 아폴로는 그녀의 예언을 아무도 믿지 못하게 만들었다.

아가멤논이 트로이에 있는 동안 티에스테스의 아들 아이기스토스는 아버지의 원수를 갚기 위해 클리타임네스트라의 정부(情婦)가 되어 아가멤논이 귀향하면 그를 죽이고 왕권을 차지할 계획을 세운다. 『오레스테이아』의 1부 『아가멤논』에서 이 음모가 이행되고, 2부 『제주를 바치는 여인들』에서는 이에 대한 복수가 아가멤논의 아들 오레스테스에 의해 이루어진다. 마지막 3부 『자비의 여신들』에서는 아트레우스 가문이 저주받고 흘린 피는 또 다른 피를 부르는 피의 복수의 옛 법[Vendetta]이 폐지되고 배심원들에 의한 새로운 제도로 대체된다.

여기서 잠시 헬레네의 미모가 얼마나 파괴적인가 생각해본다. 여인의 미모의 척도는 양귀비나 클레오파트라처럼 한 나라를 무너트릴 수 있어야 한다는 어린 시절 어느 선생님의 얘기가 떠오른다. 아이스킬로스의 극은 2,000여 년 후의 르네상스 시대를 내다보게 해준다. 영국의 크리스토퍼 말로(1564-93)는 그의 『파우스트 박사』(1588 또는 1592)에서 완벽한 전형을 고대그리스에서 찾아냈다. 헬레네의 사랑을 위해서라면 "트로이 대신 위텐버그가 약탈을 당해도 좋다"는 단 한 줄의 이 빛나는 대사로 극작가 말로는 옛 그리스를 무대에 살아오게 했다. 트로이를 파멸로 몰고 간 헬레네는 육체적으로는 완벽한 미모의 소유자였으나 영적으로는 르네상스의 파우스트 박사를 파멸로 몰고 간 마녀이다.

원시적인 지하 신들의 가치와 억압의 부분이기도 한, 피는 피로 갚는 기계적인 법을 탈피하고 이성적인 재판에 의한 법으로 변화한 것은 문명의 거대한 진전이다. 성경에는 다른 사람을 본의 아니게 사고로 죽였을 경우, 살해자는 그가 살해한 자의 친족의 손을 피해 도피성으로 도망갔다. 그렇게 해서 복수당하는 일을 면할 수 있었다. 집단의 세습적 개념에서 개인적 개념으로 변하는 죄는 성경에 제시되어있다. "그때에 그들이 다시는 이르기를 아비가 신 포도를 먹었으므로 아들들의 이가 시다 하지 아니하겠고 신 포도를 먹는 자마다 그 이가 심 같이 각기 자기 죄악으로만 죽으리라"(『예레미아서』 31:29-30).

　　　아트레우스 가문의 여러 세대에 걸친 죄에서 오레스테스는 어머니 클리타임네스트라를 죽였고, 그래서 옳건 그르건 누군가는 오레스테스를 죽여야 하고, 그래서 복수는 복수의 꼬리를 물고 이어간다. 어두운 복수의 옛 법에서 새로운 법으로의 전환을 여성의 힘이 강한 모권제도에서 남성적 원리로 옮아가는 변화로 보는 설도 있다. 그래서 3부 『자비의 여신들』에서 아폴로는 왕을 죽이는 일은 특히 끔찍하다는 논지를 펼친다. 아폴로의 논지는 모성은 특별한 권리가 없고, 어머니는 어버이가 아니고 오직 아버지의 씨를 품어준 장소에 불과하다는 것이다. 모권제도에서 권위의 진정한 양도자는 여왕이고 왕의 위치는 여왕의 배우자일 뿐이다. 왕을 제거하려면 따라서 왕을 죽이는 것뿐 아니라 왕비와 결혼을 해야 했다. 이집트의 옛 왕국에서는, 예를 들면, 새로운 왕조의 시작은 전 왕조의 왕비와 결혼함으로써 왕의 위치가 법제화되었다. 고대 이스라엘에서 아히도벨은 압살롬에게 권좌계승을 위해서 다윗왕의 여인을 취하라고 충고한다. 여왕에 대한 찬탈자의 관심은 성적인 욕구보다는 정치적 의도가 더 강했음을 알 수 있다. 아이기스토스가 클리타임네스트라의 침실 화로에 불을 밝힌다고 할 때, 그 이미지가 전하는 진정한 의미는 그가 이 집의 주인이라는 뜻이다. 왜냐하면 집주인만이 그 집 화로에 불을 지필 수 있었기 때문이다. 그리고 그녀가 그를 가리켜 "나의 가장 친근한 남자"로 부르는 것은 두 사람의 연인관계를 암시한다. 아이스킬로스는 이 극에서 정치적 요인을 숨기지 않으면서 애정 문제를 도입한다. 이는 이후 문학의 흥미로운 주제로 발전하여, 고전적 관점에서 보면 애정의 삼각관계는 비극의 중요한 재료로 쓰이기에 충분했다.

　　　비극 『아가멤논』의 전개는 새벽에 파수병이 궁 지붕에서 트로이의 멸망을 알려줄 봉화를 기다리면서 시작한다. 파수병의 언어는 셰익스피어의 광대의 언어와 흡사하다. 매일 밤 트로이의 멸망을 알려 줄 신홋불이 나타나기를 지켜 보는 그는 오랫동안 하늘을 쳐다보고 지낸 탓에 거의 천문학자가 되었다. 왕의 운명을 생각하는 그에게 드디어 신홋불이 나타나자 그가 사용하는 이미지는 행 운의 주사위이다. 말을 계속하려 했으나 거대한 황소가 그의 혀 위에 발을 올려 놓고 있다. 이는 말 못 할 중대한 징후를 뜻한다. 그는 뉴스를 전하려고 급히 계 단을 내려간다.

코러스는 아가멤논에게 때로는 비판적이지만, 대개는 충성을 표한다. 10 년 전에도 이미 고령으로 트로이전쟁에 참여하지 못했던 이들 코러스 구성원들 은 전쟁의 원인과 정의의 주장, 그리고 냉혹한 운명에 대해 언급한다. 아가멤논 의 마차가 도착한 후 아가멤논이 전쟁 후 만나는 아내 클리타임네스트라와의 첫 대면은 적개심이 전면에 드러나는 유명한 카펫 장면이다. 아가멤논 옆에는 카산 드라의 모습이 보인다. (이 책에 수록된 발췌 장면이다.)

정복자의 집에 끌려온 카산드라는 아가멤논의 죽음과 자신의 죽음을 내 다본다. 아가멤논은 전투의 승리자일지는 모르나 감각이 섬세한 남자는 아니다. 그가 전리품으로 획득한 카산드라를 첩으로 달고 고향에 돌아옴으로써 클리타 임네스트라의 허영심에 상처를 준다. 코러스는 열광적으로 그를 환영하면서도 전쟁에 앞서 그가 아울리스에서 저지른 행위는 잘못이었음을 언급한다. 아가멤 논은 귀국 인사의 예를 갖춘 뒤, 협동정신의 부족함을 질책하고 그가 신뢰할 수 있는 유일한 장수는 오디세우스뿐이었음을 말한다. 아가멤논은 이제 나라의 수 술이 필요하다며 병든 곳을 치유할 것을 선언한다.

클리타임네스트라가 등장하여 남편을 전폭적으로 환영한다. 그녀에게 들려온 전쟁 비보대로 아가멤논이 상처를 입었다면 그의 몸은 구멍이 숭숭 뚫린 그물 같을 것이라며 상상만 해도 오싹하다는 표시로 그녀는 치를 떠는 시늉을 한다. 그리고 안전을 위해 아들 오레스테스를 멀리 친족 집에 보냈다고 설명한 다. 그가 없는 동안 남편에 대한 그리움으로 잠 못 이룬 애정과 헌신을 말하지만, 그녀는 내심 그에게 칼을 갈고 있다. 그녀는 하인들에게 마차에서 궁 문까지 융단을 깔도록 도도하게 명령하고, 아가멤논이 그 위를 당당히 걷도록 강권한다. 당시 양탄자는 황금보다 값진 물건이었고 그 위를 걷는 행위는 신들에 대한 불손이었음을 기억할 필요가 있다.

아가멤논은 강렬한 거부반응을 보인다. 그는 그녀에게 "나의 아내여"라고 부르는 대신, "레다의 딸이여"로 부르면서 남편을 맞이하는 환영사가 그가 전쟁터에서 싸운 기간만큼이나 길다고 푸념한다. 그는 양탄자 위를 걷지 않겠노라고 단호히 거부한다. 그런 행동은 야만적이며 신들의 분노를 사게 될 것이고, 또 그의 미래를 위험에 빠트릴 수 있음을 지적한다. 그러나 그녀는 그의 거절이 더 나쁘다면서, 도량이 큰 장수라면 약자에게 져주는 미덕도 있어야 하지 않겠느냐고 남편을 설득한다. 그녀는 자기 고집을 꺾지 않는다. 값비싼 융단을 밟고 가는 것은 그리스 신들에 대한 불손하고 위험한 태도라며 아가멤논이 냉정하게 말하지만, 아내의 끈질긴 요구에 그는 결국 승복한다. 불길한 전조다. 아가멤논은 신발을 벗고 그녀의 뜻을 받아줌으로써 여자의 승리를 역설해준 셈이다. 굳은 자세로 마차에 앉아있는 카산드라를 잘 보살펴달라고 그는 아내에게 부탁한다. 그가 길게 깔린 붉은 융단 위를 걷는 모습은 피바다 위를 걷는 이미지로, 그의 장례행진의 시작을 알리는 이 장면은 어떤 음악이나 언어의 표현보다도 웅변적이다.

아가멤논이 궁 안으로 들어가고 문이 닫히자 코러스는 이해할 수 없는 폭력과 돌이킬 수 없는 죽음의 전조를 말한다. 처절한 운명의 그림자가 드리우고 클리타임네스트라는 아가멤논의 정부로 알고 있는 카산드라에게 마차에서 내려와 궁 안으로 들어오라고 명한다. 질투심에 찬 클리타임네스트라의 모습은 보통의 여인과 다를 바 없다. 그녀는 카산드라에게 신흥부자가 아닌, 예부터 부유한 오랜 가문에 들어와서 하인 대접을 제대로 받을 수 있게 된 것을 행운으로 알라며, 가족의 제사 참여도 허용되었음을 일러준다. 카산드라가 제사의 희생제물의 일부임을 의미하는 이 뜻을 아는 관객은 겁에 질릴 것이다. 카산드라는 클리타임네스트라의 말을 못 들은 듯 무시하고 꼼짝하지 않는다. 인내심을 잃은 클리타임네스트라는 카산드라에게 그리스 말을 못 하면 미개인처럼 손짓이라도 해보라고 한다. 클리타임네스트라는 더 이상 참지 못하고 궁 안으로 들어가 버린다. 코러스는 카산드라를 위로하려 시도한다. 마차에서 내린 카산드라는 갑자기 죽음의 춤을 추듯 춤추며 비명을 질러 코러스를 놀라게 한다. 몽혼 상태에 빠진 그녀는 "여기는 누구의 집인가" 묻고, 이 집은 피가 흐른다고 말한다. 코러스는 집 안에서 제사 드리는 산 짐승의 타는 냄새일 것으로 생각하지만, 예언 능력의 소유자인 카산드라의 언어는 점점 선명해진다. 여전히 모호하고 무언가를 암시하듯 우회적이지만, 그녀는 과거 아트레우스 가문의 범죄와 현재의 보복과 이에 따른 고통을 언급한다. 코러스는 의아해하고 카산드라는 끔찍한 일이 일어날 것을 훤히 내다보면서 집 안으로 들어간다.

카산드라가 집 안으로 들어가고 문이 닫힌 잠시 후, 아가멤논의 비명이 들리고 카산드라의 비명이 뒤따라 들린다. 코러스는 악몽을 인지하고 어쩔 줄을 모르며 당황해한다. 문이 열리면서 그물에 걸린 채 칼로 찔려죽은 아가멤논과 카산드라의 시신이 드러나고, 손과 옷이 피로 벌겋게 물든 클리타임네스트라가 시신을 내려다보고 서 있다. 코러스는 공포에 떤다. 이들은 아가멤논이 아울리스에서 이피게네이아를 죽였기 때문에 이미 남편에 대한 증오심이 생겼으리라고 짐작한다.

기고만장한 아이기스토스가 무장한 군사를 대동하고 등장한다. 그의 모습은 정치적 찬탈자임을 분명히 드러내고, 이 음모의 주동자는 자신이었음을 선언한다. 여인의 치마폭에 숨어서 일을 벌이는 그를 코러스는 경멸하며 오레스테스의 보복을 경고한다. 코러스와 아이기스토스 사이의 격론에 클리타임네스트라는 "저들의 허튼소리는 무시하세요. 이제는 당신과 내가 이 집을 바로 세울 주인입니다"라는 말로 극은 끝난다. 정치적 모함은 권력의 탐욕에서 비롯된다. 왕을 없앤 클리타임네스트라와 아이기스토스는 이제 아르고스의 공동지배자이다.

클리타임네스트라가 아가멤논을 죽이는 일은 물론 잘못이다. 그러나 그녀는 이에 대한 정당한 이유를 갖고 있으며, 살인행위에 대해 당당한 태도를 보인다. 『아가멤논』에서 살인자는 정의의 이름 아래 마땅히 죽임을 당해야 한다는 전통적인 복수 윤리에 그리스인들은 지쳐있다. 이피게네이아에 대한 복수는 정당한 것 같지만 사회가 이런 식으로 운영되면 안 된다는 긴장 어린 감정을 노인들로 구성된 코러스가 의미 있게 들려준다. 왜냐하면 복수로 인해 정치적 안정이 파괴되고, 아가멤논과 같은 사회의 지도자는 그 도시를 유지하는 데 필요한 존재이기 때문이다. 시대의 요구에 따라 때로는 독재자도 한 나라의 존립에 필요한 경우가 있다. 그래서 코러스는 슬픔과 고통을 큰 소리로 울부짖는 한편, 선한 일의 지속성을 노래한다. 복수의 사이클이 끝나기를 원하면서도 어떻게 이 사이클을 멈출 수 있게 할 것인지의 딜레마와 모호성이 코러스를 통해 반영된다. 독자는 아가멤논이 이피게네이아를 죽이고 트로이를 멸망시킨 이유를 끊임없이 묻게 된다.

강력했던 도시는 시체들과 시체 파먹는 독수리들로 차 있다. 출구 없는 불바다에 갇힌 트로이─이런 파괴를 원치 않는 인류는 달리 선택의 길은 없는 것일까? 복수를 정의의 수단으로 삼는 주제는 지금도 다양한 장르의 서양예술의 도구로 인기가 있다. 이는 존 웨인, 찰스 브론슨, 마론 브란도, 클린트 이스트우드 같은 미국의 전설적인 할리우드 배우들이 등장하는 서부영화의 핵심 주제이기도 하다. 영국드라마에서 가장 유명한 복수 이야기는 셰익스피어의 『햄릿』이 아닐까. 『오레스테이아』를 읽으면 햄릿의 복수지연의 고민과 복수의 윤리 개념이 읽힌다. 범죄를 판단하는 기준은 어떤 것이 효과적이며 이성적이고 문명화된 판단 기준일까 하는 고민을 하게 된다.

트로이전쟁 이야기는 서양의 작가, 화가, 음악가 등 뭇 예술가들에게 고갈되지 않는 소재를 제공하였고, 오늘날도 그 호소력은 줄지 않았다. 방대한 이 이야기의 기본 줄기는 같으나 세세한 부분에서 조금씩 다른 버전이 존재한다.

트로이전쟁이 역사적 사건이었는지, 꾸며낸 이야기였는지의 논란이 있었으나, 고대그리스인들은 이 이야기를 대략 기원전 1,200년에 일어난 역사적 사실로 믿고 있었다. 그 시기는 구약 성경의 이스라엘 민족의 출애굽 사건 때와 비슷하다. 19세기 이전까지 대부분의 유럽인들은 트로이 이야기를 시적 창조물로 간주했다. 그러나 19세기에 들어와서 이런 태도에 변화가 일어났다. 그것은 독일의 실업가 하인리히 슐리만(1822-90)이 약 기원전 9세기에 쓰인 호머의 서사시『일리아드』의 지도를 토대로 하여 트로이 도시의 위치와 유적을 탐험하고 발굴하면서 급속히 변했다. 트로이의 위치를 정확히 알 수는 없으나 오늘의 터키 지역으로 알려져 있으며, 대부분의 학자들은 트로이전쟁이 기원전 13세기 중엽에 실제로 일어난 역사적 사건이었음에 합의하고 있다.

▌『아가멤논』

클리타임네스트라   (*코러스를 향하여*)

    아르고스의 원로들이여, 나는 여러분 앞에서 내가 남편을

    얼마나 사랑하는지 큰 소리로 말하는 것이 조금도 부끄럽지 않습니다.

    나이 들면서 수줍음은 사라졌어요. 인간적이지요.

    이건 다른 사람의 말을 흉내 내는 게 아니라

    내 가슴에서 우러나는 솔직한 감정의 표현입니다.

    얼마나, 얼마나 기다렸던가요. 남편이 일리움을 정복하는

    그 긴 세월 동안 홀로 지낸 나의 슬픔을 말로 표현할 수 없습니다.

    남편 없는 독수공방의 여인은 괴롭기 마련이지요.

    방문객이 들려주는 남편에 대한 끝없는 비보를 들으면서

    나날이 악화되는 소식에 충격을 받았어요.

    전해오는 비보만큼 내 남편이 상처를 입었다면

    그의 몸은 지금쯤 여기저기 구멍 뚫린 그물과 같을 겁니다.

    소문대로라면 몸 셋 달린 게리온이 죽을 때마다

    세 겹의 흙을 뒤집어쓰고 돌아온 것과 같겠지요.

    이런 끔찍한 소식들을 접하면서 두려움에 시달린 나는

    들보에 목을 매고 죽으려고도 시도했지요.

    그러나 하인들이 발견하고 단단히 묶인 줄을 끊었답니다.

    (*아가멤논에게*) 아가멤논, 당신과 나 사이의 사랑의 징표요, 서약인

    우리 아들 오레스테스는 마땅히 있어야 할 이 자리에 없어요.

    그러나 놀라지 마세요. 당신의 동맹자요 충실한 친구 스토피우스가

    내게 이중의 위험을 미리 경고해 주었기 때문입니다.

    일리움에서 전투 중인 당신의 위험한 처지와

    통치자가 자리를 비운 이곳 역시 위험하다고 했어요.

민중이 통치자의 부재를 입에 올리다 보면
민심이 동요할 수 있다는 거지요.
사람들은 패배자를 더 짓밟는 법이니까요.
그래서 우리 아들을 보호하기 위해서 포키스로 보낸 것입니다.
오레스테스가 출타한 이유는 이것일 뿐, 다른 이유는 없어요.
나 자신으로 말하면, 어찌나 울었던지 이젠 눈물도 다 메말라,
한 방울도 남아 있지 않아요. 당신의 귀환을 알려 줄
봉홧불만을 기다리면서 밤마다 눈이 쓰리도록 울었으니까요.
나는 잠든 시간보다 더 긴 시간을
당신이 쓰러지는 상상을 하며 지냈어요.
봉화는 좀체 타오르지 않았고, 잠결에 작은 모깃소리만 들어도
소스라치게 놀라 깨었으니까요. 당신이 고통당하는 모습을 상상한
시간들은 내가 잠든 시간보다 훨씬 더 길었다고 여겨집니다.
이제 고통의 시간은 끝나고, 내 가슴은 행복에 넘쳐
이렇게 나의 남편에게 열렬한 환영의 갈채를 보냅니다.
당신은 우리 가정과 양의 울타리를 지키는 수호자요,
배를 안전히 지켜주는, 없어서는 안 될 돛대요,
거대한 지붕을 받치는 기둥이요, 집안의 어르신입니다.
방향을 잃고 절망에 빠진 뱃사람들에게 육지가 되어주고,
목마른 여행자들에게 솟아나는 맑은 샘물이 되어주는 당신,
폭풍 후의 빛나는 태양, 그것이 바로 당신의 존재입니다.
온갖 고난을 이겨낸 기쁨이여!
당신은 값진 환대를 받아 마땅합니다.
오- 신들께서 우리를 시기하지 않기를!
우린 그동안 충분한 고통을 받지 않았나요?
나의 사랑하는 남편이여, 어서 마차에서 내려오소서.

아, 잠시 기다려주세요. 트로이를 정복한 그 위대한 발을
그냥 맨땅에 내려놓을 수는 없지요.
(*시녀들에게*) 얘들아! 어서 움직여라. 너희들 임무를 잊었느냐?
어서 왕 앞에 붉은 융단을 깔아라. 미처 기대치 못했던
주인의 귀환을 정의의 여신께서 인도하셨느니라.
오— 나는 밤잠을 설치며 당신이 마땅히 받아야 할 계획을 세웠어요.
당신에 대한 나의 임무를 운명처럼 수행할 것입니다.

아가멤논 레다의 딸, 클리타임네스트라여, 당신은 그동안 집을 잘 지켜주었소.
내가 없었던 시간만큼이나 긴 환영사로군. 나에 대한 당신의
그 거창한 찬사는 다른 사람의 입을 통해 들어야 맞는 게 아닌가 싶소.
난 이 나라의 장수요. 부인의 부드러운 찬사로
나를 나약하게 만들지 마시오.
마치 하인이 왕 앞에 엎드려 머리를 바닥에 조아리고
큰 소리로 절하는 동양의 그런 군주가 나는 아니오.
융단을 깔아주니 내가 위풍당당한 자처럼 보이는데
이런 환대는 신들에게나 해당하는 것이지 내게는 어울리지 않소.
난 한 인간에 불과하오. 두려움을 느끼지 않고서야
내 어찌 이 화려한 융단 위를 걸을 수 있겠소.
날 숭배하지 말고 그냥 한 남자로 존중해주면, 그것으로 난 족하오.
거창한 보석이나 찬란한 무늬의 양탄자가 없어도
내 이름은 이미 널리 알려져 있소.
신들이 부여한 가장 큰 축복은 중용을 지키는 것이라오.
난 공연한 공포심으로 불안하게 살고 싶지 않소.
평안 속에 죽음을 맞이하기 전까지는
행복하게 살았다고 말할 자는 아무도 없소.

클리타임네스트라 내 뜻을 꺾지 마시고 내 말에 따라주세요.

아가멤논　난 내가 바라는 바를 말한 것뿐이오. 내 뜻대로 하겠소.

클리타임네스트라　신들에 대한 두려움 때문에 그런 맹세를 하는 것이겠지요.

아가멤논　본인이 한 말을 본인보다 더 잘 알 사람이 어디 있겠소.

클리타임네스트라　만약 프리아모스가 지금의 당신 처지라면 어떻게 행동했을까
　　　　　요?

아가멤논　그야, 그자라면 물론 융단 위를 곧바로 밟고 가겠지.

클리타임네스트라　사람들이 뭐라고 하던 그런 비난을 두려워하지 마세요.

아가멤논　사람들이 수군거리는 데는 무시할 수 없는 힘이 있다오.

클리타임네스트라　그러나 시샘의 대상도 못 되는 자는 존중받지 못한다는 사실
　　　　　도 아셔야지요.

아가멤논　당신처럼 따지기 좋아하는 그 태도는 여자답지 못한 것 아니오?

클리타임네스트라　강한 쪽이 져 주는 것도 은총이랍니다.

아가멤논　당신에게는 입씨름에 이기는 게 그리도 의미가 큰 것이오?

클리타임네스트라　오 부디 양보하세요! 권력을 쥐고 있는 쪽은 당신입니다.
　　　　　당신의 자유의사로 양보해 주세요.

아가멤논　알겠소. 당신 뜻이 정히 그렇다면 그렇게 하리다.
　　　　　누가 어서 내 발의 노예가 된 이 신발 끈을 풀도록 하라.
　　　　　깊은 바닷물로 물들인 귀한 융단을 내 발로 짓누르고 걷자니
　　　　　멀리서 신들이 증오의 눈길을 보내지는 않을까 두렵소.
　　　　　귀중한 값진 천을 내 발로 더럽히는 이런 사치한 허세가 창피스럽구려.
　　　　　그만하면 당신 뜻을 알아들었소이다.
　　　　　여기 내가 이방 여인을 데리고 왔으니,
　　　　　이 여인을 집 안으로 안내하여 친절히 대해 주시오.
　　　　　권력을 관대하게 사용하는 정복자에게는
　　　　　신들이 멀리서 호의의 눈길을 보내줍니다.
　　　　　억지로 노예의 멍에를 끌고 오는 자는 없소.

이 여인은 내게 주어진 군대의 선물로 많은 보화 중
가장 빼어난 꽃이오. 앞으로는 이 여자가 내 시중을 들 것이오.
자 당신의 뜻대로 내가 이제 이 붉은 융단을 밟고 들어가리다.

클리타임네스트라　저 앞에 바다가 펼쳐있습니다. 바닷물을 모조리
소모시킨 자가 있습니까? 저 바다는 우리의 옷을 물들인
은과 같이 귀한 자줏빛 염료를 새록새록 스며내고 있어요.
신의 은총으로 이 집에는 이와 같은 귀한 물건들이 가득합니다.
궁핍이란 상상도 못 할 일이 아닌가요?
만약 당신의 안전한 귀환을 위해서 신탁이 그렇게 했다면,
난 더 많은 호화로운 융단을 밟겠노라 맹세했을 겁니다.
나무뿌리가 살아 있으면 잎이 다시 무성해져서,
집 주변에 그늘을 드리워 삼복더위의 열기를 식혀주지요.
그렇듯이 이제 당신은 한겨울 따스한
가정의 상징인 난로가 되어 집으로 돌아왔습니다.
그러나 제우스 신이 아직 덜 익은 푸른 포도로
포도주를 완성했을 때는 집 안에 서늘함이 돌지요.
제우스여, 모든 것을 이루시는 제우스 신이여,
나의 기도를 들어 주소서. 나의 기도가
성취되게 하여 주소서. 이는 제우스 당신의 뜻입니다.

(*아가멤논과 클리타임네스트라는 집 안으로 들어간다. 카산드라는 마차에 앉아
있다. 코러스가 말한다.*)

코러스　내 가슴을 덮쳐오는 이 공포의 떨림은 어디서 오는 것일까?
요구받지도 않았고 구하지도 않았는데
이렇게 바짝 조여드는 긴장감은 무슨 전조인가?

난 왕 같은 자신감을 가져야 한다.

그래서 이런 절망적인 망상들을 비웃어야 한다.

그런데 그렇지를 못하구나.

일리움을 향해 처음 출항할 때 우리 함선들을 연결했던 밧줄은

세월이 흘러 지금은 모래언덕에 묻혀있다.

그런데 지금 아가멤논은 안전하게 돌아오지 않았는가.

그런데도 내 영혼이 리라 악기 없이 부르는

분노의 여신들의 애끓는 비가로 차 있는 건 무슨 까닭인가?

어찌하여 희망은 사라지고 솟아나던 힘은 소멸했는가,

분명 이것은 환상이 아니다.

심장은 충격을 받아 현기증을 일으키고

머리를 어지럽게 빙빙 돌리는 이 두통은

환상이 아니다. 이건 분명한 현상이다.

난 기도한다. 내 느낌이 허황된 것이기를,

사실이 아니기를 기도한다.

그러나 정녕 사실이구나.

아무리 강한 인간도 힘의 한계를 아는 능력은 없지.

옆방에 도사린 질병은 방과 방 사이의 벽을 두드리고,

앞으로 나아갈 운명은 예기치 못한 재앙 덩어리 암초에 부딪치는구나.

아, 그런 일이 있기 전에 배 안의 물품을 웬만큼 밖으로 들어내면,

선체가 몽땅 가라앉지는 않을 텐데.

집체가 완전히 침몰하지는 않을 텐데.

제우스의 선물은 위대하고 풍요로워

해마다 풍작을 허락하시어 기아의 고통도 사라졌건만.

그렇다 할진대, 사람이 눈앞에서 죽음의 검은 피를 흘리면

어느 마술인들 죽은 피를 되살릴 수 있으리오?

제우스는 죽은 목숨을 살려낸 자에게조차
벼락을 내려 우리에게 경고하지 않았던가?
인간이 운명에 맞서 도를 넘지 않도록
신들이 정하지 않았다면,
내 마음의 슬픔을 입으로 쏟아내었으리라마는,
허나 마음속을 쑤셔대는 이 통증을
어둠 속에서 홀로 중얼거릴 뿐이로다.
희망은 사라졌어. 마음을 불태우며
중대한 일을 시도하려던 희망은 사라졌구나.

(*클리타임네스트라가 집 밖으로 다시 나와 카산드라에게 말한다.*)

클리타임네스트라   카산드라, 너도 집 안으로 들어가자.
제우스 신은 너에게 자비를 베풀어 주어서, 다른 노예들처럼
너도 집 안의 제단 앞 성수에 참여토록 허락하셨다.
그러니 거만하게 굴지 말고 어서 마차에서 내려오너라.
알크메네의 아들 헤르쿨레스도 한때 노예로 팔려 가서
그들의 음식을 먹고 견디었던 일을 생각해 보아라.
어차피 이런 운명의 멍에를 질 바에는
오래전부터 부귀영화를 누려온 주인을 만난
너의 처지를 천만다행으로 여겨야 한다.
성공을 꿈꾸던 벼락부자들은 노예를 필요 이상 가혹하게 다루지만,
이 집에서는 네가 요구하는 합당한 모든 것을 얻게 될 것이다.

코러스   이방 여인이여, 주인이 당신한테 들려주는
확실한 말을 듣고 따르도록 하시오.
운명의 덫에 걸린 신세가 되었으니

할 수 있으면 안주인의 말을 따르시오.

복종하고 싶지 않은 모양입니다.

클리타임네스트라 저 여자는 알아들을 수 없는 미개인의 말로

제비처럼 지저귀는군요. 저 여자에게

복종해야만 한다는 사실을 깨닫도록 일러주세요.

코러스 이방 여인이여, 안주인과 함께 들어가시오.

지금 처지에는 안주인 요청에 따르는 게 상책이오.

마차에서 어서 내려와 주인을 따르시오.

클리타임네스트라 난 문밖에서 이 여자와 한가롭게 보낼 시간이 없어요.

이렇게 좋은 날이 오리라고는 기대하지 못했지요.

집 안 제단 한가운데는 제물로 바칠 양들이 준비되어 있어요.

이봐라, 너는 내 말에 순종하고 어서 움직이지 못할까?

말을 못 알아들으면, 야만스러운 손짓이라도 해 보렴.

코러스 이 이방 여자는 통역이 필요한 것 같습니다.

태도가 흡사 잡혀 온 야수 같군요.

클리타임네스트라 아닙니다. 저 여자는 자기만의 광적인 생각에 사로잡혀 있어요.

멸망한 고국을 떠나 낯선 타지에 끌려왔으니,

재갈 무는 훈련을 아직 받아보지 못한 탓이지요.

그래요. 분노와 자만심을

피거품으로 토해내기 전에는 이해하지 못할 겁니다.

저 여자에게 무시당하는 명령을

내가 더 이상 내릴 필요가 없겠군요.

(*클리타임네스트라는 집 안으로 들어간다.*)

코러스 나도 성질부릴 필요가 없지.

저 이방 여자는 기가 아주 세구나.

불쌍한 여인이여, 그 빈 마차에서 어서 내려오시오.

이제부터는 굴종의 멍에를 자진해서 져야 하오.

(*카산드라는 마차에서 내려와 큰 소리로 부르짖는다.*)

카산드라 오, 치욕이다!

아폴로! 아폴로!

코러스 어인 일로 아폴로를 애통하게 부르는 거요?

그 이름은 불행한 자들이 탄원하는 이름이 아니오!

카산드라 오, 치욕이다!

아폴로! 아폴로!

코러스 불길한 목소리로 그 이름을 계속 부르는구나.

아폴로는 한탄을 듣는 신이 아니라오.

카산드라 아폴로! 아폴로!

나를 파멸의 길로 인도한 신이여!

그대는 나를 완전히 파멸시키는군요.

코러스 저 여자가 자신의 불행을 예언하려는가 보군.

노예의 마음에도 신의 선물은 그대로 남아있는 모양이지.

카산드라 아폴로! 아폴로!

나를 파멸의 길로 인도한 신이여,

나를 어디로 끌고 왔나요?

결국 누구의 집으로 끌고 왔나요?

『제주를 바치는 여인들』

▌ 작품 소개

『오레스테이아』 3부작의 제2부인 『제주를 바치는 여인들』의 중심 액션은 오레스테스의 모친살해이다. 『아가멤논』이야기 이후 10년이 지난 뒤 이제는 성인이 된 오레스테스가 그의 친구 필라데스와 함께 아폴로의 지시대로 클리타임네스트라에게 복수하기 위해 아르고스로 돌아온다. 그는 자신의 머리카락을 아버지 무덤에 놓는다. 옛날에는 몸의 다른 어느 부분보다 빨리 자라는 머리카락을 생명의 상징으로 보았고, 망자에게 전하는 적합한 헌물로 간주했다. 엘렉트라와 코러스로 구성된 처녀들이 클리타임네스트라가 보낸 속죄제물을 들고 무덤가에 나타난다. 클리타임네스트라는 그녀의 젖을 빨던 뱀이 그녀의 가슴에서 피를 빨아내는 악몽을 꾸었기 때문에 속죄제물을 바치도록 한 것이다. 이 악몽은 앞으로 일어날 일을 알려주는 분명한 징후다. 여인들은 무덤에 놓인 머리카락을 발견한다. 여인들이 등장할 때 숨어있던 오레스테스가 그들 앞에 모습을 보이고 그의 겉옷 천을 통해 자신의 정체를 밝힌다. 두 남매는 기쁘게 상봉하고 오레스테스는 엘렉트라에게 아폴로의 명령을 알려준다. 남매는 아버지에게 가해진 수치에 분발하여 신성한 도움을 구하고 함께 복수의 살인음모를 꾸민다.

오레스테스는 클리타임네스트라에게 자신[오레스테스]의 죽음을 전하는 메신저로 가장하고 접근한다. 클리타임네스트라가 방문객들에게 제공하는 대접은 이들의 피로를 풀어주는 더운물 목욕이다. 관객은 아가멤논이 트로이전쟁 후 집에 돌아왔을 때 같은 욕탕에서 살해된 사건을 기억할 것이다. 그녀는 슬픈 척하고 늙은 유모에게 아이기스토스를 불러오라 한다. 유모는 오레스테스가 아기 때 돌봐주고 기저귀 빨아주던 일을 말하는데, 이처럼 희극에 나올 법한 평범한 가사 얘기를 아이스킬로스가 비극에 삽입하여 보여주는 것은 특이하다. 코러스는 유모에게 아이기스토스에게 무장한 부하들을 대동하라는 메시지는 전달하지 말 것을 설득한다. 코러스는 두려움과 오레스테스의 성공을 비는 희망을 노래한다.

아이기스토스가 급히 도착하고, 곧 그의 죽음의 비명소리가 들린다. 하인들은 클리타임네스트라의 위험을 깨닫는다. 죽은 자가 살아있는 자를 죽인다는 하인의 말을 들은 클리타임네스트라는 무슨 말인지 그 뜻을 눈치채고 하인에게 도끼를 가져오라고 한다. 오레스테스가 어머니 앞에 나타난다. 낳아주고 기른 어미를 죽일 수 있느냐며 클리타임네스트라는 아들에게 살려달라고 애원한다. 순간 갈등을 느낀 오레스테스는 어찌해야 할지 필라데스에게 묻는다. 필라데스는 "그럼 아폴로의 신탁은 어떻게 되는지 생각해보게. 모든 인간의 증오심을 받더라도 신들의 뜻을 어기지는 말게"라고 답한다. 극 중 필라데스의 유일한 이 대사는 중요성을 고조시킨다.

고대그리스극에서는 살인이나 폭력적인 끔찍한 행동은 무대 위에서 관객 앞에 보여주지 않는 관객과 약속된 관행이 있다. 잔인한 사건의 경우, 무대 밖에서 처리되어 메신저나 하인이 등장하여 들려주는 형식을 취한다. 그런 무대 상의 관례로 오레스테스는 무대에서 클리타임네스트라를 죽일 수는 없다. 그래서 오레스테스는 마치 "어머니, 아시지요? 그리스극에서는 끔찍한 장면을 무대에서 보여주지 않는다는 사실을!" 이렇게 말하는 듯, 클리타임네스트라를 집 안으로 몰고 들어간다. 기계적으로 움직이던 오레스테스는 갑자기 생명의 맥이 뛰는 듯 튀어 오른다. 그는 실제로 보는 것인지 환상으로 보는 것인지는 모르겠으나, 마치 분노의 여신들이 눈앞에 있는 듯, "저들이 보이지 않나요? 내 눈에는 보입니다" 하고 소리 지르며 쫓기는 사람처럼 어머니를 몰고 무대 안으로 급하게 나간다. 코러스는 안타까워하면서도 정의가 이루어졌고 오레스테스가 아폴로의 신탁에 유의했음을 기뻐한다.

극 중 제우스에 대한 찬양은 작가의 종교적 매체이다. 아이스킬로스에게 제우스는 보편적으로 이해할 수 있는 세상질서의 의인화이며 보증자이다. "제우스가 누구든 그는 그가 원하는 일은 무엇이든 할 수 있다"는 표현에는 시인의 목소리가 분명히 들어있다. 제우스에 대한 찬양의 의미로 아이스킬로스는 선언한다. 인간은 죄와 슬픔을 통해 신의 법을 통찰하게 된다. 고통은 모든 죄의 뿌리이며, 신의 손은 죄를 벌하는 정의의 법령인 것이다.

▌『제주를 바치는 여인들』

아이기스토스 사자의 연락을 받고 급히 왔소. 낯선 나그네들이
오레스테스의 죽음을 알리는 나쁜 소식을 전해왔다고 들었소.
오래전 있었던 살육으로 우리 가문은 아직도
심한 고통을 겪고 공포에 시달리는데,
이 소식을 사실 그대로 받아들일 수 있을까요?
여인들의 공포심에서 불거져
허공을 떠돌다 시들어 사라지는 뜬소문은 아닌가요?
당신들은 확실한 답을 알고 있소?

코러스 우리도 들었지만 안에 들어가서서 직접 들어보시지요.
메신저들이 전하는 말은 확실치 않을 수 있으니,
찾아온 나그네들로부터 직접 들어보시는 게 좋겠습니다.

아이기스토스 나그네들이 오레스테스의 죽음을 실제로 목격한 것인지
뜬소문을 듣고 전하는 것인지, 내가 직접 만나서
자세히 들어보겠소. 마음을 속이기는 쉽지 않으니까.

(*아이기스토스는 퇴장한다.*)

코러스 제우스여, 제우스여, 내가 무슨 말을 하리요?
신들의 도움을 얻기 위해 내가 기도를 어떻게 해야 하리까?
내 뜻을 충족시키려면 무슨 말을 어떻게 해야 합니까?
살인으로 얼룩진 피 묻은 칼끝이 또다시 일을 저지르려 합니다.
이는 아가멤논 가문의 완전한 파괴를 뜻합니다.
오레스테스가 자유의 횃불을 밝히고
선조들의 왕권과 부귀를 되찾으러 왔습니다.

신들로부터 축복을 받았으나 혼자서
두 사람을 상대하여 싸워야 합니다. 외로운 도전자인
오레스테스가 이 두 사람을 물리쳐서 이기게 하여 주소서.

(집 안에서 비명이 들린다.)

무슨 비명소린가? 어떻게 된 건가? −
벌써 안에서 일이 일어났나?
일이 마무리될 때까지 우리는 이 사건에
가담하지 않은 것처럼 보이도록 거리를 두어야 한다.
싸움은 이제 끝나고 정리할 문제만 남았구나.

(아이기스토스의 하인이 등장한다.)

하인   아, 슬프다. 우리의 새 주인 아이기스토스도 세상을 떠났어요.
아이기스토스가 죽었는데, 또 세 번째 슬픔이 밀려옵니다.
어서 문을 열어요. 어서 빨리 규방의 빗장을 벗기시오.
젊은이의 힘센 팔이 필요하오. 죽은 자를 위해서가 아니오.
죽은 자에게 힘이 무슨 필요가 있겠어요!
이봐요! 거기 누구 없어요? 모두 귀가 먹었나?
잠자는 자들에게는 나의 외침도 소용없구나.
클리타임네스트라 마님은 어디 계세요?
이제는 마님이 다른 자들에게 한 행위대로
마님의 머리 위에 칼끝이 떨어질 시간이 다가옵니다.

(클리타임네스트라가 등장한다.)

클리타임네스트라   웬 소란이냐? 집 안에서 웬 고함을 그리 지르느냐?

하인   죽은 자가 살아 있는 자를 죽이고 있습니다.

클리타임네스트라   네 말은 수수께끼같이 들리지만 무슨 뜻인지 알겠다.

우린 우리의 간계로 승리한 거야.

가서 살인에 필요한 도끼를 가져오너라.

(*하인이 퇴장한다.*)

누가 죽고 누가 살아남는지 어디 두고 보자.

이 끔찍한 싸움이 여기까지 왔는데, 끝을 봐야지.

(*오레스테스와 필라데스가 칼을 뽑아 들고 등장한다.*)

오레스테스   다음 차례는 당신이오. 아이기스토스는 충분한 대가를 받았소.

클리타임네스트라   사랑하는 나의 아이기스토스가 죽었단 말이냐?

오레스테스   그자를 사랑한다고? 당신을 그자의 무덤에 나란히 묻어주겠소.

죽음이 배신하는 일은 결코 없겠지.

클리타임네스트라   아들아, 그만해라. 애야, 너는 잠결에 부드러운 잇몸으로

이 어미의 젖가슴을 달콤하게 빨고 자란 내 아기다.

아들아, 이 어미를 불쌍히 여겨다오.

오레스테스   필라데스, 나는 어찌해야 하나? 어머니를 죽이는 치욕스러운 일을

해야 하는가?

필라데스   그러면 피트의 록시아스 신탁 예언은 어떻게 되는지 생각해 보게.

모든 인간의 증오를 받더라도 신들의 뜻을 어기지는 말게.

오레스테스   자네 말이 맞아. 좋은 충고야. (*클리타임네스트라에게*) 자 따라오시오.

당신이 사랑한다는 그자의 시신 위에 눕혀 주겠소.

우리 아버지보다 더 큰 자라고 생각하는 그자 말이오.

당신이 사랑한다는 그자 옆에서 함께 잠드시오.

마땅히 사랑해야 할 나의 아버지는 미워하고 원수를 사랑한 여인이 여...

클리타임네스트라　난 너를 키운 어미다. 노년에 내가 너와 함께 살면 안 되겠니?

오레스테스　당신은 내 아버지를 죽였어요. 그런데 이제 와서 나와 함께 살겠다고요?

클리타임네스트라　애야, 아버지는 운명 탓이야.

오레스테스　그렇다면 당신의 죽음도 운명 탓이오.

클리타임네스트라　나를 죽이면 너는 어머니의 저주를 받게 된다. 아들아. 두렵지 않으냐?

오레스테스　전혀 두렵지 않아요. 당신은 나를 낳아서 불행 속에 던졌어요.

클리타임네스트라　난 너를 친구의 집으로 보낸 것이지, 던져 버린 게 아니었다.

오레스테스　우리 아버지는 자유인이었어요. 그런데 당신은 자유인의 아들인 나를 팔아 버렸어요.

클리타임네스트라　그래? 그렇다면 너를 팔고 내가 얻은 대가가 무어냐?

오레스테스　대답할 수도 있지만, 창피해서 대놓고 당신을 비난할 수가 없군요.

클리타임네스트라　네가 그렇게 나온다면 너의 아버지의 자만심에 대해서도 말해보렴.

오레스테스　아버지를 탓하지 마세요. 당신이 집 안에 앉아 있는 동안 우리 아버지는 외지에서 수고하고 고통받은 분이어요.

클리타임네스트라　애야, 남편과 떨어져 산다는 건 여자에게 괴로운 일이란다.

오레스테스　밖에서 수고하는 남편은 집에 앉아있는 아내를 부양합니다.

클리타임네스트라　아들아, 이 어미를 죽이겠다는 거냐?

오레스테스　당신을 죽이는 자는 내가 아니고 당신 자신이오.

클리타임네스트라   조심해라. 네 어머니의 저주가 너를 개처럼 끌고 다닐 것이다.

오레스테스   내가 당신을 죽이지 않고, 내 아버지의 저주를 어떻게 피할 수 있지
　　　　요?

클리타임네스트라   내가 내 무덤에 눈물을 흘리는 꼴이로구나.

오레스테스   그래요. 아버지의 운명이 당신에게 죽음의 운명을 내려준 겁니다.

클리타임네스트라   내가 뱀을 낳아 내 젖을 먹여 길렀구나.

오레스테스   진정 이런 날이 올 것을 당신의 악몽이 보여 주지 않았던가요?
　　　　당신은 살인을 했고 그 살인은 잘못된 것이었소.
　　　　이제 저지른 죄의 대가를 받으시오.

(오레스테스와 필라데스는 클리타임네스트라를 집 안으로 끌고 들어간다.)

『자비의 여신들』

▌작품 소개

　『자비의 여신들』은 아이스킬로스의 3부작『오레스테이아』의 마지막 제3
부이다.『오레스테이아』 2부와 3부 사이에는 아주 짧은 시간이 흐른다. 오레스
테스의 범죄에 대한 복수를 위해 분노의 여신들은 그의 뒤를 맹렬히 쫓고 있다.
"분노의 여신들"이 자비의 여신들[Eumenides]로 번역되는 것은 이들의 역할이
변화하는 데서 비롯된 것으로 이 극은 어떻게 "분노"의 여신들이 '착한' 여신들
로 변하게 되는지 보여준다.

　첫 장면은 델피에 있는 아폴로 신전 문밖에서 시작된다. 이 신전은 유명
한 신탁의 본거지이다. 극이 열리면 엄숙하고 성스러운 분위기를 깨트리는 비명
과 함께 여사제가 신전 밖으로 뛰쳐나온다. 그녀는 신전 안에서 피에 젖은 남자
가 쓰러져 있는 것을 발견한 것이다. 남자는 일명 "땅의 배꼽"이라 불리는 성스
러운 돌을 붙잡고 누워있고 그의 주변에는 흉측한 모습의 분노의 여신들이 역시
잠들어 있다.

　아폴로 신은 오레스테스에게 헤르메스의 인도 아래 아테네로 가라고 명
하면서, 아테네에 가면 여신 아테나가 그의 죄를 말끔히 씻어주고 그를 구해줄
것이라고 말한다. 아폴로는 오레스테스에게 가까운 사이임을 증명하듯 말한다.
"아테네로 가서 아테나 여신에게 도움을 청하게. 거기서 재판을 받으면 난 자네
를 변호하겠네. 걱정할 것 없어. 모두 잘 될 테니까." 헤르메스와 오레스테스는
아테네로 출발한다. 일이 잘 풀리는 듯싶은 그때에 오레스테스가 죽인 그의 어
머니 클리타임네스트라 유령이 나타난다. 유령은 신전 안으로 들어가서 분노의

여신들을 깨우고, 이들의 임무 태만을 꾸짖으며, 어서 일어나서 오레스테스를 쫓아가서 잡으라고 명한다. 분노의 여신들로 구성된 코러스는 오레스테스의 냄새를 맡고 그의 뒤를 쫓는다.

장면은 아테네로 바뀐다. 오레스테스는 아테나 여신의 상을 붙들고 구원을 호소하고 있다. 분노의 여신들로 이루어진 코러스는 정의의 심판을 받지 않고는 절대로 죄인을 놓아줄 수 없다고 한다. 오레스테스는 아테나의 도움을 청하는 기도를 한다. 애초에 오레스테스로 하여금 어머니를 죽이도록 부추긴 것은 아폴로이고, 아폴로는 이를 인정하면서 그가 한 일은 정당하다고 주장한다. 오레스테스를 추적한 분노의 여신들은 오레스테스의 주위를 맴돌며 춤을 추고 주술을 외우면서 그를 마술의 힘 안으로 끌어들인다. 마술에 걸린 오레스테스는 움직일 수가 없다. 이들은 단순한 마녀들과 구별된다. 악마의 힘을 빌려서 검은 마술을 부리는 마녀가 아니라는 사실이 중요하다. 이들은 지금껏 사회질서를 유지하는 데 중요한 역할을 했으며, 이들이 말하듯 공포는 그 나름의 긍정적 용도가 있다. 피 흘린 자를 벌하는 이 여신들의 복수의 기능이 없으면 사회는 혼란에 빠져 타락하고 추락하기 때문이다.

오레스테스의 기도를 들은 여신 아테나가 나타난다. 이들 사이의 언쟁을 들은 후 소란의 원인과 내용을 알게 된 아테나는, 이 사안이 중대하기 때문에 여신 혼자 결정지을 수 없다면서 아테네 시민들로 배심원을 구성하여 양쪽의 주장을 들어보는 청문회를 열고, 법정에서 이를 해결할 것을 선언한다. 분노의 여신들은 올림포스의 어린 신생 신들이 자기들과 같은 오래된 어른 신들의 정의를 행사하는 특권을 빼앗고 이들을 지배한다고 항변한다. 본연의 역할을 상실한 분노의 여신들은 법정토론을 위해 모인 주민들을 차라리 찢어버리고 싶어 한다.

오레스테스의 심판을 위한 정식 재판이 곧 열린다. 배심원에 의한 첫 정식 재판은 매우 인상적이었을 것이다. 피를 흘린 자는 피로 벌을 받는 '피의 복수 법'[Vendetta]이 진보하여 인간이 정의를 심판하는 아레오파고스 법정이 처음 열리는 것이다. 아테나 여신은 오레스테스의 죄가 무죄임이 인정되기까지 기다리며 그의 무죄의 정당성을 유도한다. 주장된 범죄행위에 대한 단순한 감정적 보복 차원을 벗어나서 문명화된 재판으로의 변화를 조명해준다. 분노의 여신들에게 오레스테스의 고문을 허용하는 대신 아테나는 실정 사건의 공정한 평결을 위해 분노의 여신들과 오레스테스 양쪽 모두의 진술을 허용한다. 그뿐만 아니라 아테나 여신은 평결의 결정이 공정하게 되도록 기본 규칙을 세운다. 이는 아테나에 의해 규정이 만들어짐으로써 복수살해와 분노의 여신들의 잔혹한 추적은 앞으로 그리스 사회에서 제거됨을 의미한다.

열두 명의 배심원이 들어오고 아폴로가 등장한다. 분노의 여신들이 먼저 피고에게 심문을 시작한다. "네가 어머니를 죽였느냐"는 질문에 오레스테스는 오직 한마디 "네"라고만 대답한다. "네, 그러나..." 하고 이유를 댈 수도 있었으나, 그건 중요치 않다. 분노의 여신들은 피를 흘린 사실만 알면 될 뿐, 살인의 정도나 급 또는 정당방위였는지조차도 알 필요가 없다. 살인이라는 사실 하나로 이 사건은 끝이다. 오레스테스는 모친살해를 인정하고 이는 아폴로 신의 명령에 따른 것임을 밝힌다. 이제 분노의 여신들은 아폴로에게 묻는다.

변호인으로 나선 아폴로는 세 가지를 지적한다. 첫째, 그의 살인행위는 제우스의 명령에 의한 것이었고, 아폴로는 제우스의 대변자라는 사실이다. 이 점은 작가 아이스킬로스의 일신교 경향을 암시한다. 제우스는 다른 신들과 동등한 위치에 있지 않으며, 따라서 다른 신들은 그의 대리자들이고 이들 신들은 제우스의 관리 아래 움직인다. 제우스의 권력이 분노의 여신들의 힘을 능가한다는 점을 아폴로는 지적한다. 둘째, 여자가 왕을 죽이는 행위는 극악무도한 죄임을 지적한다. 여기서 아폴로는 죄의 급을 말하고 있다. 용납되는 살인이 있고 절대로 용납될 수 없는 살인이 있음을 구별하는 것이다. 클리타임네스트라의 죄는 용서받을 수 없으나, 오레스테스의 죄는 변명의 여지가 있다는 뜻이다. 셋째, 태어난 아이의 진정한 어버이는 아버지이고, 어머니는 아버지가 씨를 뿌리는 밭에 불과하다는 주장이다. 아폴로의 주장에 의하면 어머니들은 단지 태아의 배양기에 불과하다면서 아버지들이야말로 자식의 진정한 근원이라는 것이다. 따라서 여자는 특별한 고려의 대상이 아니며, 어머니를 죽인 아들은 굳이 어머니가 아닌, 여느 한 여자를 죽인 거나 다름없다는 주장이다. 아폴로의 논거는 기상천외하게 들린다. 왜냐하면 보통 사람들 생각에는 어머니가 아버지보다 더 어버이에 가깝다고 여겨지기 때문이다. 그러나 아폴로의 엉뚱한 논지는 어머니가 더 지고하다는 지하의 여러 신들의 원시적 관점을 배척하려는 의도로 보는 평자들도 있다.

아폴로는 혁신가로서 극단의 위치를 취하지만 객관적 관점에서 볼 때 그의 주장은 일리가 있다. 아테나 여신조차도 그의 관점에 동의하면서 그녀 자신이 여성임에도 불구하고 언제나 남성과 동감을 갖게 된다는 속내를 말한다. 한마디로 그녀는 지하 신들의 원시적 관점보다는 올림포스 신들의 관점을 지지한다. 아테나는 아레오파고스 법정의 설립을 선언하고 재판의 기초를 세워 놓는다. 배심원들의 투표 결과가 양쪽 모두 동수로 나오면 그녀는 의장으로서 한 표를 행사하겠다고 발표한다.

각 배심원이 항아리에 표[작은 돌멩이]를 던지는 긴장된 시간이 흐른다. 곧 최종 결론의 집계가 보고된다. 결과는 동수다. 표의 결과는 배심원이 둘로 똑같이 갈라졌지만 아테나의 투표가 동수를 깨고 오레스테스의 손을 들어줌으로써 오레스테스는 이제 자유인이 된다. 아테나는 "무죄이지만, 다시는 이런 죄를 범치 말라"는 조건을 달고 그의 무죄를 선고한다. 이는 아르고스와 아테네가 영원한 동맹이 되도록 맹세한 오레스테스의 뜻이 이루어진 것이다.

재판정은 옛 방식의 기계적인 복수법에 종지부를 찍고, 앞으로는 동료 인간들로 구성된 배심원들이 공정하게 옳고 그름의 문제에 다가갈 수 있게 되었다. 아테네 민주주의의 발달된 문명제도가 이루어진 것이다. 아폴로는 그곳을 떠나고 오레스테스는 감사 표시를 하면서 아테네인들에 대한 변함없는 우정을 약속한다.

아이스킬로스는 언제나 정치적 고려를 잊지 않는다. 분노의 여신들은 아테나 여신의 개혁을 비열하고 부당한 행위라며 분개한다. 앞서 밝혔듯이, 이들은 악한 마녀들이 아니고 법의 질서와 기능에 충실한 진실된 자들임을 기억해야 한다. 이 땅에 풍성한 곡물과 복을 내려주는 이 여신들은, 그들의 원래 임무를 박탈당하자 땅을 피폐시키겠다고 위협한다. 이들은 지하세계에 살기 때문에 땅에 심은 곡식을 땅 위로 밀어 올릴 수 있는 위치에 있다. 아테나는 결과에 승복하도록 이들을 설득하고 이들에게 아테네에 살면서 선한 사람들을 돕고 나쁜 사람들을 선도하는 역할을 부여한다. 분노의 여신들은 제거되는 게 아니라 변화된다. 옛것을 파괴하지 않고 승화시키는 것은 그리스 방식이다. 이들은 그 사회의 새로운 신분을 수긍하고 받아들인다. "자비의 여신들"이라는 뜻의 "에우메니데스"(Eumenides)는 지혜로운 자, 성스러운 자를 의미한다. 이 이름 아래, 복수의 여신들은 아테나 여신의 약속대로 축복을 전하는 이들의 신전을 도시 안에 세운다. "만물을 굽어보시는 제우스께서 그렇게 하셨고, 이들 복수의 여신들은 이에 동의했다"고 코러스는 노래한다. 주어진 중요한 위치를 유지하게 된 이들은 여신이 정해준 새 보금자리를 향해 시민들과 함께 아테나의 뒤를 따라 행진한다. 아트레우스 가문의 복수 순환은 이로써 끝이 나고 미래 재판의 기본이 세워진다. 『오레스테이아』 3부작은 전반적으로 고대 그리스 정의의 진화를 제시해 주고 있다.

결국 정의의 해결은 단순한 이성적 과정이나 토론을 거쳐서 해결되기보다는 감정의 특별한 요인이 작용한 결과로 보인다. 한 도시가 번성하려면 정의는 이성적으로만 이루어지는 것이 아니라 감정도 존중받아야 한다는 지적이다. 정의에 대한 우리의 감정을 침해하기 시작하면 우리 사회는 번성하지 못한다. 그리스 최초의 법원이라 할 수 있는 아레오파고스에서 재판이 열린 것은 아테네 법에 애국적 경의를 표하는 것으로 보인다.

한편 아이스킬로스는 관객에게 인간 정의의 한계를 보여준다. 투표의 동등한 표결은 인간의 지혜만으로는 신의 세계까지 확장된 『오레스테이아』의 갈등을 해결할 수 없음을 뜻한다. 오레스테스를 구하고 죄와 벌의 고리를 끊어 줄 수 있는 힘은 오직 신의 자비일 뿐이다.

여기서 비극에 대해 잠깐 언급해보고자 한다. 현대에 와서 비극을 정의하려는 시도는 보통 괴테(1749-1832)가 쓴 글에서 시작한다. 괴테는 "비극은 전적으로 서로 화합할 수 없는 갈등에서 비롯되며, 화합이 가능해지는 순간부터 진정한 비극은 사라진다"라고 쓰고 있다. 그렇다면, 갈등을 봉합하고 화해로 끝맺는 『오레스테이아』를 현대적 관점에서 볼 때, 비극이라 할 수 있는지 묻게 된다. 비극의 결말은 화합으로 끝날 수 없다는 것이 괴테의 생각인데, 그럼에도 이 3부작의 결말은 화합으로 끝난다. 여기에서 우리는 "비극은 무엇인가?"라는 장르에 대해서 생각하게 된다. 지면 관계상 여기서 대답할 수 있는 성격의 질문은 아니지만, 아이스킬로스의 관심을 말할 수는 있다. 그의 관점은 갈등의 해결과 화합의 여지를 둔 비극관으로, 『오레스테이아』가 보여주는 극단의 너비와 깊이에서 아이스킬로스가 얼마나 거대한 비극작가인가를 보여준다. 그러나 이것은 현대의 비극이라는 단어에는 적용할 수 없는 인간존재에 대한 철학적 문제이다. 이 극은 상호 간의 가치를 부정함으로 끝나지 않고, 신의 지혜와 그에 따른 강력한 세상 기구의 두 가지 가치를 확인해줌으로써 결말을 맺고 있다.

잔혹한 아트레우스 가문 이야기를 다룬 『오레스테이아』는 세계문학사에서 그리스 고전 문학의 보배로 인정받고 있다. 시간과 공간이 고정되어 있는 아트레우스 가문의 비극이지만 시대를 초월한 인간의 공통된 비극으로 읽히고 있다. 남녀문제, 전쟁의 폐해, 왕의 권위와 시민의 불만, 왕을 대체하려는 찬탈자의 야심, 전쟁과 정치의 불가분의 관계 등 다양한 주제가 담겨 있고, 그중에서도 중요한 주제는 죄와 벌을 둘러싼 신과 인간의 관계이다. 극작가 아이스킬로스는 복수와 운명과 그리스 도시국가의 도덕적 법에 깊은 관심을 갖고 있었다. 『오레스테이아』 3부작이 탐색하는 문제는 신성한 질서 잡힌 우주에서 왜 악이 저질러지는가, 그에 따른 고통받는 인간의 원초적인 문제는 어떤 것인가에 초점을 두고 있다. 아이스킬로스가 그의 3부작 『오레스테이아』의 끝에 보여주는 것은 서로 대결하는 두 힘이 화합하는 세계이다. 영국 시인 스윈번(1837-1909)은 이 3부작을 "인간 정신이 이룰 수 있는 가장 위대한 업적"이라고 말했다. 이 작품과 견줄 수 있는 예술품은 아마 미켈란젤로의 조각 이외는 없을 것이라고 극찬한 평자도 있다.

▌『자비의 여신들』

(코러스는 각각 오레스테스를 추적하며 등장한다.)

코러스장(長)   여기 그자가 지나간 흔적이 있다.
　　　　소리 없이 도망간 이 범죄자를 따라가자.
　　　　부상당하고 사냥개에 쫓겨 피 흘리며 도망가는 새끼사슴 쫓듯
　　　　우리는 핏자국을 따라 그자를 찾아낼 것이다.
　　　　대지를 가로질러 넓은 바다를 날개도 없이
　　　　배보다도 빠르게 예까지 쫓아 왔으니.
　　　　죽을 지경으로 달려온 내 심장은 터질 것만 같구나.
　　　　분명 이곳 어딘가에 그자가 웅크리고 숨어 있을 게 틀림없어.
　　　　사람의 피 냄새가 나를 부른다.
　　　　모친살해범을 벌 받지 않고 도망가게 둘 수는 없지!
　　　　안 되고말고! 모두들 구석구석 살피고 찾아보자.

(이들은 오레스테스를 발견한다.)

　　　　저기 있다! 저놈이 저기 여신상을 부둥켜안고 있다.
　　　　정의의 여신이 그의 행동을 심판하고
　　　　살려주리라 기대하는 모양이군. 그런 일은 절대 없지.
　　　　저자는 어머니의 피를 흘린 자야. 흘린 피를 되살릴 수는 없는 법.
　　　　누구도 저자의 죄를 해결해줄 수는 없다.
　　　　피 냄새가 아직도 땅에 진동하는구나.
　　　　어머니의 피를 흘린 너는 마땅히 죽어야 해.
　　　　너는 너의 죗값으로 더 많은 피를 흘려야 해!

너의 팔다리에서 시뻘건 피를 모두 뽑아내어

신들과 인간이 증오하는 너의 피를 내가 다 마셔버리겠다.

네가 살아 있는 동안 네 살은 모두 없어질 것이고,

너의 모친이 받은 고통을 위로하려면,

넌 지옥에서 벌받고 살아야 한다.

누구든지 신이나 손님을 박대한 자, 너같이 부모를 대적한 자,

그런 자들은 모조리 망하게 되어 있어.

너는 반드시 죗값을 치르게 될 것이다.

(전체) 코러스　죽음의 신이 너를 심판한다.

혹독한 신이 네가 하는 행동 하나하나 지켜보고 있다.

그렇다. 그가 너의 죄를 영원히 기억할 것이다.

오레스테스　난 고통에 익숙한 자요.

나를 위해 용서를 빌어 준 제의와 제단이 많이 있소.

나는 내가 말을 해야 할 때와

말을 하지 말아야 할 때를 알고 있소.

나의 지혜로운 스승이 지금은 말할 때라고 가르쳐 줍니다.

내 손에 묻은 핏자국은 희미하게 지워졌어요.

살인의 죗값은 아폴로 제단에 바친

수많은 돼지들의 피로 이미 씻겨졌습니다.

지금까지 나를 저주하지 않고, 환대해준 많은 친구들,

그 숫자를 열거하면 길고 깁니다. 세월이 내 죄를 씻어준 것이오.

아테나 여신이여, 경건의 마음과 순결한 입술로 여신께 호소하오니,

저를 도와주소서. 여신이 이 나라를 지배하고 계심을 보여 주소서.

폭력에서 저를 구해 주시고 이 땅 아르고스의 백성들을

통일된 하나로 묶어 주소서. 간구하오니,

우리로 하여금 여신의 수호자가 되게 하여 주소서.

여신께서 태어난 트리튼 호수 근처

멀리 리비아 사막에 떨어져 있다 해도

이곳으로 달려와 친구를 구해주실 수는 있다고 믿습니다.

플레그라이 평야에서 용감하게 군대를 호령하는 용사처럼

부디 오셔서 나를 구해주소서! 신성한 여신의 귀에는

내 말이 들리겠지요. 어서 오셔서 나를 속박하는

이 고통의 멍에를 풀어주소서. 나를 자유롭게 놓아주소서.

코러스장 너 같은 놈에게는 아폴로 신도 아테나 여신도 소용없다.

그들은 너를 구해주려고 힘을 쓸 수 없어. 넌 이제 끝났어.

너는 버려진 존재야. 너의 피를 유령들이 다 빨아 먹을 것이니,

너는 웃음을 가져오는 기쁨의 향기도 잊게 될 것이다.

너는 망령으로 끝날 것이야. 내가 하는 말이 믿기지 않느냐?

왜 대답이 없느냐? 너는 우리 손에 넘겨진 자임을 잊지 마라.

신성한 불꽃을 기다리지 마라. 너의 살코기가

우리의 배를 채워 줄 것이다.

자, 들어라! 우리가 부르는 주술에 너는 포로가 될 것이고,

주술 노래는 우리를 열광시킬 것이다. 어서들 춤추자.

춤사위를 돌 때마다 저자의 목숨이 한발 한발

우리 손아귀로 어떻게 넘어오는지 보여주자.

우리는 맹렬하지만 정의롭고 신속하다.

죄 없고 깨끗한 자들은 우리가 퍼붓는 격한 공격을

벗어날 수 있지만, 여기 이 사내처럼 죄를 범하면

그 지은 죄로 고약한 냄새가 진동할 것이다.

"피에는 피로, 죽은 자를 기억하라"

우리의 이 끝없는 부르짖음을 듣게 될 것이다.

(좌측) 코러스   오, 우리 어머니, 복수의 밤이여, 우리에게 생명을 주신 목적이

죄 없는 자와 죽어 마땅한 자를 구별하여 찾아내라는 것인데,
아폴로 신이 우리를 방해하고 가로막고 있습니다.
저자는 제 어미를 죽인 값을 치러야 하는데
아폴로가 죽어 마땅한 저 죄인을 숨겨주고 있습니다.

(전체) 코러스   우리의 주술을 노래하자. 곧 희생될 이 짐승 같은 놈을
주술을 불러 불가로 몰고 가자.
저자의 심장박동을 교란시켜 정신 착란을 일으키게 하자.
그래서 저자를 미치게 만들자.
존재하지 않는 소리로 환청을 들리게 해서
그래서 저놈을 파괴시키자.

(우측) 코러스   우리의 임무는 살인을 저지르는 자를 괴롭히는 일이다.
우리는 그런 어리석은 자의 귀가 떨어져 나가도록
개처럼 짖어댈 것이다. 숨어 있는 그자의 옆구리를 찔러서
죽음으로 끝날 때까지 그자를 추격할 것이다.
그러나 죽음조차도 그를 자유롭게 놓아주지는 않을 것이다.

(전체) 코러스   희생제물이 될 그 짐승 같은 놈이 여기 있다.

(좌측) 코러스   우리는 가문의 멸망을 택했노라.
한 가문에서 자란 폭력이 전쟁을 일으켜
피를 흘리면, 피는 피를 부르고,
여기 숨은 이자가 아무리 강해도
그의 핏값을 치를 때까지 추적하고,
끌어내어 반드시 없애 버릴 것이다.

(우측) 코러스   우리는 우리의 추악한 임무를 열심히 수행할 것이다.
올림포스 신들이 해야 하는 이 고약한 임무를
그들의 수고를 덜어주려고, 우리들
밤의 여신들이 대신하고 있지 않은가.

그래서 제우스 신조차 우리의 피 묻은 얼굴을 보고
경악을 금치 못하고, 우리를 하늘 밖으로
이렇게 땅 아래로 밀어내어,
우리는 절망하며 땅에 떨어져 내려온 것이다.

(전체) 코러스 우리는 가문의 멸망을 몰고 온다. 가문은 가문끼리
같은 가문 안에서 전쟁으로 망한다.

(좌측) 코러스 햇빛처럼 찬란하고 영광스럽던 것도
우리만 다가가면 빛을 잃고 컴컴한 어둠에 싸이고 말지.
우리의 검은 겉옷은 성난 춤바람에 휘날리고
광란의 발길에 밟히는 자는 진토로 변해 버리고,
단단한 우리의 발굽은 복수의 춤을 추며
병마에 물든 안개처럼 다가간다네.
어리석은 자는 착란을 일으켜 시커멓게 쓰러지고
소문으로 듣던 유령 먹구름이 그자의 난롯가를 배회하고
그의 집 주변과 마음을 짓누른다네.
우리는 모든 범죄를 법처럼 기억하고,
우리의 의지는 강하고 우리의 손은 잽싸고,
어떤 기도 소리에도 귀를 막아
어떤 애원도 우리에게는 통하지 않는다네.
비록 다른 신들이 우리의 추한 모습을 경멸하고 피하고 비웃어도
우리는 우리가 해야 할 소임을 반드시 이루고야 마니까.
생명 있는 자에게나 죽은 자들에게나
우리의 방법은 매번 똑같은 험한 산길이라네.

(전체) 코러스 두려움 없는 자 누가 있나?
우리 앞에 고개 숙이지 않는 자 누가 있나?
우리의 소임은 하늘이 우리에게 맡긴 것임을 당신들도 들었노라.

어둠을 가르고 어둠에서 튀어나온 우리를 부정할 자 누가 있나?

아테나 (*등장하면서*) 도와달라는 고함소리를 멀리서 듣고 달려왔다.

아카이안 장수들이 테세우스의 후손들을 위해 창을 들고 지킨,

영원히 나에게 주어진 스카만데르,

그 땅 가까이에 내가 있었는데,

너의 부르짖음을 듣고 날개도 없이 바람 타고

지칠 줄 모르는 발걸음을 재촉하여

나의 방패를 앞세우고 이렇게 날아왔다.

그런데 당신들은 대체 뭐요! 흉측스러운 당신 무리들은

누구요? 나는 당신들 모습이 조금도 두렵지 않으나,

참으로 눈 뜨고 볼 수 없는 혐오스러운 형상이로다.

내 신상 앞에 구부리고 앉아있는 이 낯선 청년은 또 뭔가?

당신은 누구요? 그리고 신도 아니고 인간도 닮지 않은,

세상 어떤 존재와도 같지 않은

괴이한 형상의 당신들은 대체 뭐요?

그러나 내가 이렇게 말하는 건 공정한 태도가 아니지.

겉모습이 흉측하다 하여 외모로 판단하고

공격하는 건 옳지 않은 태도니까.

여기 이곳은 정의의 광장이 아닌가.

코러스장 오, 제우스의 딸이여, 자초지종을 말하리다.

우리 분노의 여신들은 영원한 어두운 밤의 딸들입니다.

지하세계에서도 우리는 "저주"라 불립니다.

『결박된 프로메테우스』

▌ 배경

티탄족은 오랫동안 우주를 다스렸다. 이들의 왕 크로노스와 그의 여섯 명의 자식들은 가장 오래된 올림피아 신들이다. 그중 막내아들 제우스가 이끄는 신들은 크로노스의 폭정에 반기를 들고 그를 권좌에서 끌어 내렸다. 뒤이어 벌어지는 신들의 전쟁에서 티탄족은 기회주의자인 오케아노스에 의해 버림받았으며, 우수한 두뇌를 지닌 티탄족 프로메테우스는 원시적 잔혹성에 대항해 싸우는 제우스 편에 서서 그를 도왔다. 서쪽으로 추방당한 크로노스와 하늘을 양어깨에 짊어져야 하는 아틀라스를 제외한 나머지 티탄족은 모두 심연의 타르타로스 저승에 갇혔다.

우주의 젊은 새 지도자 제우스는 이제 그 자신이 전제적인 독재자가 되었다. 인간을 창조한 프로메테우스는 인류를 방어하는 챔피언이 되어 문명의 진보를 위해 제우스와 맞서 싸운다. 제우스가 인류를 파괴하기로 결정했을 때 프로메테우스는 인간들을 옹호하고 이들을 지속적으로 도우면서 인류를 위한 그의 뜻을 관철시킨다. 결국 그는 제우스의 명령을 어기고 인간들의 보다 나은 삶을 위해 불을 훔쳐서 인간에게 주었다.

▌ 작품 소개

프롤로그 시작부터 극이 끝날 때까지 주인공 프로메테우스는 바위 한 곳에 묶여있는 상태이고, 이 극의 액션은 주인공과 그를 찾아오는 방문객 사이의 대화 형식으로 되어있다. 아이스킬로스의 다른 극에서 제우스는 힘이 넘치고 영화롭고 선한 존재로 비친 반면, 이 극에서 보이는 그의 모습은 변덕스럽고 잔인하다. 그는 인간에게 가장 큰 선물을 안겨 준 프로메테우스를 결박하고 고문한다. 학자들 간에 이런 이유로 이 극이 아이스킬로스의 작품이 아니라는 설과 무대용이 아니고 독서용이라는 설이 있지만, 대개는 아이스킬로스의 작품임을 인정한다.

프로메테우스가 당하는 고난의 이야기는 여러 면에서 성경의 『욥기』와 비슷하다. 『욥기』의 저자는 이 극을 알고 있었는지도 모른다는 이야기가 나온다. 욥은 구약의 어떤 등장인물과도 다르고 형식 면에서도 성경처럼 역사나 예언적 성격이 아니다. 『욥기』에서 욥과 그의 친구들이 벌이는 논쟁의 중심에는 신과 정의의 문제가 있다. 욥의 친구들은 정의가 어떻게 작용하는가에 대한 확신을 갖고 있다. 이들에 따르면, 한 인간의 번영은 덕이 많은 결과의 증명이고, 욥처럼 고통받는 인간은 죄의 결과 때문이라는 주장이다. 욥은 자신이 어떤 나쁜 짓을 했는지 전혀 모르므로 그를 비난하는 친구들에게 구체적인 사례를 들어주기를 바란다. 하나님의 권력은 인간이 미칠 수 없는, 인간보다 훨씬 위에 있기 때문에 하나님의 생각과 방법을 인간이 평가할 수 없다. "여호와의 말씀에 내 생각은 너희 생각과 다르며 내 길은 너희 길과 달라서 하늘이 땅보다 높음같이 내 길은 너희 길보다 높으며 내 생각은 너희 생각보다 높으니라"(『이사야』 55:8-9)는 성경 구절이 있다. 욥의 경건한 친구들은 하나님이 마치 그들 손 안에 들어 있는 듯 행동한다. 그러면서 자신들의 오만한 행동을 깨닫지 못한다. 이는 "인간은 사물의 척도"라고 말한 프로타고라스의 생각과 통한다. "인간들은 전에는 눈을 뜨고도 보지 못했고, 귀가 있어도 듣지 못했다"는 프로메테우스의 말은 『욥기』 마지막 장에서 "내가 주께 대하여 귀로 듣기만 하였삽더니 이제는 눈으로 주를 뵈옵나이다. 그러므로 내가 스스로 한하고 티끌과 재 가운데서 회개하나이다"(『욥기』 42:5-6) 하고 고백하는 욥의 결론을 떠오르게 한다. "신에 대해서 모르기 때문에 난 말하지 않겠다"는 욥의 태도는 무신론을 뜻하는 것이 아니다. 욥은 인간의 지혜가 미치지 못하는 곳에서 세상 역사와 인간 운명을 결정하는 보이지 않는 큰 힘을 깨닫는다. 그리스인 프로메테우스가 지닌 개념은 물론 성경의 하나님 개념과는 전혀 다르다. 『창세기』는 "태초에 하나님이 천지를 창조하시니라"로 시작한다. 즉 하나님의 존재는 영원무궁하다는 뜻이다. 올림포스 신들의 왕인 제우스라 해도 그가 땅을 창조하거나 무한한 시간을 창조했다고 그 스스로 상상한 적이 없다. 타자에게 행사한 그와 같은 그의 권력은 그 이전에도 있었다. 그의 권력은 주어진 시간 안에 시작하여 논리적으로 주어진 시간 안에 끝날 것임으로 제한적이다. 왜냐하면 그의 경력은 유한한 고로 성장/발전으로 이어진 후에는 끝나게 되어 있다.

제우스의 반대자 프로메테우스는 평범한 자가 아니다. 극 중 등장인물들은 모두 평범한 인간의 범주 밖 존재들이다. 프로메테우스는 인류의 큰 형님 같은 존재로 극에서 그에게 주어진 명성은 하늘 높이 치솟는 이미지이다. 따라서 그는 제우스에게 성가시고 버거운 존재이다. 이를 바탕으로 시인 아이스킬로스는 프로메테우스를 창조하였다.

『결박된 프로메테우스』의 액션 시간은 옛날 옛적 문명이 시작될 때이다. 장면은 바다가 내려다보이는 높은 산꼭대기이다. 티탄족 프로메테우스는 인간의 친구로서 인간에게 불의 사용을 가르치고 이들을 멸종에서 구해주었다. 이것이 전통적인 만인의 문화 영웅 프로메테우스의 모습이다. 이로 인해 제우스의 계획은 어그러지고 무너졌다. 제우스는 자기를 거역한 티탄 프로메테우스를 세상 끝 아무도 없는 바위 꼭대기에 묶어서 고문하라는 명령을 내린다. 그의 명령을 받은 헤파이스토스가 수행원 "힘"과 "폭력"을 대동하고 등장하는 것으로 극은 시작한다. 이들의 대화에서 헤파이스토스가 보여주는 온정은 '힘'의 잔혹성과 대조된다. 헤파이스토스는 그의 친족이며 친구인 프로메테우스를 직접 바위 절벽에 못으로 박아야 하는 자신의 손재주와 신세를 한탄한다. '힘'은 제우스의

적을 동정하는 것은 소용없는 위험한 짓이라고 말한다. 작업을 끝낸 헤파이스토
스는 '힘'과 '폭력'과 함께 퇴장한다.

정치에서는 흔히 힘과 폭력을 정치의 권력구조로 본다. 아이스킬로스는
우정을 언급함으로써 이 사실을 강조한다. 헤파이스토스는 그와 프로메테우스
와의 우정 때문에 제우스의 명령이 그에게 더 힘들다고 말하고, 오케아노스는
프로메테우스와의 우정을 고려해서 그에게 도움을 제공하고 싶어 한다. 프로메
테우스에게 벌을 주는 가장 큰 이유는 인간적인 우정의 가치를 제우스 신에 대
한 경외심보다 더 우위에 두기 때문이다. 프로메테우스는 제우스와 티탄들 사이
의 전쟁을 상술한다. 그는 그의 동족인 티탄들을 도우려 했으나 이들은 그의 책
략을 거부했다. 그래서 그는 그의 책략을 제우스에게 제공하여 제우스의 승리를
가져오는 데 결정적 역할을 했다. 모든 독재자가 그렇듯 제우스는 그의 친구들
을 신뢰하지 못하기 때문에 프로메테우스를 벌한다. 제우스가 우정을 이해하지
못하는 이유는 그의 넘치는 자신감과 누구든 그에게 복종해야 한다는 확고한 신
념 때문이다. 우정의 중요성을 고집하는 프로메테우스는 극이 끝날 때 코러스의
지지를 받는다. 코러스는 복종의 가치는 우정의 가치를 우선하지 못한다는 암시
를 준다. 제우스의 폭정은 악으로 나타나고, 공정성을 획득하기보다는 잘못된
인식의, 현명치 못한 처사로 나타난다. 사랑받는 일이 두려움을 느끼게 하는 것
보다 훨씬 낫다.

프로메테우스는 공기, 바람, 태양, 땅, 파도의 "무수한 웃음소리" 등의 모
든 자연을 향해 호소한다. 그는 이제 새로 탄생한 제우스 신에 의해서 "신인 내
가 다른 신들로부터 어떤 일을 당하는지 그대들은 보시오" 하며, 그가 이런 벌
을 받게 된 이유를 설명한다. 그것은 인간의 친구가 되어 이들에게 유익한 불을
선사하고 또 다른 많은 기능을 가르쳐준 까닭이다. 투시력을 지닌 프로메테우스
는 앞으로 일어날 일들을 알고 있다.

오케아노스 딸들로 구성된 코러스가 날개 달린 수레를 타고 등장하여 프

로메테우스를 동정하고 제우스의 독단적 지배력을 유감스럽게 여긴다. 프로메테우스는 그가 티탄과 싸워서 제우스를 권좌에 앉게 해주었는데도 불구하고, 그의 봉사와 덕을 무시하고 고마워하지 않는 제우스의 배은망덕함에 배신감을 느낀다. 프로메테우스는 그가 벌 받게 된 이유를 묻는 오케아노스의 딸들에게 인간에게 제공한 그의 다양한 선물과 기술 때문이라고 설명한다. 그는 인간에게 미래를 설계할 희망을 선물로 주었다. 에밀리 디킨슨(1830-86)의 "희망은 날개 달린 것"의 시 구절처럼, "궁지에 몰려도/ 빵 부스러기 하나 요구하지 않은" 그 희망을 인류에게 거저 안겨주었기 때문에 그가 혹독한 시련을 겪는 것이다.

날개 달린 준마를 타고 오케아노스가 날아온다. 그는 제우스를 화나게 자극하지 말고 그에게 승복할 것을 프로메테우스에게 권한다. 프로메테우스는 오케아노스의 충고는 고맙지만 이 일에 관여하지 말고, 괜한 수고하지 말고 떠나라고 한다. 위험한 문제에 얽히고 싶지 않은 오케아노스는 떠난다.

코러스는 다시 그를 동정하는 노래를 부른다. 이들은 프로메테우스를 비롯하여 제우스의 손에 의해 고통받는 그의 형제들, 특히 지구를 어깨에 둘러메고 있는 아틀라스를 안타까워한다. 프로메테우스는 인류를 위해 숫자[數], 농업, 언어, 수학, 동물사육법, 배 조정법, 질병을 고쳐줄 약초 처방 등을 가르쳐 주었고, 인간으로 하여금 예술의 창조적 어머니가 되게 하였으며, 인간이 지닌 모든 기술은 그가 알려준 것임을 주장한다.

암소의 뿔을 달고 쇠파리에 쏘인 이오가 등장한다. 이오를 사랑한 제우스는 아내 헤라의 질투심 때문에 그녀를 소로 변화시켜서 수백 개의 눈이 달린 거인이 그녀를 지키게 했다. 이오는 폭군적이며 변덕스러운 제우스의 손에 고통당하고 희생되는 또 하나의 본보기이다. 이오는 프로메테우스에게 자신의 앞날에 대해 묻는다. 제우스 때문에 고통당하는 이들은 같은 희생자로서의 유대감을 갖는다. 프로메테우스는 이오가 암소로 변하여 아르고스에 의해 보호받지만, 살해당해 세상을 떠돌도록 그녀를 몰아낸 쇠파리와 함께 유령이 되어 돌아올 것이며, 그녀의 후손들은 아르고스시의 왕들이 될 것이라고 알려준다. 이오는 다시 쇠파리에 몰리는 고문을 받으며 달아난다.

이오가 떠나고 프로메테우스는 코러스에게 제우스를 제압할 권력의 비밀을 들려준다. 이오의 고통에 분노를 느낀 프로메테우스는 신들의 왕인 제우스에게 그의 파멸을 가져올 더 힘센 아들이 태어나서, 제우스가 그의 아버지 크로노스에게 가한 똑같은 짓을 아들에게 당할 것임을 말한다. 프로메테우스의 이 말이 올림포스에 들려오자, 프로메테우스의 비밀을 알아내라는 제우스의 명을 받은 헤르메스가 찾아와서 그를 위협하고 공격하지만 허사다. 프로메테우스는 코러스에게 그의 예언 대부분을 드러낸다. 제우스도 다른 자들처럼 그가 듣고 싶어 하는 필요한 예언을 프로메테우스에게 강요하지만, 프로메테우스는 절벽에 묶인 그를 풀어주지 않는 한 절대로 제우스의 앞날에 대한 예언을 말하지 않겠다고 선언한다. 제우스의 전령인 헤르메스는 프로메테우스에게 그 아들의 어머니가 누구인지 정체를 밝혀주기를 명한다. 프로메테우스는 헤르메스를 조롱하고 답을 주지 않는다. 헤르메스는 프로메테우스의 고집과 불순종을 미친 행위라고 비난하고, 그가 죽게 될 때까지 독수리가 그의 간을 매일 쪼아 먹을 것이라고 위협하지만 프로메테우스는 그의 운명에 대한 두려움을 드러내지 않는다. 헤르메스는 오케아노스 딸들에게 떠나라고 명한다. 그러나 그들은 친구를 배신하는 행위는 가장 나쁜 범죄라며 프로메테우스와 끝까지 함께할 것을 맹세한다.

헤르메스의 오만한 태도는 프로메테우스의 화를 돋우고 자극하여 그를 "제우스의 종놈"이라고 부르면서 자신의 불행을 헤르메스의 종살이, 마름 노릇과 바꾸지 않겠다고 한다. 이때에 땅이 진동하면서 천둥과 번개 치는 혼돈 속으로 프로메테우스는 사라진다. 여러 가지 정황에서 우리는 헤르쿨레스가 프로메테우스의 간을 쪼아 먹던 독수리를 쏘아 죽이고 그를 해방시켜 주었음을 안다.

제우스와 프로메테우스의 싸움은 힘과 두뇌의 싸움이다. 제우스를 도와서 티탄족들을 물리칠 때 프로메테우스는 꾀를 사용했다. 프로메테우스가 인간을 도와 지력을 시도하는데, 제우스는 힘을 사용하여 그에게 벌을 내린다. 프로메테우스는 제우스가 제우스의 힘보다 더 큰 권력에 의해서 무너질 것을 확신한다. 힘과 권력이 생각과 정신을 압도하겠지만 그러나 생각과 정신이 없는 힘과 권력은 무한히 존재할 수 없다. 이 극에서 아이스킬로스는 겉으로 보기에 힘과 권력 사이의 갈등이 풀리지 않음을 의도적으로 보여준다. 아이스킬로스는 사고력(思考力)이 파국을 막아내는 해결책임을 우리에게 보여준다. 제우스의 추종자들이 보이는 그에 대한 맹목적인 복종에 반대하려면 생각하는 힘이 유지되어야 함을 역설한다. 지금은 제우스의 반대편에 있지만 프로메테우스의 판단이 언젠가 제우스를 구하게 될 것이다.

프로메테우스와 제우스는 서로의 주장과 고집을 끊임없이 비난한다. 프로메테우스는 제우스에게 절대 복종하지 않을 것이고, 제우스 또한 그가 내리는 벌을 멈추지 않을 것이다. 제우스는 사랑에서조차 극단적이다. 그리스 비극에서 자만심과 극단적 행동은 보편적으로 널리 책망받는 행태이다. 이오에 대한 그의 집착은 결국 그녀를 불행하게 파멸시킨다. 그리스인들의 사고에는 도를 지나치는 무절제를 가장 큰 도덕적 죄목으로 간주하는 경향이 있다. 우주의 건강한 기능은 서로 반대되는, 이를테면, 권력과 사상처럼 서로 반대되는 요소들의 협력을 요구한다. 갈등만으로는 해결이 이루어질 수 없다.

이 극은 정의에 대한 고민을 안겨준다. 프랑스의 수학자이며 철학자인 파스칼(1623-62)은 "힘이 없는 정의는 무기력하고 정의 없는 힘은 폭력이다"라는 명언을 남겼다. 수많은 금언으로 유명한 아일랜드의 극작가 오스카 와일드(1854-1900)도 "불의보다 더 나쁜 것은 손에 칼이 없는 정의이다. 힘이 없는 정의는 악과 다를 바 없다"고 했으니, 정말 고민해 볼 문제이다. 이 극에서는 정의의 문제와 함께 지도자의 자질을 생각해보게 된다. 제우스는 지도자로 태어났지만, 우정, 애정, 동정을 무시하는 폭군으로 그려져 있다. 그러나 프로메테우스는 인간에 대한 도의적인 바탕 위에 인정과 애정을 보여준다. 그에게는 비상한 능력이 있다. 그에게는 역사를 변화시키는 꿈과 그 꿈을 실현하는 열정이 있다. 그는 다른 등장인물들과 나누는 대화에서 그의 순수함, 용기, 절제의 일관성을 보여주고, 그의 민첩한 판단력과 과감한 실천력은 그가 족히 탁월한 지도자가 될 수 있음을 증명해준다. 특히 그가 보여주는 인류에 대한 자유, 평등, 인애 정신은 이로부터 1,300여 년 후에 일어난 프랑스대혁명의 3대 기치를 내다보게 해준다. 어쩌면 이런 점들이 낭만주의 시대에 들어와서 영국 시인 셸리(1792-1822)로 하여금 『풀려난 프로메테우스』(1820) 극을 쓰게 하지 않았을까. 그런데 혁명이 과연 프랑스에 파라다이스를 가져왔는가? 요절한 독일의 천재 극작가 뷔흐너(1813-37)의 『당통의 죽음』(1835)은 이 아이러니를 잘 그려주고 있다. 혁명아들은 나라를 이룬 역사적인 경험과 전통은 다 무시하고 왕족, 귀족, 신부들 등 기득권자들의 목을 댕강댕강 자름으로써 그동안 품고 있던 이들의 왕년의 앙심을 해소하는 것은 아니었나? 두 혁명 지도자인 로베스피에르와 당통 간의 힘겨루기는 한쪽은 기쁨을 모르는 냉혹하고 천박한 악마적 공포 그 자체이고 또 한쪽은 기쁨과 흥은 넘치지만 삶을 죽음으로 몰고 가는 굴뚝이나 다름없다. 혁명이라는 이름 아래 삶의 기쁨을 처단하는 조직적인 살인의 거대한 소용돌이에서 한쪽의 힘에 밀려 사형을 앞둔 당통은 감옥 창밖으로 밤하늘 별들을 내다보면서 "반짝이며 흩어지는 눈물과 같다"는 표현을 한다.

프로메테우스는 서양문명 최초의 위대한 반항아이다. 그의 극단적 행동은 가능성이 희박한 상황에서도 맞서 싸워 이겨낸다는 확신에 근거한다. 그는 공동체/인류 전체가 함께 바라보고 나아갈 목표를 향해 자신의 신념과 계획을 굽히지 않는 영웅이다.

▌『결박된 프로메테우스』

(*힘, 폭력, 헤파이스토스, 프로메테우스가 등장한다. *이 극에서 폭력은 대사가 없다.*)

힘   우리가 어디까지 왔소? 이곳은 스키티아의 길 없는 황야로군.
       헤파이스토스, 그대는 이 악당 프로메테우스를 산꼭대기에 묶으시오.
       아버지 제우스 신은 질긴 고리사슬로 그를 단단히 묶으라고 명했소.
       그대가 좋아하는 화양불꽃줄기를, 그대가 만든 불의 형체를
       프로메테우스가 훔쳐서 한낱 인간에 불과한 자들에게 주었으니,
       이건 큰 죄가 아닌가! 신들 앞에서 마땅히 그 죗값을 치러야 하지.
       제우스의 권위에 머리를 숙여야 하는 것이오.
       헤파이스토스, 그대도 인간에 대한 사랑의 태도를 버려야 하오.
헤파이스토스   힘이여, 당신은 제우스가 요구한 대로 행하였소.
       당신을 막아낼 힘이 내겐 없소.
       그러나 한겨울이면 얼어붙는 무참한 이 산꼭대기에
       나의 친족 프로메테우스 신을 묶는 일에 난 저항을 느낍니다.
       그럼에도 아버지의 말씀을 무시하면 당하게 될
       위협적인 공포에 용기를 잃고,
       별수 없이 내가 이 짓을 하는 것이오

(*프로메테우스에게*)

       지혜로운 테미스의 아들이여, 그대는 너그러운 자요.
       멀리 떨어진 인적 없는 절벽에 그대를 묶어야 하는 이 짓은
       그대의 뜻에도 내 뜻에도 어긋납니다.

이곳에서 그대는 인간의 소리도 듣지 못하고,

인간을 보지도 못하고,

작열하는 태양 열기 아래 말라 버리겠지요.

별빛 찬란한 밤이 해를 가려주고,

동이 트면 태양이 떠올라 차가운 서리가

녹아내리기를 기다리겠지요.

그대를 자유롭게 해줄 자는 세상에 아직 태어나지 않았으니,

멈추지 않는 고통의 무게에 그대는 쓰러질 것입니다.

인간을 사랑한 대가로 신들의 노여움을 산 나의 형제여,

그대는 자신이 신이면서도 다른 신들에게 제공한 것보다

더 과분한 배려를 인간에게 베풀어 주었소.

그 대가로 불행히도 암벽의 파수꾼이 되었구려.

몸을 구부릴 수도 없고, 펼 수도 없고,

잠도 안식도 빼앗긴 처참한 신세가 되었으니.

탄식과 비명은 아무 소용이 없구려.

동정을 거부하는 제우스는 강경한 신이오.

제우스 신처럼 권력을 새롭게 잡은 자들은

누구나 잔인한 법입니다.

힘 만약 그렇다면 그대는 왜 스스로를 속이는 거요?

무얼 기대하고 꾸물대는 거요? 무슨 말을 지금 하고 있는 거요?

신들이 미워하는 적을 그대는 왜 증오하지 않는 거요?

그대의 마술인 불을 저자를 통해

인간에게 내어준 게 바로 그대가 아니었소?

헤파이스토스 프로메테우스와 나는 피를 나눈 친족이오.

서로 나눈 피는 권력도 함께 나눕니다.

우리는 오랫동안 서로 잘 알고 지낸 사이오.

힘	그건 나도 알고 있소. 그러나 그대가 우리 아버지 제우스의 명령을
	거역하는 날에는 완력을 맛보게 될 터인데, 그것이 더 두렵지 않소?
헤파이스토스	당신은 잔인하오. 당신에겐 자비의 구석이 털끝만큼도 보이지 않
	는구려.
힘	눈물 흘린다고 무슨 소용이 있는가?
	프로메테우스를 도와줄 수도 없는 처지에
	왜 그렇게 감정을 자극하고 흥분하시오?
헤파이스토스	오, 나의 손재주가 증오스럽구나!
힘	어째서 솜씨를 증오하는 거요? 그대의 솜씨가
	프로메테우스에게 슬픔을 가져온 적은 없지. 그건 사실이니까.
헤파이스토스	그럴지라도 이 일을 내 손으로 하지 않고, 다른 자가 했으면 좋겠
	소.
힘	고통받지 않는 자는 오직 제우스뿐이오.
	남은 우리들 가운데는 슬픔에서 자유로울 자가 아무도 없소.
헤파이스토스	물론 나도 그건 알고 있소. 그걸 부정하지는 않소.
힘	그렇다면 어서 서둘러서 쇠사슬을 만드시오.
	늑장 부리는 모습이 아버지 눈에 뜨이지 않게 하시오.
헤파이스토스	자 이걸 보시오. 쇠사슬은 여기 다 준비되어 있소.
힘	프로메테우스의 두 손을 붙들어요.
	팔목에 쇠사슬을 두르고 망치로 바위에 단단히 박아 매요.
	그렇지, 그렇게 해야지!
헤파이스토스	한쪽은 끝냈소. 내 임무를 빨리 해치우겠소.
힘	쇠사슬을 느슨하지 않게 꽁꽁 더 세게 조이시오.
	프로메테우스는 불가능한 것도 가능하게 해서
	궁지를 빠져나갈 수 있는 매서운 자니까.
헤파이스토스	최소한 이쪽 팔은 절대로 빠져나갈 수 없소.

힘　　　다른 쪽도 단단히 박아 매요. 프로메테우스가 제아무리 꾀를 써도

　　　　　제우스를 당하지는 못할걸.

헤파이스토스　　프로메테우스 전까지는 누구도 내 재주를 불평한 자가 없었소.

힘　　　이 쐐기로 그의 가슴을 박아 매시오.

　　　　　어떤 날카로운 이빨도 끊을 수 없게 말이오.

헤파이스토스　　오, 프로메테우스여, 그대의 고통을 보고

　　　　　괴로워하는 내 신음소리가 들립니까!

힘　　　왜 망설이는 거요? 제우스의 적을 위해서 탄식하는 거요?

　　　　　조심해요! 그대의 그 탄식이 그대를 향해 되돌아올 수도 있으니까.

헤파이스토스　　차마 눈 뜨고 볼 수가 없구려.

힘　　　나도 눈 뜨고 보고 있소. 그러나 내 눈에는

　　　　　벌 받는 범죄자만 보일 뿐이오.

　　　　　저자의 양 옆구리에 쇠줄을 둘러요.

헤파이스토스　　어차피 내가 해야 하는 일이니, 재촉하지 마시오.

힘　　　큰 소리로 재촉하겠소. 힘을 써요.

　　　　　이제는 내려와서 쇠고랑으로 두 다리를 묶어요.

헤파이스토스　　자, 끝냈소! 다 마쳤소! 그것도 아주 빨리 처리했소!

힘　　　족쇄들을 힘껏 두들겨 구멍에 밀어 넣으시오.

　　　　　우리 일을 심사하는 분은 엄격하고 무서운 분이오.

헤파이스토스　　당신의 모습과 당신이 하는 말처럼 엄하단 말이로군.

힘　　　그대는 마음 약한 바보 같단 말이야.

　　　　　나의 난폭한 기질에 그대가 나서서 화낼 일은 없잖소.

헤파이스토스　　이제 떠납시다. 팔, 다리, 손, 발, 사지, 몽땅 묶었으니.

힘　　　(프로메테우스에게) 오만방자한 악한아, 암벽에서 도망쳐 보아라.

　　　　　신들에게 속한 특권을 훔쳐내어

　　　　　하루살이에 불과한 짐승들에게 주어 보아라.

어떤 손끝만 한 힘이 그런 짓을 하는
그대를 구해 줄 수 있을까?
그대의 이름 프로메테우스가 의미하는 뜻이
'선각자'란 건 정말 웃기는 일이지!
선각자로 불리는 자가 덫에 걸려 빠져나갈 수 없게 되다니!

(*헤파이스토스와 힘과 폭력은 퇴장한다.*)

프로메테우스   대기의 정령이여, 공중의 날개 달린 바람이여,
강의 원천이여, 파도치는 바다여, 무수한 미소들이여,
오, 대지의 어머니시여, 만물을 굽어보는 둥근 태양이여,
나도 신인데 다른 신들로부터 받는 이 수모를 굽어보소서.
모욕과 고통에 시달리고, 긴 세월 두고두고,
천천히 고문당하는 내 모습을 상상해 보십시오.
신들의 왕이라는 새로 탄생한 은총의 지도자가
새롭게 고안한 이런 공포와 수치심으로 나를 결박하고 있소.
오, 현재의 고통과 미래로 이어지는 내 신음을 들어 보소서.
이 고난은 언제 끝날 것인가?
그런데 지금 난 무슨 말을 떠벌이고 있는가?
앞으로 닥칠 일들이 눈앞에 선명히 보이는구나.
덜걱거리는 쇠사슬 소리를 내지 않고,
인내심으로 내 할 일을 수행해야 한다.
누구나 필연에 맞서면 싸울 수밖에 없지.
내가 하는 말을 내 귀로 듣지 못한다 해도
나는 소리 지르지 않을 수 없구나.

인간들이여, 난 그대들에게 특권을,
위대한 기회를 선사했노라.
불의 원천의 자취를 좇아 이를 화양불줄기에 숨겨서
인간들에게 전했노라.
불은 여러 가지 기술과 기능의 교사가 되어
인간에게 살길을 열어 주었다.
인간에게 베푼 이 죄 때문에 이렇게 노천에서
나는 쇠사슬에 꽁꽁 묶여 벌을 받고 있다.
아! 저 소리! 내 귓가에 울려오는 저건 무슨 소리인가?
보이지는 않으나 냄새가 난다. 점점 가까이 들리는구나.
신의 소리인가? 사람 소리인가? 아니면 둘 다?
내가 당하는 고통을 보기 위해 이곳 대지의 끝자락,
이 암벽을 찾아오는 자는 대체 누구인가? 무엇을 바라고?
제우스의 왕궁 식탁에서 배를 불리는 신들로부터 미움받아
불행해진 나를 보려고 여기까지 찾아오고 있나?
그래, 쇠사슬에 묶인 나 프로메테우스 신을 보아라.
내가 인간을 너무 사랑한다는 죄 때문에,
오직 그 이유 하나 때문에 난 제우스의 적이 되었다.

아아, 푸덕거리고 윙윙대는 새들의 날갯짓 소리가 들린다.
새들이 가볍게 흔드는 날개가 대지를 울리는구나.
무엇이 되었든 내게 가까이 오는 저 소리가 두렵기만 하구나.

소포클레스

『오이디푸스왕』

█ 배경

테베의 왕 라이오스와 왕비 이오카스테는 이들 사이에 태어날 아들이 아버지를 죽이고 어머니와 결혼할 것이라는 델피 신탁의 예언을 들었다. 아들이 태어나자 왕은 목동에게 아기를 산에 데리고 가서 죽이라고 했다. 목동은 처음에는 아기 발에 구멍을 내어 나무에 묶어두려 했으나 불쌍한 마음에 그를 코린토스에서 온 한 목동에게 주었다. 아기는 자식 없는 코린토스의 왕과 왕비의 업둥이가 되었고, 아기의 '부풀어 오른 발' 때문에 그를 오이디푸스라고 불렀다. 성년이 된 오이디푸스는 그가 아버지를 죽이고 어머니와 결혼하게 된다는 신탁의 예언을 알게 되었다. 자신이 업둥이임을 모르는 그는 끔찍한 운명을 피하려고 부모 곁을 떠나 다시는 코린토스로 돌아오지 않을 것을 결심했다. 고국을 떠나는 여행길에 그의 마차는 다른 마차와 세 갈래 길에서 마주치게 되어 언쟁이 벌어지고 성질 급한 오이디푸스는 상대방을 죽이게 된다. 이후 그는 스핑크스의 재앙에 휩싸인 테베에 도착한다. 사람들이 테베시에 들어가고 나올 때 스핑크스는 수수께끼를 묻고 답을 못하는 자는 모두 죽였다. 마침내 오이디푸스가 나타나서 수수께끼를 풀자 스핑크스는 스스로 파멸하고, 오이디푸스는 테베의 구원자로 칭송받는다. 이내 라이오스왕의 사망 소식이 알려지고, 라이오스왕의 뒤를 이어 오이디푸스는 테베의 새 왕으로 추대되어 과부가 된 왕비와 결혼한다. 이들 사이에 안티고네, 이스메네, 에테오클레스, 폴뤼네이케스, 이렇게 4남매가 태어난다. 오이디푸스는 지혜와 능력으로 나라를 통치하여 백성들의 존경받는 왕이 되었는데, 도시는 또다시 재앙에 직면한다.

▌작품 소개

　　만약 세계드라마에서 가장 우수한 극 한 편을 추천하라면, 아마 드라마 연구자들은 『오이디푸스왕』을 선택하지 않을까. 긴장감, 속도감, 점점 고조되는 흥분의 극치, 이와 같은 경이로움은 셰익스피어의 『리어왕』 이외에는 견줄만한 비극이 없어 보인다. 아리스토텔레스가 그의 『시학』에서 소포클레스의 『오이디푸스왕』을 고전 그리스비극의 정형으로 사용한 이후, 이 극은 비극의 가장 위대한 성취로 꼽히고 있다. 그리스연극에서 현대연극으로의 발전에는 분명한 진화의 과정이 있는데, 극작술에서도 그런 진로를 볼 수 있다. 이를테면, 『오이디푸스왕』의 극 구조와 피터 셰퍼(1926-2016)의 『에쿠스』(1973)의 극 구조는 같다. 두 극은 모두 중대한 위기 직전에 시작하여 극의 발전/발달[Development]을 형성하고 지배하는 과거가 설명[Exposition]으로 전개된다. 그리고 극의 행동[Action]을 시작하는 공격 시점[Point of Attack]은 과거에 일어났던 사건들의 설명을 통해 제시한다.

　　드라마의 극적 전개에서 우연한 사고는 손쉬운 방법으로 간주된다. 그러나 『오이디푸스왕』에서의 사고사건은 결코 손쉬운 처리로 보이지 않는다. 오이디푸스가 세 갈래 길에서 저지른 살인 사고는 극이 열리기 이미 오래전에 일어난 일이다. 이는 네 아이의 아버지가 되기 전의 일로, 주인공의 기억에서도 사라진 사건일 것이다. 그 사고는 참을성 없는 불같은 그의 급한 성질에서 비롯된 것이었다. 먼 훗날 그의 친부로 판명된 낯선 행인을 길에서 죽이지 않았더라면 비극은 발생하지 않았을 것이다. 모르고 지은 죄의 도덕적인 책임은 없다 해도, 사실을 알고 나면 심리적인 고통에서 자유로울 수 없을 것이다. 주인공 오이디푸스는 따라서 역동적 기능의 인물이며 능동적인 고통자로 문학사의 거대한 비극의 주인공이다. 니체는 소포클레스의 이 극에 통제할 수 없는 원초적 힘이 있음을 지적했다. 그는 소포클레스의 차분한 아폴로적 마스크 뒤에 숨긴 디오니소스적 요소를 본 것이다. 오이디푸스왕의 마음속 깊이 깔린 공포의 진실을 니체는 발견했다.

이 드라마만큼 인간의 운명이 신들 손에 깡그리 무너지는 작품이 또 있을까? 흔치 않을 것이다. 오이디푸스왕은 그의 운명을 피동적으로 앉아서 받아들이는 게으른 자가 아니다. 그는 열정을 갖고 담대하게 적극적으로 그의 운명과 맞서 싸우는 인물이다. 보다 중요한 것은 주인공이 심리적 감각으로 창조된 인물이 아니라, 신화의 영역인 불멸의 산물로 빚어진 사실이다. 『오이디푸스왕』에서 신들의 역할은 매우 크다. 이유를 알 수 없이 인간을 파멸의 구렁텅이로 몰아넣는 이들은 어떤 신들인가? "아이들이 파리 죽이듯 신들은 사람을 갖고 논다"는 리어왕의 대사처럼 인간을 갖고 노는 잔인한 존재로 이해해야 하는가? 고통의 원인을 보여주는 아이스킬로스의 극과는 달리, 극단적인 인간의 고통을 보여주는 소포클레스의 이 극에서 우리는 높은 하늘에서 운용하는 영원한 신의 법칙을 노래하는 코러스를 듣는다. 코러스는 "제우스의 뜻이 아닌 것은 하나도 없다"고 노래한다. 인간의 생각이 닿을 수 없는 신의 통치는 사람을 두렵게 하는 일들로, 항상 정당하고 당연한 경건성으로 차 있다. 소포클레스가 이 극을 쓰던 시절에는 성스러운 것을 지탱하는 전통적인 것에 대한 소피스트들의 공격적인 아우성이 이미 도시에 퍼져 있었다. 그러나 소포클레스는 『안티고네』의 코러스가 들려주듯 성상의 훼손 운동이나 인습타파의 거부를 분명히 표현한다.

오이디푸스왕은 단순히 비극적인 것만을 표현하지 않는다. 이 극을 읽고 나면 무언가 정신적인 고양과 짜릿한 쾌감조차 느끼게 해주는, 뭐라고 설명하기 어려운 감동이 있다. 개인적인 고통과 공포 속에서도 영원한 우주질서를 한순간도 놓치지 않는 소포클레스의 관점이 드러나기 때문일 것이다.

이 극은 끔찍한 역병에 신음하는 테베 시민들을 보여주는 것으로 시작한다. 이들의 왕 오이디푸스는 재앙의 원인을 알고 해결하기 위해서 이미 그의 처남 크레온을 델피의 신탁으로 보낸다. 델피에서 돌아온 크레온은 죽은 전왕 라이오스의 살해자를 찾으면 역병이 해결된다는 신탁의 답을 들고 온다. 오이디푸스는 예언자 티레시아스와 의논한다. 두 사람의 설전 끝에 결국 티레시아스는 재앙의 원인이 근친상간의 죄와 부친살해의 죄를 지은 오이디푸스왕 때문임을 밝힌다. 분개한 오이디푸스는 이는 티레시아스와 크레온의 음모라고 이들을 비난한다. 그런 가운데 왕은 왕비 이오카스테에게 그가 라이오스 살해자일 수 있다는 은밀한 공포를 고백한다. 델피의 신탁에서 그가 아버지를 죽이고 어머니와 결혼하게 될 것이라는 예언을 들었음을 고백한다.

오이디푸스는 라이오스왕이 한 무리의 강도들 손에 죽었다는 사실을 증명하기 위해 라이오스가 죽었던 자리에서 유일하게 살아 돌아온 양치기 노인을 불러들인다. 라이오스왕의 사망은 오이디푸스 손에 의한 것임이 밝혀진다. 예언은 맞았고 오이디푸스가 아버지의 살해자일 뿐만 아니라 그의 어머니인 아버지 아내의 남편이 되었음을 양치기 노인은 증명한다. 이 사실을 들은 이오카스테는 자살하고 오이디푸스는 아내의 브로치로 스스로 두 눈을 찌른 후 시민들 앞에 나타나서 테베에 저주를 불러들인 라이오스의 살해범인 자신을 추방할 것을 요청한다.

이 극은 탐정이야기와 유사성이 있지만 탐정이야기가 아니고 라이오스 가문의 전설을 극화한 것으로, 주인공이 유죄냐 무죄냐를 가르는 문제가 아니다. 비극의 중심은 운명과의 투쟁에 있다. 만약 이 극을 오이디푸스가 아버지를 죽이고 어머니와 결혼했다는 법적/도덕적 문제의 보고서처럼 해독하면 극의 핵심을 놓치는 것이다. 오이디푸스가 그런 운명을 피할 수도 있지 않았느냐 하는 암시의 질문에 대하여 소포클레스는 대답한다. 신탁은 조건부가 아니었다. "네가 만일 이런 행동을 하면 너는 아버지를 죽이게 될 것이다"라고 하지 않고, 단지 "너는 아버지를 죽이고 어머니와 결혼할 것이다"라고만 했다. 오이디푸스는 출생의 비밀을 알고 싶어서 델피를 찾아간 것이었으나, 신탁은 그에게 미래만 알려주었다. 오이디푸스는 예언된 운명을 피하려고 그가 할 수 있는 일을 택한다. 즉 부모를 다시는 보지 않겠다고 결심하고 고국을 떠난다.

소포클레스의 비극은 우리가 인간존재의 수수께끼와 대면했을 때 이를 풀 수 있는 인간의 지력이 부족함을 비극적으로 극화한 것이다. 오이디푸스는 문제해결을 위해서 언제나 그의 지능을 백분 활용하여 정답을 얻는다. 드라마인물 중 지능지수가 가장 높은 자는 필경 오이디푸스 아니면 햄릿이 아닐까.

극의 액션은 사실상 오이디푸스가 신탁의 예언을 피하려는 시도에서 시작한다. 예언을 이성적으로 대할 수 있는 방법은 없다. 예언은 맞든지 틀리든지, 둘 중 하나이다. 맞는다면 예언된 일이 일어날 것이고, 틀리면 일어나지 않을 것이다. 오이디푸스가 주어진 운명을 거부하고 피한 것은 영웅적인 행위이다. 그의 가장 큰 장점이며 미덕인 이성이 스스로의 죄를 하나하나 풀어내는 도구가 된다. 아이러니하게도 자신의 운명을 피하려는 시도에서 주어진 운명이 이루어지는 것을 확인한다. 축복받은 그의 탁월한 지능이 동시에 저주가 되는 아이러니이다. 아무리 애써도 그는 그의 운명을 피할 수 없다.

그리스신화에서 우리는 이와 비슷한 경우들과 마주할 때가 있다. 메두사를 죽인 위대한 페르세우스왕의 조부 아크리시우스의 경우가 한 예이다. 아크리시우스는 손자의 손에 죽게 된다는 신탁의 예언 때문에 먼 곳으로 피신했다. 여행 중 그가 묵고 있는 피신처에서 원반던지기 시합이 열렸다. 그런데 우연히도 그 시합에 참여한 손자의 원반이 경기장 경계를 벗어나면서 하필이면 관중석에 앉아있는 한 노인, 바로 페르세우스 조부의 머리에 떨어져 할아버지를 죽게 하는 사건이다. 오이디푸스처럼 아크리시우스도 신들의 의도를 꺾으려고 시도했으나, 도피함으로써 신들의 뜻을 실현시킨 운명이다. 만일 안티고네나 오이디푸스에게 비극적 결함이 있다면 그것은 이들의 교만한 이기주의 탓이 아니고 인간의 비극적 한계에 대한 반응으로 간주되어야 한다. 극의 액션은 사실상 오이디푸스가 신탁의 예언을 피하려는 시도에서 시작했기 때문이다.

인간의 지능은 아무리 뛰어나도 한계가 있다. 인간의 지능으로는 일어나는 모든 일을 해결할 수도 없고, 감출 수도 없고, 예측할 수도, 계산할 수도 없다. 경험은 생각을 어리석게 만든다. 왜냐하면 "내가 누구인가?"라는 질문은 오직 살아감으로써 찾아지는 것이고, 그렇기 때문에 독특하다. 오이디푸스는 자신의 신원을 포함하여 모든 것을 이성적으로 이해하고 논리적으로 풀어가려고 시도했다. 그러나 그가 보여준 결단과 지력에도 불구하고 파멸로 인도되는 어처구니없는 결과를 그는 삶의 한가운데서 깨닫는다. 소포클레스가 무엇을 어디까지 의도했는지는 모르지만, 어떤 의미에서 오이디푸스는 우리 모두이고 우리 모두 또한 잠재적인 오이디푸스이다. 프로이트는 이 점을 인간심리의 특별한 감각으로 이해했다. 액면 그대로 보면 오이디푸스의 운명은 그가 만든 것이 아니다. 그는 그의 가문이 파멸되기로 이미 선고가 내려진 오이디푸스의 고조할아버지 카드무스의 원죄와 아무 관련이 없다. 오이디푸스는 그를 태어나게 해달라고 한 적도, 버려진 자기를 구해달라고 한 적도 없다. 그렇다면 그는 단지 한 명의 희생자에 불과할 뿐이다. 그러나 그에게 일어난 일은 그의 의식 속에서 자발적으로 결정한 선택의 결과이기 때문에, 희생자가 아니라 그 스스로 운명의 쳇바퀴를 움직이게 한 운명의 책임자인 것이다.

비극의 주인공은 승리할 수도 있고 패배할 수도 있다. 투쟁 자체에 극적 의미가 있다. 아리스토텔레스는 우주에 대항하는 숙명적 투쟁에 담대하게 나서는 인간의지의 특성을 휘브리스(hubris), 즉 신의 경고를 무시하거나 중요한 도덕을 위반하게 하는 지나친 교만 또는 자만심이라고 불렀다. 아리스토텔레스의 관점에서 보면, 그러한 자만심은 주인공의 고통의 원인이며 궁극적 파멸의 요인으로 보인다. 그러나 인간상황의 한계에 도전하는 것을 성격적 결함이라고 하는 해설은 비극의 긴 역사를 통해 반박되었다.

인간은 자유를 요구하지만 그 자유에 복종해야 하는 이율배반을 안고 있다. 안티고네의 파멸 역시 "비극적 결함" 때문이 아니라 나라가 정해준 운명을 받아들이지 않고 스스로 자신의 운명을 결정하도록 요구했기 때문이다. 그러나 신들의 법령을 따르겠다고 스스로 결정하고 그 책임을 받아들이고 선언하는 대담성이 그녀를 영웅적으로 만든다. 안티고네의 운명은 그 누구의 것도 아닌 그녀 자신의 것이다. 오이디푸스의 경우도, 그는 왕과 왕비가 친부모가 아니라는 소문을 듣고 진실을 규명코자 모든 진상의 원천이라는 델피신전으로 간다. 신탁은 오이디푸스에게 당신은 당신의 아버지를 죽이고 어머니와 결혼할 것이라고 한다. 그것이 너의 운명이라고 말할 때 어떻게 하겠는가? 이불을 뒤집어쓰고 통곡할 것인가, 자살할 것인가, "케 세라 세라", 될 대로 되라? 아니면, 우리가 만일 그런 얘기를 듣는다면 "내가 그렇게 무서운 운명의 소유자라면 나는 그런 운명과 싸워 바꾸어 놓겠다"라고 다짐하며 우리도 오이디푸스처럼 도전할 것인가? 오이디푸스는 그의 주어진 운명을 피하려고 집을 떠나는 시도에서 그 주어진 운명을 실현시킨 것이다.

비극은 끊임없이 우리가 이루고자 하는 것을 성취시키지 못한다는 것을 인정한다. 수동적인 태도를 거부함으로써 오이디푸스는 영웅적이 되는 사건의 고리를 만들 뿐만 아니라, 더욱 의미 있게 예정된 그의 운명이 그의 운명이 되도록 만든다. 만일 오이디푸스나 안티고네에게 비극적 결함이 있다면 그것은 교만에 찬 이기주의로 간주되어서는 안 되고 인간의 비극적 한계에 대한 반응으로 간주되어야 한다. 이러한 운명과 대면하는 비극의 주인공을 칼 야스퍼스는 "한계상황의 영역"으로 들어가는 것이라고 말한다. 야스퍼스가 말하는 영역은 인간의 능력과 초월적 힘의 관계를 체험하는 그런 한계상황이다. 이 전선에서 비극의 주인공은 체험에서 얻은 신념과 지혜로 그가 생각하고 계획한 우주의 지도를 그려보고자 시도한다. 결국 비극에서 최후에 일어나는 일은 이 지도가 실패한 지도라는 사실이다. 비극의 상황에서 인간은 조상들이 가꾸어 놓았고 문명화시켰다고 믿었던 세계가 그렇지 못함을 발견한다. 그래서 이런 이유로 비극이 항상 우리의 상상 속에 엄청난 자리를 차지하게 되는 것이다. 숙명적 필연성과의 싸움에서 비극은 우리 스스로의 벌거벗은, 적나라한 영혼을 직접 만져보게 해준다.

모든 드라마는 일련의 사건들이 얽히는 과정을 거쳐 주인공이 모르고 있던 사실들을 발견함으로써 그의 운세가 행복에서 불행으로, 또는 불행에서 행복으로 갑자기 역전되는 파국 위에 세워진다. 파국/커태스트로피(Catastrophe)는 문자 그대로 "방향의 변화"란 뜻이다. 과거에 존재하던 질서나 사물의 시스템을 뒤집어 놓거나 반대로 놓는 어떤 사건도 커태스트로피이다. 이처럼 파국 그 자체에는 도덕적 의미가 없다. 파국이 일어나는 방향이 어떤 콘텍스트에 달렸는가에 따라서 기쁨이나 슬픔을 유발할 뿐, 거기에 윤리적 의미는 없다.

다른 극 형태와 비교하여 비극의 중요한 특징은 모든 의미 있는 파국적 사건은 주인공 내면의 분열에 기인하며, 결코 어떤 외부적 힘에 의한 것이 아니라는 점이다. 에우리피데스의 『트로이 여인들』에서 헤카베 왕비가 겪는 고통도 오이디푸스왕 못지않다. 오히려 헤카베 왕비의 고통이 더 클 수 있다. 그러나 트로이의 희생된 여인들은 고통에 대한 책임이 없지만 오이디푸스는 분명히 그 자신의 책임이 있기 때문에 서로 다른 이 드라마의 차이는 장르상 중요하다. 만일 파국이 외부의 힘에 의한 것이라면, 그 힘이 신에 의한 것이든 자연발생적이든 또는 사회적인 것이든, 궁극적으로는 외부의 힘에 의한 결과로 일어난 파국에는 주인공의 책임이 없다. 그로 인한 고통이 아무리 크다 해도 책임은 없다. 비극은 고통의 크기와는 관계가 없다. (이 문제는 장르의 이론과 이해에 따라 견해가 다를 수 있다.)

테베의 전설은 그 도시의 설립에서 시작하여 힘든 과정을 거친 후, 끝내 멸망하는 도시의 이야기를 다룬다. 전설에서 보면 지도자의 자질과 나라의 운명은 관계가 깊다. 왜 오이디푸스의 조상 카드무스와 하모니아 부부는 늙은 나이에 고통을 받는가, 왜 오이디푸스는 자신도 모르게 끔찍한 예언을 충족시키게 되는가, 왜 안티고네와 하이몬은 신들의 뜻을 이루기 위해 죽어야만 하는가, 이런 질문들은 모두 풀리지 않는 혼란스러운 숙제들이다. 왜냐하면 이들의 비참한 운명은 정당해 보이지 않고 근거도 없어 보이기 때문이다. 소포클레스는 이 문제들을 정면으로 직시한다. 결국 그는 하늘의 방법은 인간의 방법이 아니라고 말할 수밖에 없다. 억울한 고통은 인간의 기준으로는 설명이 안 된다. 소포클레스는 그가 이해할 수 없을지라도 신들에 대한 믿음을 지킨다. 그러나 무엇보다도 그는 끔찍한 고통을 견디어내는 인간성에 대한 신념을 잃지 않고 유지한다.

오이디푸스와 안티고네는 특별한 종류의 주인공들이다. 이들이 대담하고 변통을 잘하는 유능한 자라면, 그만큼 고통을 참아내는 능력 또한 뛰어나다. 신들의 덫에 자신도 모르게 걸렸다 해도 오이디푸스는 그가 저지른 행위에 책임을 지고 스스로 장님이 되고 스스로 왕위를 물러난다. 이후『콜로너스의 오이디푸스』에서 그는 드디어 정신적으로 정화되어 새롭게 등장한다.

비극은 인간의 지식과 힘의 한계에 부딪치는 체험의 영역에서 시작된다. 바로 그 한계지점에서 무슨 일이 일어나는가, 인간의 어떤 자질들이 드러나는가, 이 한계상황에서 고통을 통해 주인공은 자신에 대해 무엇을 배우고 깨닫는가를 통찰하게 된다. 극작가는 인간의 가능성의 극한을 추구하여 액션을 극단의 한계까지 몰고 간다. 비극은 운명을 극복하는 인간정신의 승리를 축하하고 또 동시에 한계상황에 맞서 항의하는 극이다. 저 유명한『햄릿』(1600)의 첫 대사는, "거기 누구냐?" "멈춰 서서 정체를 밝혀라"이다. 무대 위의 배우들이 컴컴한 객석에 앉아 있는 우리 관객들을 향해 묻는 질문이다. 소포클레스는 저주받은 라이오스 가문의 전설을 취하여 "나는 누구이며, 우주는 무엇인가"의 수수께끼를 풀 수 있는 인간사고의 한계성을 힘찬 드라마로 창조했다.

▌『오이디푸스왕』

코러스   차마 눈 뜨고 볼 수 없는 무서운 광경이로구나!

내 일찍이 이보다 끔찍한 일은 본 적이 없다.

오오, 가여운 분, 어떤 광기가 그대를 덮쳤는가?

대체 어떤 신이 인간의 한계를 뛰어넘는

불운한 인생을 그대에게 씌웠는가?

아아, 슬프다. 불행한 분이여! 알고 싶고 묻고 싶은

의문은 많으나, 몸이 이렇게 떨리니,

차마 눈 뜨고 그대를 바라볼 수 없구려.

오이디푸스   아아, 슬프고 슬프도다! 가련한 내 신세여,

비참한 내가 대지 위 어디를 걸어야 하는가?

내가 달려온 이곳이 어디냐?

내 운명아, 내가 얼마나 멀리 온 것이냐?

코러스   그대는 듣는 것도 보는 것도 끔찍한 지점에 와 있나이다.

오이디푸스   형언할 수 없고 저항할 수 없는 빠른 바람을 타고

나를 엄습하는 암흑의 공포여, 슬프고 슬프도다!

이 막대기의 가시와 내가 저지른 추악한 범행의 기억이

내 영혼을 찌르는구나!

코러스   그토록 심한 이중의 고통을 당하고 있으니,

그대가 애통해하는 것은 놀랄 일이 아니오.

오이디푸스   아! 친구여, 그대는 아직도 내 옆에 있구려.

이제는 장님이 된 나를 참을성 있게 돌보는구려.

슬프도다! 나와 함께한 그대들을 볼 수 있는 눈은 없으나

목소리만은 캄캄한 가운데서도 들을 수 있으니 다행이오.

코러스   오, 어찌 스스로 눈을 찔러 소경이 되는

끔찍한 일을 저지르셨습니까?

어떤 신이 그대를 이렇게 부추겼습니까?

오이디푸스 아폴로, 이 쓰라린 고통을 내게 안겨 준 신은 바로 아폴로였소.

하지만 내 두 눈을 찌른 것은 아폴로의 손이 아니고,

다름 아닌 나의 이 두 손이 그리하였소. 난 몹쓸 사람이오!

어떤 즐거움도 느낄 수 없는 광명 아래

내가 어찌 두 눈을 멀쩡히 뜨고 살 수 있겠소?

코러스 정말 말씀하신 모습 그대로시군요.

오이디푸스 여러분, 내가 내 눈으로 무엇을 더 볼 수 있으며,

무엇을 더 사랑할 수 있겠소?

어떤 안부 인사가 내 귀를 기쁘게 할 수 있겠소?

그러니, 친구들이여, 나를 어서 데리고 가주시오!

맞아요. 난 신들로부터 버림받은 자요.

신들의 미움을 철저히 받은 나를,

파멸의 운명을 타고난 나를,

어서 끌고 가주길 바라오!

코러스 자신의 운명을, 자신의 출생을 추적한 끝에

불행에 빠진 그대여,

그대를 차라리 몰랐더라면 좋았을 것을.

오이디푸스 키타이론산에서 갓난아기인 내 발을 묶은 족쇄를 풀고

나를 죽음에서 잔인하게 건져 준 자가 누구든

그자는 저주받을지어다!

날 살려 준 것이 조금도 고맙지 않으니,

그때 나를 죽게 내버려 두었더라면,

내 친구들과 내 영혼을

이토록 힘든 슬픔에 몰아넣지는 않았을 것이다.

코러스   그랬더라면 좋았을 것을.

오이디푸스   그랬더라면 나의 아버지를 죽이는 일도 없었을 것이고
       나를 낳아준 이의 배필이 되는 일도 없었으련만.
       이제 나는 나를 낳아준 어머니를 더럽히고
       아버지의 침상을 범한 자식으로 태어났으니
       이보다 더 무서운 형벌이 있다면
       신들의 저주받은 이 오이디푸스가
       그 형벌을 모두 짊어지고 갈 것이오.

코러스   소경이 되기를 선택한 그대의 의도가
       옳았다고 할 수는 없겠소이다.
       소경으로 사느니 죽는 편이 차라리 나으니까요.

오이디푸스   눈을 찌른 내 행동을 잘못이라고 말하지 말아 주기 바라오.
       그대들은 더 이상 내게 충고하지 마시오.
       내가 저승에 가면 어찌 멀쩡한 눈으로
       아버지와 어머니를 볼 수 있겠소?
       나는 스스로 목을 매고 죽어도
       내 부모에게 씻을 수 없는 큰 죄를 지은,
       용서받지 못할 죄인이오.
       내 자식들- 그렇게 태어난 내 아이들이
       내 눈에 사랑스러워 보인다고 생각하시오?
       결코, 결코 영생토록 사랑스러워 보일 수 없지요!
       이곳, 테베시의 성탑과 성벽, 성전 안의
       성스러운 신상들을 내가 어찌 똑바로 바라볼 수 있겠소?
       결코 그럴 수 없소! 난 끔찍한 저주를 받은 몸이오.
       한때는 테베의 가장 고귀한 아들로 인정받던 내가
       지금은 가장 저주받는 인간이 되었소.

범인은 다른 자가 아니고 바로 나였소.

하늘 신들께 그런 불경스러운 죄를 지은 자는, 그가 누구든

테베시에서 추방하라고 명령을 내린 사람이 바로 나였소.

저주받은 그자는 테베시의 라이오스 종족인

바로 나라는 것이 드러났소. 이런 오욕 덩어리인 내가

어찌 두 눈을 뜨고 백성을 똑바로 바라볼 수 있겠소?

천부당만부당한 일이오. 안 되고 말고.

청각의 근원을 막을 수만 있다면

이 더러운 몸뚱이를 아무것도 볼 수 없고 들을 수 없는

캄캄한 감옥으로 만들겠소. 그리되면 슬픔조차 끼어들 수 없는

그곳에서 비로소 나는 평화를 얻을 것이오.

오 키타이론산이여! 어쩌다가 아기였던 내게 피난처를 주었는가?

그대 품에 버려진 나를 어째서 그때 죽이지 않았던가?

그랬더라면 나의 출생을 세상 사람들이 몰랐으련만!

오, 내가 내 아버지로 알았던 폴리보스여!

내가 내 조국으로 알았던 코린토스여!

속으로는 곪아 있는 이 재앙 덩어리 오이디푸스를,

겉보기에 번지르르한 나를 그대는 길러주었소!

자, 이제 악으로 태어난 나의 출생 사실이 밝혀졌소.

오! 세 갈래 삼거리여! 사람 눈에 띄지 않는 은밀한 골짜기,

너 작은 숲이 그날 내 손으로 흘린 피를 마셨겠구나.

그 피가 내 부친의 피였음을 너는 기억하겠구나.

내가 그때에 테베시를 위해 무슨 일을 했는지,

이곳에는 또 어떤 일이 벌어졌는지 너는 알겠구나.

그렇다. 오, 결혼 의식이 있었지. 이곳에 나를 오게 했을 때

나를 출산한 어머니를 내 아내로 맞아 아이들을 낳게 했으니,

근친상간으로 얽힌 아버지들, 형제들, 아들들, 신부들, 아내들,
어머니들, 모두가 한 결합에서 이루어졌으니
이보다 더 추악한 수치가 하늘 아래 어디 있겠는가?
인간이 범할 수 있는 가장 가공할 끔찍스러운 수치로다.
행동으로 좋지 않은 일을 입술에 옮기는 것도
부담스러우니 더 이상 말을 말자.
신의 사랑에 맹세코, 그대들은 제발 어서 나를
이 나라 밖 어딘가에 숨겨주시오. 아니면 나를 죽이든지,
다시는 그대들 눈에 띄지 않게 바다에 던지든지, 제발 부탁이오.
송구하나, 가까이 와서 비참한 처지에 있는 내 손을 잡아주시오.
두려워 말고 나를 도와주시오. 이런 천벌을
짊어지고 갈 사람은 세상에 나 이외에는 아무도 없소.

코러스   그대가 간청하는 것을 들어주고 또 충고해 줄 크레온이
저기 오고 계십니다. 저분은 이제 그대를 대신하여
이 나라를 지켜 줄 우리의 보호자입니다.

오이디푸스   내가 그에게 무슨 말을 할 수 있단 말인가?
내가 무슨 신임을 얻고 그에게 부탁할 수 있겠소?
이 문제에 대해서 지금까지
그를 전적으로 억울하게 한 사람이 내가 아니었소?

『콜로너스의 오이디푸스』

▌ 배경

오이디푸스가 자신의 진정한 실체를 알게 된 후 20년이 흘렀다. 그의 첫 망명 후 그는 테베에 머물도록 허락을 받았으나 또다시 망명길에 오르는데, 이번에는 그의 외삼촌 크레온과 두 아들 에테오클레스와 폴뤼네이케스의 동의 아래 출발했다. 그는 두 아들을 저주하고 거지 방랑자가 되어, 헌신적인 딸 안티고네의 부축을 받으며 망명길에 오른다. 그동안 에테오클레스는 테베의 왕이 되고 그의 형제 폴뤼네이케스를 몰아냈다. 폴뤼네이케스는 아르고스로 도망하였고, 왕권을 차지하기 위해서 테베와 싸울 용병원정대를 조직하였다.

▌ 작품 소개

『콜로너스의 오이디푸스』 공연이 있던 405년 그는 아이스킬로스의 뒤를 이어 사망하고, 그보다 나이 어린 에우리피데스는 몇 개월 앞서 같은 해에 죽었다. 또한 그해에 아테네는 스파르타의 군대에 굴복함으로써 그리스의 영광은 사라진다.

만약 『오이디푸스왕』을 지옥이라고 한다면, 후속편이라 할 수 있는 이 극은 소포클레스의 "낙원"이라 부를 수 있다. 망명 생활 말년에 오이디푸스는 혼란과 불안으로부터 궁극적으로 소포클레스적인 자유를 성취한다. 병적인 분노 없이 자신의 범죄를 돌아보고 마침내 내면의 복잡한 갈등을 극복한 그는 정신적으로 치유된다. 아들로부터도 버림받고 낮아질 대로 낮아진 그는 이제 타국 아테네에서 추앙받는 존재가 되어 그의 존재로 인하여 아테네 도시는 신성시된다. 세상의 질서와 화해하고 스스로 정화된 오이디푸스는 딸들과의 따뜻한 관계 속에 세상을 하직한다. 그를 도와준 신사적인 테세우스왕 이외에는 아무도 모르게, 그를 부르는 신비한 소리에 끌려 무덤을 향해 홀로 걸어간다. 불의 앞에서 여전히 흥분하는 리어왕과 비슷한 오이디푸스에게 마음의 평정과 자연계와의 합일은 그가 죽음과 직면할 때 비로소 찾아온다. 권력 투쟁을 벌이는 그의 두 아들 중 하나는 아버지의 축복을 받으려고 그를 찾아왔으나 아들의 불효를 기억하는 아버지는 그를 저주하고 돌려보낸다. 오이디푸스는 자신을 홀대한 그의 나라로 돌아가지 않고, 나그네가 된 그에게 친절한 아테네 공화국에서 생을 마칠 것을 선택한다.

『오이디푸스왕』의 주인공은 신에게 버림받은 극단의 비참한 인물이었으나, 『콜로너스의 오이디푸스』에서는 그의 운명을 참혹하게 만든 바로 그 신들의 손에 의해서 기품 있는 인물로 변화하는 역설을 보여준다. 그는 마지막 인생 행로에서 신들로부터 인정받고, 이 땅의 봉사자로, 괴테의 표현을 빌리면, "축복자요 보호자"로, 무덤에서 통치하는 영웅으로 부름을 받은 것이다. 여기에는 그의 추락과 고귀함을 보여주길 원했던 신들의 뜻이 담겨 있다고 본다. 코러스는 고통받는 자가 고귀하게 되었다는 말과 신의 정의에 대한 의미 있는 메시지를 전한다.

극은 콜로너스의 분노의 여신들이 사는 아테네 근처 숲에서 시작한다. 오이디푸스가 테베에서 추방된 후 몇 년이 흘렀다. 장님이 된 그는 거지 모습으로 변하여 딸 안티고네의 손에 인도되어 이 숲에서 쉬고 있다. (이 책에 수록된 발췌 장면이다.) 이들을 발견한 콜로너스의 한 시민이 이들에게 그곳에서 어서 나오라고 재촉한다. 이 숲은 분노의 여신들의 성소이니 떠나줄 것을 요구한다. 오이디푸스는 모든 고통과 슬픔 뒤에 그에게 평화를 약속한 델피의 예언을 상기하며, 그가 있는 이 숲이 바로 그곳임을 직감한다. 아티카 노인들로 구성된 코러스는 이곳에 발을 들여놓은 이방인을 어찌해야 할지 당황해한다. 오이디푸스는 아테네 왕 테세우스를 불러오도록 청한다. 오이디푸스의 정체를 알게 된 시민들은 "아! 보기도 끔찍하지만 듣는 것도 끔찍하구나!" 하고 외친다. 오이디푸스는 "내가 내 아버지를 죽이고 나를 낳아준 어머니와 결혼을 했으니 난 추악한 죄로 오염된 사람일지 모르지만, 의도적으로 저지른 행위가 아니고, 모르고 저질렀기 때문에 죄인은 아니오"라며 자신을 방어한다.

이곳의 왕인 테세우스가 등장한다. 그는 국가적 자긍심을 높인 그리스신화의 사랑받는 인물이다. 그리스비극은 그를 아테네의 새로운 이상적인 인간상으로 확대한다. 소포클레스의 테세우스는 에우리피데스가 묘사하는 테세우스보다 더 따뜻하고 더 풍성한 인격체이다. 그는 오이디푸스에게 친절하고 신사적이며, 오이디푸스의 과거에 대하여 아무것도 묻지 않는다. 테세우스 역시 그가 스스로 경험한 불운한 과거와 모든 인간이 겪는 덧없음을 암시하면서 오이디푸스의 현재의 고난을 동정한다. 오이디푸스는 아테네에서 보호받고 살다가 콜로너스에 묻힐 수 있도록 배려해 줄 것을 테세우스왕에게 요청한다. 테세우스는 이곳에 온 오이디푸스를 환영하고 그의 거주와 안전을 보장한다. 그런 까닭에 오이디푸스가 죽음을 향할 때 기꺼이 동행을 허락한 유일한 사람이 테세우스왕이다.

오이디푸스의 또 다른 딸 이스메네는 테베의 소식을 급히 전하러 아버지에게 온다. 테베의 권좌를 놓고 싸우는 오이디푸스의 두 아들 에테오클레스와 폴뤼네이케스와 관련한 내용이다. 에테오클레스에게 추방당한 폴뤼네이케스가 아르고스에서 군대를 일으켜 테베를 공격할 준비를 한다는 것이다. 신탁에 따르면 아버지 오이디푸스를 안전하게 지켜주는 자가 승자가 될 것을 예언했다. 테세우스가 자리를 떠나자 테베를 지키는 에테오클레스와 한편인 크레온이 도착한다. 오이디푸스의 존재가 테베를 보호해준다는 신탁 예언 때문에 테베의 지도자들은 오이디푸스가 고국에 돌아와 주기를 바라고 그를 도시의 경계에 두기를 원한다. 오이디푸스는 테베 사람들이 그를 그런 식으로 이용하려는 의도에 분개한다. 크레온은 오이디푸스의 불행과 고통을 인정하고 이제 테베로 돌아올 것을 설득하지만, 오이디푸스는 이를 거절한다. 오이디푸스는 이들이 테베의 권력투쟁의 저당물로 자신을 이용할 뿐인 사실에 분노한다. 테베 백성은 그가 추방 생활에서 받는 고통에는 관심이 없다. 따라서 그가 백성에게 진정으로 환영받는 것도 아님을 그는 언급한다. 크레온의 경호원은 안티고네와 이스메네를 인질로 하여 강제로 오이디푸스를 붙잡아가려 한다. 테세우스가 등장하여 크레온의 행동을 멈추게 하고 병사들을 보내어 딸들을 곤경에서 구한다. 테세우스왕은 강압적인 크레온을 막아내고, 오이디푸스는 이를 감사하게 생각한다.

이 작품에서 드러나는 크레온의 모습은 『오이디푸스왕』에 등장하는 크레온이 지닌 무게감이나 권위가 없을 뿐만 아니라, 『안티고네』에서 보여준 그의 잔혹한 독재성 위에 새로운 특징을 한 술 더한 계산적이고 위선적인 인물로 묘사된다.

폴뤼네이케스가 그의 부친을 만나러 온다. 외국 용병을 이끌고 고국을 쳐들어가는, 이 아들은 처참한 모습의 아버지를 보자 심히 동요한다. 크레온의 거친 행동과는 대조되는 장면이다. 오이디푸스는 아들과 대화를 원치 않았으나, 안티고네와 테세우스의 설득으로 아들의 말을 들어보기로 한다. 아들은 아버지를 오랫동안 돌보지 않았음을 비참하게 생각한다는 심정을 토로한다. 폴뤼네이케스는 앞으로 있을 전투에서 신탁에 따라 아버지의 도움을 구한다. 그리고 죄의식을 느낀 그는 아버지의 위치를 회복시키고 승리를 돌려드릴 것을 확신시킨다. 한동안 말이 없던 아버지는 갑자기 분노를 터트리는데, 이때의 분노는 그가 오래전 포키스의 십자로에서 폭발하여 사람을 죽였던 바로 그런 분노이다. 오이디푸스는 망명 중인 아버지가 멀리 방황하고 다닐 때 도와주지 않았던 두 아들을 저주한다. 그는 폴뤼네이케스의 테베 공격은 실패할 것이고 두 형제는 전투에서 서로가 서로를 죽이게 될 것임을 예언하고, 아들을 저주하며 파멸로 몰아낸다. 폴뤼네이케스는 상심해서 그곳을 떠난다. 떠나기 전에 그는 자매들에게 오이디푸스의 예언이 이루어진다면 자신을 위해 합당한 매장을 해줄 것을 당부한다.

오이디푸스는 딸들을 축복한 후 테세우스만 남기고 모두들 자리를 비키라고 한다. 그는 테세우스왕에게 그의 매장 장소를 비밀로 지켜주면 오이디푸스의 존재가 아테네 도시를 방어해줄 것이라고 말한다. 오이디푸스가 마지막 숨을 거두게 되는 그 자리는 이후부터 영원히 신성시된다는 징표로 거대한 폭풍이 일고 천둥번개가 요란하게 울린다. 폭풍이 몰아치는 한복판에 오이디푸스는 성스러운 숲으로 들어가서 사라진다. 테세우스는 무언가 초자연적인 현상을 목격한 듯 두 눈을 가리고 있다. 안티고네와 이스메네는 아버지를 애도하며 숲으로 돌아온다. 비록 테세우스가 오이디푸스의 딸들에게 아버지의 비밀의 무덤 장소를 가르쳐 주지는 않았지만, 테세우스왕은 다가오는 전투를 내다보면서 딸들을 테베로 돌려보내는 데 동의한다. 테세우스는 오이디푸스의 죽은 장소를 영원한 성지로 선포하고 앞으로 그의 두 딸은 테세우스의 보호 아래 살게 될 앞날을 약속한다.

오이디푸스는 고대 그리스비극의 영웅으로 자신조차 자신의 정체를 모르고 살았다. 그가 죽인 상대자가 자기를 낳아준 아버지임을 알게 되고 아이 넷을 낳아준 그의 아내는 실제로 자기 어머니였음을 알게 되는 기구한 운명의 사나이다. 『오이디푸스왕』 『콜로너스의 오이디푸스』 『안티고네』 이 세 편의 극은 오이디푸스왕의 몰락과 그의 자식들이 겪는 고통을 다루고 있으며, 프로이트의 유명한 "오이디푸스 콤플렉스"라는 이론을 낳게 한 작품들이다. 어린아이가 아버지를 어머니와의 대립적 경쟁자로 간주하여 아버지를 죽이고 어머니를 차지한다는 콤플렉스 설이다. 과학계에서는 이 이론의 타당성을 인정하지 않지만 오늘날에도 프로이트의 "콤플렉스 이론"의 영향은 여전히 남아있다.

이 세 편의 극을 아이스킬로스의 『오레스테이아』처럼 흔히 3부작이라고 부르는 것은 잘못이다. 이 작품들은 함께 공연되도록 쓰인 것이 아니고 시대순으로 쓰이지도 않았고, 단지 이야기가 서로 연결되어 있을 뿐이다. (『콜로너스의 오이디푸스』는 작가가 죽기 얼마 전, 거의 마지막 작품으로 쓴 극이지만, 이 모음집에서는 이야기의 흐름을 파악하는 데 도움이 되도록 차례를 『오이디푸스왕』과 『안티고네』 사이에 수록한다.) 각각의 극은 전통적 인식의 3부작의 일부가 아니라 신화의 별개의 해설이다. 소포클레스는 각기 다른 상황의 신화를 새롭게 이미지화하고 재해석하고 있다. 각 극에는 주인공을 비롯해서 크레온, 티레시아스, 이스메네, 안티고네를 포함한 같은 인물들이 등장하고, 어느 형태로든 인간의 의지와 신들의 의지가 부딪치는 공통된 주제를 다룬다.

오이디푸스의 가족은 오이디푸스가 저지른 죄로 인한 오염을 결코 피하지 못한다. 『오이디푸스왕』은 의도적이든 아니든 법을 불복종한 대가로 벌 받는 것이다. 그러나 우리가 우리의 운명을 스스로 선택할 수는 없지만 『콜로너스의 오이디푸스』의 주인공은 자신의 운명을 어떻게 다룰 것인지 선택의 여지를 보여준다. 그의 죽음이 다가올 때 작가는 스파르타와 아테네 사이의 긴 전쟁이야기를 들려준다.

이 극은 도시 아테네와 연극에 대한 경의를 표하는 작가 소포클레스의 마지막 선서와 같다. 버림받아 추방된 왕의 긴 방랑생활 끝에 마침내 콜로너스에서 맞이하는 그의 희망과 죽음은 헛된 것이 아니다. 결국 그의 딸들은 구출되고 그가 구하던 안식처에서 심리적 고통을 치료받고 그가 지은 죗값을 훨씬 넘어서는 은혜를 깨닫는다. 이제 죽음이 다가왔을 때 그는 위엄과 평안을 되찾고 죽음을 맞이할 수 있게 된 것이다. 그가 죽을 때 그의 눈이 되어 안내해준 사람에게는 오히려 보이지 않으나, 그에게는 보이는 운명의 비밀 장소로 천둥번개 속에 걸어가는 모습은 마치 성경의 에녹이나 엘리아가 하늘로 들려 올라가는 장면을 연상시킨다.

『콜로너스의 오이디푸스』

(오이디푸스와 안티고네가 등장한다.)

오이디푸스   안티고네, 여기는 어디냐? 여기가 어디냐?
　　　　애야, 눈먼 늙은 아버지를 시골로 데리고 온 것이냐?
　　　　이곳이 어느 도시 근처냐?
　　　　떠돌이 우리 부녀에게 남은 음식을 줄 자가
　　　　이곳에 있겠느냐? 난 많이 요구하지도 않고
　　　　요구한 것보다 적게 얻지만- 그것으로 충분하다.
　　　　길고 긴 나의 힘든 생활이 내게 참을성을 가르쳐 주었구나.
　　　　딸아, 어디 신성한 숲 가까이든 들판이든 쉴 만한 곳을 찾아보아라.
　　　　올리브나무, 포도나무, 월계수가 차 있는 이 숲은 신성하게 느껴진다.
　　　　깊은 숲을 울리는 저 꾀꼬리 소리를 들어보아라.
　　　　애야, 여기서 쉬어 가자. 늙은 아버지를 위해
　　　　네가 이 멀리까지 와서 고생이 많구나.
　　　　어디 앉을 만한 곳을 찾아보자- 눈먼 나를 안내해다오.
안티고네 아버지가 말씀하지 않으셔도 때가 되면 찾게 될 거예요.

(안티고네는 아버지를 바위 위에 앉도록 돕는다.)

오이디푸스   이곳이 어딘지 너는 아느냐?
안티고네 모르겠어요. 아테네 도시 안에 있다는 것만 알겠어요.
오이디푸스   그래, 우리가 만난 사람마다 그렇게 말했지.
안티고네 여기가 어딘지 가서 알아볼까요?
오이디푸스   그래라, 애야- 이곳에 주민이 살고 있는지도 알아보아라.

안티고네 그렇게 할게요. 아니, 갈 필요 없겠어요.

　　　　저기 누군가 우리한테로 오고 있네요.

(*낯선 자가 등장한다.*)

오이디푸스 이쪽으로 오고 있느냐? 우리가 있는 쪽으로 오느냐?

안티고네 네. 우리 앞에 와 있어요. 아버님, 이분께 하고 싶으신 말씀을 하세요.

　　　　바로 우리 앞에 있어요.

오이디푸스 낯선 자여, 내 딸이 내 눈이 되어 돕고 있소.

　　　　도움이 필요한 때에 당신이 가까이 왔군요.

　　　　여기가 어딘지 알 수 없으니. 좀 가르쳐 주겠소?

콜로너스 주민 아무 말하지 마시고 우선 자리를 이쪽으로 옮기세요.

　　　　노인이 계신 곳은 성스러운 자리어요.

　　　　누구도 그곳에 있어서는 안 됩니다.

오이디푸스 이곳이 어디요? 어떤 신에게 신성하다는 거요?

콜로너스 주민 이 땅은 밟아서는 안 되는 곳이어요.

　　　　사람이 살면 안 되는 곳입니다.

　　　　이 땅은 밤과 대지의 딸들인

　　　　무서운 여신들이 소유한 땅입니다.

오이디푸스 그 무서운 이름들이 무엇이오?

콜로너스 주민 우린 그들을 가리켜 모든 것을 내다보는 유메니데스라고 불러요.

　　　　착한 여신들이라는 뜻인데, 이들의 이름은 지역에 따라 달리 불립니다.

오이디푸스 그러면 그 신들을 위해 내가 기도할 수 있게 빌어주시오.

　　　　난 이 자리를 떠날 수 없어요. 그들과 함께 있어야 하오.

콜로너스 주민 무슨 뜻입니까?

오이디푸스 이곳이 내 운명의 정착지요.

콜로너스 주민 노인을 여기서 끌어내지는 않겠소.

　　　　　　　이웃 주민들의 동의 없이는 노인을 감히 내쫓지는 않겠습니다.

오이디푸스 모든 신들의 사랑으로 비노니, 나를 밀어내지 말아주시오.

　　　　　　나를 떠돌이로 내몰지 말고 좀 가르쳐주시오.

콜로너스 주민 사정을 말해 보십시오. 거절하지 않겠소.

오이디푸스 우리가 있는 여기는 어떤 지역이오?

콜로너스 주민 내가 아는 대로 말해주겠소.

　　　　　　　이 지역 전체는 성스러운, 바다의 신이 지배하는 곳이오.

　　　　　　　인간에게 불을 가져다준 프로메테우스 신이 여기 살고 있소.

　　　　　　　당신이 기대고 앉아있는 그 바위는

　　　　　　　이 땅의 다듬어진 문턱,

　　　　　　　아테네의 첫 번째 수비문입니다.

　　　　　　　이 땅에서 일하는 백성은 승마의 명수 콜로너스의 후예들이오.

　　　　　　　저기 서 있는 게 바로 그분의 상(像)이오.

　　　　　　　이 지방은 유명하지도 부유하지도 않으나

　　　　　　　주민들 마음속에 깊은 뜻이 새겨진 곳입니다.

오이디푸스 그럼 주민들이 이곳에 살고 있소?

콜로너스 주민 그렇소. 주민 모두가 영웅 콜로너스의 이름으로 불립니다.

오이디푸스 이곳에 왕이 있소? 아니면 모든 주민이 발언권을 갖고 있소?

콜로너스 주민 이 지역은 아테네 왕에게 속해 있습니다.

오이디푸스 그러면 이곳의 권력자는 누구요?

콜로너스 주민 전왕 아이게우스의 아들 테세우스입니다.

오이디푸스 테세우스왕에게 전령을 보내줄 수 있겠소?

콜로너스 주민 무슨 말을 전하렵니까? 아니면 왕을 이곳에 모셔오라고요?

오이디푸스 왕께 작은 부탁 하나를 청해 주시오.

　　　　　그렇게 해주시면 왕은 엄청난 보상을 받게 될 거요.

콜로너스 주민　　장님 노인이 어떻게 왕을 도울 수 있다는 건가요?

오이디푸스　　내가 하는 말은 내가 앞을 내다보면서 하는 말이오.

콜로너스 주민　　잘 들으세요, 노인.

　　　　　노인께서 문제를 일으키지 않도록 도와드리겠소.

　　　　　보아하니, 노인의 행색은 추하지만

　　　　　좋은 가문에서 자란 분 같습니다.

　　　　　내가 당신을 발견한 이 자리에 그대로 계세요.

　　　　　당신이 하는 말을 주민들에게 알리겠소.

　　　　　당신 문제는 아테네 손에 달린 게 아니라,

　　　　　이곳 콜로너스 주민들에게 달려 있어요.

　　　　　당신이 여기 머물게 될지, 떠나게 될지를 결정하는 문제는

　　　　　이곳 주민들이 결정할 일이오.

　　　　　테세우스왕에게 달린 문제가 아닙니다.

(*콜로너스 주민은 퇴장한다.*)

『안티고네』

▌ 배경

오이디푸스왕의 아들 폴뤼네이케스는 그의 형제 에테오클레스로부터 왕좌를 빼앗기 위해서 "테베를 공격하는 7인"으로 알려진 원정대를 이끌고 쳐들어온다. 오랜 포위 기간 후 문제의 해결을 두 형제간의 결투로 결정한다. 대결 결과는 형제가 서로가 서로를 죽이는 것으로 끝난다. 침입자들이 패주한 후 테베의 새로운 왕 크레온은 에테오클레스의 시신은 영예롭게 매장해 주었으나 폴뤼네이케스의 시신을 매장하지 못하게 하고 그를 묻어주는 자에게는 사형에 처한다는 칙령을 내린다.

▌ 작품 소개

국가와 개인 사이에 빚어지는 기본적인 갈등을 다룬 『안티고네』는 세계 드라마의 위대한 비극 중 하나이다. 『안티고네』는 아이스킬로스의 『테베를 공격하는 7인의 용사』 이후 발생한 테베의 이야기이다. 소포클레스의 『오이디푸스왕』과 『콜로너스의 오이디푸스』도 같은 내용의 신화를 근거로 하여 쓰인 작품들이다. 『안티고네』는 『콜로너스의 오이디푸스』가 끝난 후 이어지는 이야기다. 오이디푸스가 콜로너스에서 사망한 후 안티고네와 이스메네 두 자매는 오라비 에테오클레스와 폴뤼네이케스가 테베의 왕좌를 놓고 싸우다 서로 죽이게 된다는 예언 때문에 이들을 구하려고 테베로 돌아온다. 안티고네가 테베에 도착했을 때 이미 두 형제는 죽어 있었다. 왕권을 계승한 안티고네의 외삼촌 크레온은 에테오클레스에게는 합당한 매장을 치러주고, 폴뤼네이케스는 배신행위를 했다 하여 그의 매장을 불허하는 포고령을 내린다.

포고령을 어기고 폴뤼네이케스를 묻어준 안티고네는 사형선고를 받는다. 크레온이 안티고네에게 사형선고를 내리기가 무섭게 그의 파멸은 시작된다. 안티고네를 사랑하는 크레온의 아들 하이몬은 아버지에게 항의한다. 아들의 입을 통해 온 나라가 크레온의 판단을 비난하고 있음을 알게 되지만, 그럼에도 크레온은 자신의 주장을 굽히지 않는다. 그는 잘못을 알면서도 권력을 휘두르는 통속적인 폭군은 아니다. 그러나 장님 예언자 티레시아스의 입을 통해 신들도 크레온을 버린다는 말을 들은 그는 예언자가 매수되었다고 의심한다. 제우스의 독수리들이 시체의 부분들을 제우스의 왕좌에 날라다 놓는다고 해도 절대로 매장을 허락할 수 없노라고 선언하는 크레온의 교만은 하늘을 찌른다. 티레시아스가 그를 저주하고 떠난 후, 크레온은 자만심과 어리석음으로 무너진다. 그러고는 지금껏 그가 저지른 맹목적인 행위를 수습하려 한다.

프롤로그에서 안티고네는 동생 이스메네에게 폴뤼네이케스의 시신에 치욕을 입히려는 크레온의 의도를 알려주고 도움을 청하지만, 이스메네는 법제화된 권위에 불복하는 것은 합당치 않다며 언니의 청을 거절한다. 대개의 사람들은 강압적인 힘든 환경에 눌리면 이에 순응하여 타협하고 살아갈 준비를 한다. 그런 점에서 이스메네는 보통 사람이다. 그러나 안티고네는 어떤 공포와 탄압에도 굴복하지 않는 영혼의 소유자이다. 여기서 이스메네의 거부를 겁쟁이로 보는 것은 옳지 않다. 바로 그 후 태도를 바꾸어 언니와 함께 벌을 받겠다고 나서는 이스메네를 보면 그녀가 겁쟁이는 아님을 알 수 있다.

안티고네는 망자를 매장하는 것은 제우스의 법령이기 때문에 신의 법을 따르고 크레온의 법령은 지키지 않겠다는 분명한 의지를 밝힌다. 코러스는 "세상에 놀라운 것이 많다 해도 사람만큼 놀라운 것은 없다"는 유명한 노래를 시작한다. 안티고네는 크레온의 권위에 저항하고 오빠의 시신에 몰래 흙을 덮어준다. 이를 발견한 파수꾼은 흙을 쓸어내린다. 파수꾼이 흙을 치운 후 안티고네는 아무도 모르게 또다시 상징적인 매장 의식을 치르는데, 이때 그녀는 현장에서 붙잡힌다. 반복적인 매장 행위는 강압적인 크레온에게 항거하는 안티고네의 목적을 강조한다. 크레온은 그의 권위에 정면으로 맞서는 그녀를 처형할 것을 맹세한다. 안티고네는 그렇다면 시간 끌지 말고 어서 처형하라고 한다. 그녀의 태도를 보고 "성미 급한 아버지에 성미 급한 딸"이라고 노래하는 코러스는 아버지 오이디푸스왕의 성격을 관객에게 일깨워주는 대목이다.

　　"나는 서로 미워하기 위해서가 아니라 서로 사랑하기 위해서 태어났다"는 안티고네의 말은 그녀의 인간 전체를 표현해주는 인상적인 대사로 T.S. 엘리엇(1888-1965)의 『바위의 코러스』(1934)에 나오는 구절이 연상된다. "사람의 마음에 겸손함과 순수함이 없으면/ 이는 가정에도 있지 않음이니/ 가정에도 없으면 도시에도 없음이라"는 이 구절은 개개인의 옳은 생각들이 모여서 그 사회의 살아가는 방식인 문화를 형성하는 서구의 근본적인 인본주의 표현이다.

　　안티고네는 이스메네에게 크레온의 법령에 대하여 "크레온은 내 자유를 억압할 권리가 없다"며 크레온의 법령을 비판한다. 개인의 자유를 중시하는 것은 민주주의의 뿌리이다. 법을 우선하는 크레온과 나라의 법보다 하늘의 신의를 더 중시하는 안티고네, 두 사람의 대립은 시민 불복종에 관한 이들의 서로 다른 견해를 들려준다. 크레온은 옳든 그르든 "권위에 대한 불복종보다 더 나쁜 것은 없다"며 법에 대한 복종은 모든 것 위에 있음을 강조한다. 이에 대해 안티고네는 국법은 절대적이지 않으며 극단적인 경우에는 시민불복종으로 깨질 수도 있다는 반응을 보인다. 크레온의 법이나 권위보다 더 위에 있는 신들의 뜻을 지켜야 하기 때문이라는 것이다. 이 극에서 소포클레스는 신들의 법과 인간들의 법 사이에 어느 쪽이 더 중요한가를 묻고 있다. 긴박한 도덕적 붕괴로부터 아테네를 구하기 위해서 소포클레스는 신들의 편에 선다. 소포클레스는 시민들에게 교만[hubris] 또는 자만을 경고하고 싶어 한다. 왜냐하면 이 때문에 나라가 망한다고 그는 믿고 있기 때문이다. 그러나 한편 폴뤼네이케스의 매장을 금지하는 법령은 시민권을 박탈하는 도전적인 성명서로 이는 크레온의 오만을 드러낸 것이다.

고국의 도시를 공격하려는 일곱 명의 용사들로 원정대를 조직한 폴뤼네이케스는 테베 성벽 앞에서 죽었다. 시민의 매장을 책임지는 각 시의 임무는 그리스에서 굳게 지켜진 관습이다. 죽은 자의 시신을 매장하지 않으면 이들의 영혼은 평안을 잃고 공중을 배회하고 떠돌면서 살아있는 자들을 쫓아다니는 귀신이 되기 때문에 반드시 매장을 해줘야 한다는 것이다. 전투를 많이 경험한 이들 도시국가들은 각기 그들 나라의 병사들의 시신을 수집하여 매장해야 한다. 따라서 테베의 백성이 북동부 아르고스인들을 매장해 주지 않는 것은 당연하겠지만, 테베 사람 폴뤼네이케스의 매장을 테베의 통치자 크레온이 금지시킨 것은 매우 도전적이고 충격적인 사건으로, 그는 폴뤼네이케스의 시민권을 반역죄로 취소한 것이다. 안티고네는 동생 폴뤼네이케스가 나라를 배신한 것을 부정하지 않지만 동생의 배신이 시민권 박탈로 이어지는 것에는 반대한다.

안티고네가 폴뤼네이케스를 매장해야 한다는 결심은 가정의 명예를 지키고 더 높은 신들의 법을 존중하는 열망에서 비롯한다. 그녀는 통치자의 영향보다는 신의 영향을 더 존중하기 때문에 망자들을 편안하게 해주어야 한다는 정서를 반복적으로 선언하고, 이와 같이 가장 높은 신권이 주는 권리를 빼앗길 수 없다는 것이 그녀의 신념이다. 그녀는 또 한편 남편이나 자식을 위해서는 하지 않겠지만, 동생이기 때문에 한다는 특이한 이유를 댄다. 이미 부모를 잃은 자는 다른 형제를 가질 수 없기 때문이라는 의외의 이유를 덧붙인다.

이스메네가 불려온다. 그녀는 언니와 함께 음모에 가담했음을 시인하고 기꺼이 벌을 받겠다고 공언하지만, 안티고네는 그녀의 동참을 부정한다. 그녀를 거부하는 행동은 이스메네의 안전을 위해서라기보다는 애초에 언니의 청을 거절했던 동생과 구별 짓는 자세로 보인다. 이스메네는 크레온에게 묻는다. "삼촌은 아드님의 약혼녀를 죽이렵니까?" 이 질문은 프로이트식 접근을 좋아하는 사람들에게 새로운 차원의 복잡성을 제공한다. 크레온이 안티고네를 사랑해서 하이몬을 질투한다는 해석이다. 그러나 이런 주장은 극의 주제와 틀에서 벗어난 것이다.

크레온의 아들 하이몬이 등장하여 아버지에게 왜 이런 명을 내리는지 정중하게 설명을 요구한다. 안티고네와 약혼한 사이인 하이몬은 그녀의 목숨을 살려줄 것을 간청하지만 거절당한다. 안티고네를 살려달라고 정식으로 요청하면서도 그녀에 대한 사랑을 언급하지 않는 하이몬의 태도에서 소포클레스의 섬세한 극작 솜씨가 엿보인다. 아버지의 판단 기준은 공공이익이 우선임을 정당화시킨다. "불복종은 가장 악한 짓으로 도시를 망치고 가정을 파괴시킨다"는 아버지의 국가경영론의 맹점을 아들은 비판한다. 하이몬은 여전히 정중한 태도로, 혼자만 옳다고 주장하는 것은 옳지 않다면서, "현명한 사람이라도 배우고 때로는 양보할 줄 아는 것은 수치가 아닙니다"고 말한다. 이에 대해서 "내 나이에 이런 애송이한테 사리를 배워야 하느냐? ... 내가 어떻게 통치해야 하는지 백성들의 지시를 받아야 하느냐?" 화를 내는 아버지에게 아들은, "거 보세요. 이제 아버지께서 애송이처럼 말씀하십니다" 하고 응수한다. 아버지는 "못난 놈! 한낱 계집에게 굴복하다니!" 여자 치마폭의 노예가 되었다면서 크레온은 아들을 경멸적으로 비난한다. 아들은 다시는 아버지를 보지 않을 것이라고 부르짖으며 뛰쳐나간다. 이 장면은 감정 억제와 방출이 강도 높게 표출된 장면이다.

크레온이 안티고네에게 내리는 처형은 그녀를 동굴에 가두고 최소한의 음식만 제공하여 굶주림과 질식으로 서서히 죽게 하는 벌이다. 안티고네는 서서히 죽기를 기다리지 않고 스스로 목을 매어 죽는다. 이를 발견한 하이몬은 그녀를 끌어안고 스스로 찔러 자결한다. 코러스는 "사랑이여, 싸움에 지지 않는 자여"로 시작하여 "어느 누구도 너에게서 벗어나지 못하며 네게 잡힌 자는 미쳐 날뛰는구나" 하고 사랑에 대한 노래를 한다. 그렇다. 사랑은 모든 것을 이루는 강력한 힘이 있고 또 끔찍한 일도 서슴없이 저지른다.

당면한 선택 문제의 갈등 차원에서 보면 비극적인 인물은 크레온이다. 안티고네는 그가 짊어져야 하는 십자가인 것이다. 그러나 일관성 있게 밀고 나

아가는 쪽은 안티고네이고, 그녀는 어찌 보면 순교 정신에 집착하고 있는 듯 보인다. 그녀처럼 광적인 열정이 없다면 죽음으로써 자신의 위치를 정당화하지 못할 것이다. 따라서 이 극의 주인공은 안티고네이고 작품 제목이 『안티고네』인 것은 걸맞다.

　　이 극을 기독교의 도덕관으로 읽으려는 경향이 있는데, 주인공을 냉혹한 폭군에 의해 목숨을 잃는 성자로 풀이하는 것은 잘못이다. 안티고네는 결점 없는, 흠 없는 성인이 아니고 크레온도 폭군은 아니다. 이 극이 선과 악의 흑백논리로 쓰였다면 이 극의 카테고리는 비극이 아니라 멜로드라마로 분류되어야 한다. 그 당시 관객은 안티고네의 태도보다는 크레온의 태도가 더 건전해 보였을지 모른다. 의식 있는 통치자가 나라를 구한 애국자에게 주는 명예를 외국인 용병을 끌어들여 고국을 공격하는 배신자에게 줄 수 있겠는가? 크레온의 정당한 권위를 경멸하는 안티고네의 자세는 그 사회통념에 맞지 않았을 것이다. 그래서 이를 뒷받침하기 위해서 소포클레스는 보통의 정상적인 행동을 대변하는 인물로 안티고네의 동생 이스메네를 주인공과 비교하여 보여주는 것이다.

　　그러나 에테오클레스와 폴뤼네이케스 두 형제가 서로 적으로 싸우다 죽은 후에 통치자가 된 크레온은 에테오클레스의 시신은 명예롭게 매장해 주지만 폴뤼네이케스의 시신은 들짐승들에게 뜯어 먹히고 태양 아래 썩게 내버려 둘 것을 명한다. 크레온의 선언을 들은 아테네인들은 이런 일이 일어날 것을 일찍이 예언했던, 저주의 예언을 상기하지 않을 수 없다. 크레온은 권리와 제약된 한계를 아는 국가의 대변자가 아니다. 그는 자만심과 교만에 빠져서 신들에 대한 불경죄를 짓고 있으며, 권위를 갖고 이를 선언할 때는 그 죄가 이중으로 무겁다. 국가가 절대적인 정당성과 권위를 주장할 수 있는가, 아니면 원래부터 지켜온, 인간의 손이 미치지 않는 하늘의 법을 따라야 하는가.

　　새 떼와 개들이 버려진 시체의 고기 덩어리를 물고 와서 제단을 더럽힌 불경한 사태에 대하여 예언자 장님 티레시아스가 말한다. (이 책에 수록된 발췌 장면이다.) 그는 크레온에게 폴뤼네이케스와 안티고네에게 내린 벌을 재고하도록 권면하지만 크레온은 이를 단호히 거부한다. 그러나 마땅히 매장될 망자의 권리는 신들의 뜻임을 지적하고 이를 거역할 경우 신들로부터의 끔찍한 재앙이 임할 것임을 경고하자, 예언자 티레시아스의 말에 크게 동요된 크레온은 결국 설득된다.

크레온은 티레시아스의 권고로 안티고네의 처형을 취소한다. 생각이 있다면 죽은 자를 매장하기에 앞서 산자를 먼저 풀어주는 게 순서일 것이다. 소포클레스는 이 점을 부각시키려고 크레온으로 하여금 코러스에게 의견을 청한다. 이 과정에서 지체되는 시간에 주목하라는 작가의 주문일 것이다. "안티고네를 동굴에서 구하고, 그런 후 죽은 자를 매장하시오." 분명히 우선순위를 일러준다. 그러나 크레온은 죽은 폴뤼네이케스를 먼저 매장했다. 그러고 나서 안티고네에게 왔을 때는 이미 늦었다. 물론 안티고네가 그렇게 성급히 자살하지 않았더라면 얘기는 달라졌겠지만, 서서히 죽기를 기다리지 않고 스스로 목을 매어 죽는 안티고네의 성격을 반영하는 사건이다.

사자가 등장하여 안티고네의 죽음을 보고하면서 폴뤼네이케스의 매장에 시간이 너무 많이 허비되었음을 덧붙여 강조한다. 이는 공적 임무를 우선하는 크레온의 자세를 분명하게 드러내주는 대목이다. 그가 동굴에 도착했을 때 안티고네는 이미 목을 매어 자살한 후이고, 하이몬은 안티고네의 시신을 껴안고 있었다. 아들이 무슨 짓을 할지 짐작한 아버지는 그를 달래려 한다. 아들은 아버지 얼굴에 침을 뱉고, 그를 죽이려 했으나 실패하자 자기 옆구리를 찔러 자결한다. 아들의 사망 소식을 들은 어머니 에우리디케는 자살한다. 하이몬의 시신을 들고 집에 돌아온 크레온은 이번에는 아내의 자결이라는 또 다른 비보를 접한다. 하루 사이에 아내와 아들을 잃은 크레온은 비탄에 빠진다. 이 비극의 패자는 크레온이고 승자는 망자 안티고네임이 분명하다.

인간은 위대하고 강하지만 또 한편 약하고 무너지기 쉬운 기묘한 불가사의한 존재이다. 인간은 그의 의지에 따라 극도의 과감한 행로를 밟기도 하지만, 인간을 피지배자로 만든 완전무결한 신들의 절대원리를 인간이 알고 있는가 하는 의문을 남긴다. 아니면 신들의 영원한 질서를 경멸함으로써 인간은 그와 그의 사회를 파괴시키는 결과를 가져오고, 그 대가를 치르게 되는 사실을 알고 있는가? 안티고네는 죽음의 동굴로 향하는 마지막 길에서 잃어버린 그녀의 인생을 슬퍼한다. 그럼에도 이 드라마가 오늘날까지 오랜 세월 그 정당성을 유지할 수 있는 이유는 안티고네가 초인이라서가 아니라, 희망과 욕망을 지닌 보통 사람이면서도 모든 모순을 물리치고 신의 명령을 따르는 위대한 용기를 지닌 보통 인간이기 때문이다. 소포클레스의 다른 위대한 비극의 주인공들과 마찬가지로 안티고네도 철저히 고립된 고독 속에 홀로 걸어야만 했다.

햄릿의 독백 "사느냐 죽느냐, 이것이 문제로다"는 모든 비극이 갖는 선택의 명제이다. 헤겔(1770-1831)은 그의 『정신의 현상학』(1807)에서 고대그리스의 종교의 예술과 『안티고네』와 『오이디푸스왕』에 나타난 세계관을 다루면서 만족스럽고 이해하기 쉬운 비극이론을 발전시켰다. 이 철학가는 비극적 상황의 선택 문제를 선과 악, 즉 좋은 것과 나쁜 것 사이의 선택 문제가 아니라 두 개의 선한 것 사이의 선택 문제로 보았다. 즉 『안티고네』를 그는 가족을 방어하는 여자와 국법을 지키려는 남자 사이의 갈등 문제로 해석했다. 선과 악의 설정이 분명한 상황은 근본적으로 멜로드라마이지 비극을 성립시키는 조건은 아니다. 우리는 선이 이기면 기뻐하고 악이 이기면 분노하고 슬퍼한다. 이렇게 흑백이 명확한 경우에는 당황해할 필요나 갈등이 없지만, 양편 모두 마땅히 옳은 주장을 할 때 우리의 감정은 복잡하고 쉽지 않다. 어느 쪽이 이기든 다른 한쪽의 무언가 선한 것이 파괴되기 때문이다. 이러한 진정한 비극적 상황의 갈등에서는 피해가 없을 수 없다. 예를 들면, 사랑과 명예, 어느 쪽이 더 귀한가? 조국과 부모 어느 쪽을 택할 것인가? 영국의 왕정복고 시대(1660-1700)의 비극은 대부분 사랑과 명예 사이의 선택 문제를 다루었다. 헤겔은 소포클레스의 『안티고네』를 최고의 비극으로 인정했다. 크레온과 안티고네, 양쪽 주장이 모두 옳을 때 우리의 감정은 혼란되고, 아리스토텔레스가 말하는 연민과 공포의 특별한 감각에서 카타르시스가 일어나는 비극의 특성을 경험하게 된다. 여기서 헤겔의 비극이론이 생긴 힌트를 준다. 비극의 탄생이 역사의 변화기에 일어나는 현상을 목격하게 될 때 헤겔의 개념이 성립된다. 시대의 변화기에 옛 윤리관과 새로운 윤리관 사이에 갈등을 빚을 수밖에 없다. 새로운 질서가 옛 질서와 대치하는 상황에서 사람들은 분명한 윤리적 방향을 모르기 때문에 혼란을 겪는다. 헤겔의 비극이론은 왜 비극 장르가 르네상스라는 시대의 대변혁기에 특히 왕성했는가의 설명이 된다.

소포클레스의 극 중 『안티고네』만큼 주제를 강렬하게 드러낸 극도 드물 것이다. 그만큼 오해도 많이 받는 작품이다. 오해의 원인은 바로 헤겔의 글이 제공했다고 볼 수 있다. 도덕적 정당성에서 보면 똑같이 중요한 가족과 국가라는 두 기구가 서로 부딪치면서 양쪽 모두의 파괴를 불러온다는 헤겔의 이런 관점은 현대비극의 논쟁에서 큰 역할을 했다. 크레온과의 갈등 장면에서 안티고네의 입장은 분명하다. 그녀는 신이 정해주는 영원한 불변의 법칙을 상징한다. 어떤 인간의 권력도 막아서지 못하는 안티고네의 신념은 소포클레스 자신의 확신을 표현해준다.

▌『안티고네』

(*티레시아스는 소년에게 인도되어 등장한다.*)

티레시아스 테베의 어른들이여, 내가 여기 이 소년과 함께
어떻게 왔는지 보시오.
한 사람의 눈이 눈 없는 나를
이 아이가 인도해주어 올 수 있었습니다.
장님은 이런 도움을 받아야 걸을 수 있지요.

크레온 티레시아스 노인이여, 어쩐 일로 오셨습니까?

티레시아스 말씀드리지요. 내가 하는 말을 예언으로 들어 주시오.

크레온 과거에도 그대의 충고를 따르지 않았던가요?

티레시아스 그랬지요. 그래서 우리 도시를 지금까지 바르게 지켜왔지요.

크레온 티레시아스, 그대가 우리 도시에 덕을 끼친 일을 난 잘 알고 있소.

티레시아스 (*앞으로 다가와 크레온을 만지면서*)
크레온, 당신은 지금 운명의 문턱에 서 있습니다.

크레온 그대의 말을 듣자니 몸이 떨리는데, 무슨 뜻이오?

티레시아스 잘 들으시오. 징후가 분명 불길합니다.
내가 오랫동안 예언하던 장소에 앉아 있었는데
수많은 새들이 날아와서 지저귀는 소리가
지금까지 듣던 것과는 달랐어요.
어떤 새들은 발작적으로 다른 새들을 찢어발기고
날개를 펄떡거리며 대혼란을 일으키고 싸우는 것이었소.
한쪽이 죽을 때까지 서로 찢어 대는 것을 알 수 있었소.
공포를 느꼈어요. 제단에 불을 피우고 고깃덩이 제물을 올렸지요.
그러나 불꽃의 심지는 꺼지고,

질척한 기름이 뚝뚝 떨어지면서 연기를 내뿜었소.
방광은 부풀어 터졌고, 타지 않은 채
기름기 벗은 뼈들은 그대로 드러났어요.
나의 의도, 나의 의식, 나의 제물은
전조를 보여주지 않고 실패했습니다.
내가 느끼고 아는 것을 이 소년이 보고 내게 말해 주었소.
크레온, 내가 당신의 미래를 보듯, 이 소년은 나의 눈이 되어줍니다.
우리 도시가 병을 앓고 있는 이유는, 크레온,
당신이 그 병의 근원이기 때문이오.
도시의 모든 문지방, 모든 화롯가에 고약한 냄새가 진동하오.
이는 매장되지 않은 오이디푸스 아들의 시체를
도시의 개들과 까마귀들이 찢어발겨서
더럽혀진 살점들을 신성한 제단에 물어다 놓았기 때문이오.
그래서 신들은 불결한 냄새 나는 제물을 받지 않고,
우리의 기도를 듣지 않고 있는 것입니다.
신들의 새들도 죽은 자의 기름진 피로 배를 채웠으니
이들이 어떻게 행운의 노래를 부를 수 있겠소?

크레온, 생각해 보시오. 아들이여!
인간은 누구나 실수할 수 있습니다.
그러나 잘못했더라도 이를 후회하고 잘못된 것을
바로잡아 고치면 됩니다. 그것이 지혜지요.
잘못을 알면서도, 잘못되었음에도 불구하고
당신이 원하는 일을 고집하면,
그건 불행으로 가는 어리석은 일이오.
죽은 자에게 양보하세요. 죽은 자를 찔러서 무슨 소용이 있겠소?

죽은 자를 두 번 죽이고 싶소?

그것이 영웅적이오? 그대가 잘되기를 위해 빌고 조언합니다.

나의 충고를 들으면 당신에게 웃음이 올 것이고,

큰 덕이 미칠 것을 깨닫게 될 것이오.

크레온　노인이여, 원한 가진 예언자들이 나를 시험 대상으로 삼아 왔소.

이제는 나를 공격의 대상으로 삼아 아예, 화살대로 겨누는구려.

그대 예언자들은 뇌물을 즐기고 있소

아프리카의 은이나 계속 부정거래하고 사들이시오.

그리고 인도의 금도 잔뜩 쌓아 두시구려.

그러나 동전 한 닢도, 결코 그 죽은 자의 혀에는 넣지 못할 것이오.

절대로 묘를 세워줄 수 없고, 설사 제우스의 독수리들이

그자를 먹이로 낚아채어 제우스의 권좌로 가져간다 해도,

어떤 위협이 나를 가로막을지라도 난 두렵지 않소.

나를 가리켜 오염되고, 썩었고 더럽다 해도,

나는 혐오스러운 그자의 매장을 절대 허용치 않을 것이오.

왜냐하면 인간이 신을 더럽힐 수는 없기 때문이오.

그러나 가장 지혜로운 자도 이익이 된다고 해서

미소 짓고 거짓을 행하면 걸려 넘어지는 법이오.

티레시아스　크레온, 크레온, 당신이 이해할 수 있는 인간은 하나도 없단 말이오?

크레온　무얼 이해한다는 거요? 그 진부한 상투어의 끝은 어디요?

티레시아스　올바른 깨달음이 얼마나 값진 것인지 모르시는가?

크레온　그대는 주제넘고 뻔뻔스러워. 거의 범죄 수준이오.

티레시아스　그게 바로 당신의 병이오. 크레온- 그 병이 널리 이 땅에 퍼지고 있소.

크레온　난 신탁을 말하는 예언자와 말싸움하고 싶지 않소.

티레시아스 그런데 당신은 지금 내가 돈에 눈이 어두워 거짓을 말한다고 하는
군요.

크레온 예언자들은 언제나 돈을 밝히니까.

티레시아스 그리고 폭군들은 절대적 통제를 원하니까.
쓰레기까지 포함해서 말이오.

크레온 그대는 지금 누구 앞에서 그런 말을 하고 있는지 알고 있소?

티레시아스 어떻게 하면 테베 도시를 구할 수 있는지 난 당신에게 보여주었소.
내가 당신을 왕으로 만들어 주었소.

크레온 말해 보시오. 다 털어놓으시오. 대가는 기대하지 말고.
난 한 푼도 지불하지 않을 것이니까.

티레시아스 당신은 결정적 사실을 좋아하지 않을 거요.

크레온 어서 말해보시오. 그대가 내 결정을 매수할 수는 없소.

티레시아스 그렇다면 나를 이해하고 내 말을 당신 마음속에 깊이 새기시오.
하나의 시신 때문에 다른 시신이 햇빛을 보는 날은 없을 것이오.
당신은 한 여인을 감옥에 가두고, 그 오라비의 매장을 거부하였소.
매장을 거부당한 채, 불행한 상태로 원한을 풀지 못하고 떠도는
한 유령을 당신은 지금 욕보이고 있소.
당신은 사제들과 신들조차 중재하기를 두려워하는
지하세계에 끼어들어 지하의 망자들을 불러내고 있는 것이오.
분노의 여신들, 벌을 집행하는 파멸의 실행자인
이 여신들이 당신한테 몰려와서
올가미를 걸고 당신을 벌할 것이오.
그들이 지금 매복하고 공격을 준비하고 있습니다.
아직도 당신은 내가 돈에 매수되었다고 보시오?
몇 시간 후면 당신 집안의 여자들 남자들 할 것 없이
모두 울부짖어 울음바다가 될 것이오.

그리고 당신 아들들의 시신은 썩어 내던져지고,
당신이 지키고 싸운 도시들은 여기저기 흩어져
갈기갈기 찢긴 시신 조각들을 집어 올릴 것입니다.
모든 군대들이 증오와 분노로 뭉쳐서
당신을 대항하여 일어설 것이오. 이것이 나의 화살대요.
당신이 나를 모욕적으로 밀어붙였으니
당신을 향한 피할 수 없는 화살들을 내가 정통으로·당기고 있소.
그렇소. 당신은 이제 치명상을 입었소
(*소년에게*) 얘야, 나를 집으로 인도해라. 저분의 분통은
어린아이들에게나 터트리게 하자. 그만한 나이에
입술을 조심하든지, 마음을 다스리든지,
어느 한 가지는 배워야겠지.

『엘렉트라』

▌ 배경

    오레스테스는 그의 절친 필라데스와 함께 고국에 돌아온다. 그는 아폴로 신으로부터 아버지 아가멤논의 죽음을 복수하라는 명을 받았다.

    이 극에서 사전 대응책으로 오레스테스를 포키스로 보낸 사람은 그의 누이 엘렉트라이다. 그녀는 아버지에 대한 슬픔과 그를 살해한 자들에 대한 증오심을 숨김없이 드러낸다. 모멸당하고 천대받고 살면서 그녀는 오직 오레스테스가 돌아와서 아버지의 원수 갚는 날만을 고대했으나 동생의 소식을 오랫동안 듣지 못하고 지낸 그녀는 이제 희망을 포기한 상태이다.

▌ 작품 소개

    소포클레스의 『엘렉트라』는 아이스킬로스의 『제주를 바치는 여인들』과 동일한 주제를 다룬다. 이 극이 아이스킬로스의 극과 다른 점은 아이스킬로스는 윤리 문제에 초점을 둔 반면, 소포클레스는 윤리 문제는 제쳐두고 인물의 성격에 집중한 성격드라마로 발전시킨 점이다. 모친의 살해를 원하는 엘렉트라는 어떤 여자인가? 끔찍한 살해를 스스로 행동에 옮길 준비는 되어 있는가. 이에 대한 대답은 타협을 모르는 그녀의 성격에서 찾을 수 있다. 그녀의 여동생 크리소테미스는 아버지를 살해한 어머니를 참아내고 어머니와 아이기스토스의 부정한 재혼 생활에도 적응을 잘하고 있다. 그런 반면 엘렉트라는 이에 대해 냉정한 태도를 보인다. 그래서 동생은 대우를 받고, 언니 엘렉트라는 학대받고 혹사당하며 살기 때문에 복수의 칼을 더욱 갈게 된다. 『오레스테이아』의 전통 이야기에 따르면 엘렉트라는 어린 남동생 오레스테스를 구하고 그가 청년이 되어 귀향했을 때 그의 편에 섰다. 소포클레스는 이 사실을 가지고 인물들을 창조했다.

망명 생활 중인 오레스테스는 아버지 아가멤논을 죽인 어머니 클리타임네스트라와 그녀의 부정한 연인 아이기스토스에게 복수할 결심으로 그의 친구 필라데스와 옛 가정교사를 대동하고 고향 미케네로 용감하게 돌아온다. 이 장면은 같은 내용을 다룬, 같은 제목의 에우리피데스의 『엘렉트라』와 비교된다. 에우리피데스의 극에서 오레스테스는 숲속에 몰래 숨어 들어오지만, 소포클레스의 극에서는 고향에 돌아오는 오레스테스의 모습이 당당하고 기분이 좋다. 맑은 고향 공기를 들이마시며 아름다운 하늘과 새들의 지저귐을 들으니 그의 기분이 상큼하다. 변장한 오레스테스는 살해자들의 경계심을 풀기 위해서 클리타임네스트라의 궁에 사람을 미리 보내어 망명 중 오레스테스가 죽었다는 거짓 소식을 전한다.

클리타임네스트라는 남편 아가멤논을 죽인 이유를 큰딸 이피게네이아의 희생에 대한 정당한 복수였다고 주장한다. 그러나 엘렉트라는 이피게네이아의 희생은 어쩔 수 없는, 피할 수 없는 것이었으며, 어머니가 남편을 살해한 이유는 연인 아이기스토스에 대한 음욕 탓이었다고 반박한다. 모녀간의 심한 언쟁 후, 클리타임네스트라는 은근히 아들 오레스테스의 죽음을 기원하고 있다. 오레스테스가 죽었다는 소식을 듣자 그녀는 기도가 응답받은 것으로 알고 내심 기뻐한다. 오직 오레스테스가 돌아와서 아버지의 원수를 갚아주기를 고대하고 있었던 엘렉트라는 클리타임네스트라의 위선적인 슬픔을 비난하고 절망한다.

엘렉트라는 아버지의 죽음을 애도하며 복수할 수 있기를 고대한다. 궁의 처녀들로 구성된 코러스는 엘렉트라를 위로하려 하지만 소용없다. 아버지는 수치스럽게 살해당하고 남동생은 죽었고, 여동생 크리소테미스와는 마음이 맞지 않고, 궁에서는 하녀 취급을 받으며 외롭고 구차하게 살아가는 엘렉트라이다.

그러나 그녀로서 가장 참기 어려운 점은 궁의 지배자들의 추악한 행태이다. 이들과 화합하고 살려면 크리소테미스처럼 자아를 버리고 엘렉트라이기를 포기하고 살아야 한다. 엘렉트라는 안티고네가 홀로 죽음을 맞이하는 것만큼이나 고독하다.

메신저로 가장한 가정교사는 오레스테스가 마차 경기에서 죽었다는 거짓 보고를 하고 오레스테스는 그의 유해가 담겼다는 항아리를 들고 오는 것으로 이들은 음모를 꾸민다. 오레스테스는 누나를 빨리 만나고 싶어 하지만 가정교사는 아버지 무덤에 번제를 먼저 드리도록 그를 인도한다.

엘렉트라의 여동생 크리소테미스가 클리타임네스트라의 심부름으로 아가멤논의 묘소에 제물을 바치러 등장한다. 전날 밤 악몽을 꾼 클리타임네스트라가 불길한 예감을 해소하기 위해서 제물을 바치고 오라고 심부름 보낸 것이다. 악몽의 내용은 집에 돌아온 아가멤논이 집 마루에 아이기스토스왕의 홀을 꽂아 놓는 꿈으로, 그 홀이 자라서 가지에 잎사귀들이 나오고 그림자를 널리 드리우는 무서운 꿈을 꾸었다는 것이다. 심부름의 내용을 들은 엘렉트라는 동생에게 어머니의 제물을 던져버리고 그 대신 자신의 머리털과 허리띠를 제물로 갖다 놓도록 한다. 무덤에 도착한 크리소테미스는 신선한 꽃과 머리카락이 아버지의 무덤에 놓인 것을 발견하고, 이것을 오레스테스 귀향의 표시로 믿는다. 기쁜 마음으로 언니에게 전했으나 엘렉트라는 오레스테스는 죽었고 우리 두 자매가 복수의 임무를 수행해야 한다고 역설한다. 그러나 크리소테미스는 그건 위험한 생각이라며 동의하지 않는다. 크리소테미스는 언니에게 슬퍼하지만 말고 자기처럼 새로운 환경에 적응하고 살라면서 열심히 설득한다. "옳은 것을 따지자면 내 말이 아니라 언니의 선택이 옳아요. 하지만 자유롭게 살자면 매사에 통치자들의 말에 순종해야 해요." 코러스도 엘렉트라가 이 집에서 치욕의 고통을 당하고 사는 것은 자업자득이라며, 강자들과는 그런 식으로 대립하지 말라고 충고한다. 이에 대해 엘렉트라는 "내 성격이 격정적인 것은 나도 인정하지만 목숨이 붙어 있는 한 내가 공포에 둘러싸여 있는 만큼 나의 광적인 비탄은 멈추지 않을 것입니다"라며 스스로 선택한 길을 고수한다. 엘렉트라는 이 집의 하녀와 같은 천한 대우를 받으면서 하루하루 참고 살아간다. 『안티고네』에서 안티고네와 이스메네 자매의 비교처럼 크리소테미스도 정열적인 언니 엘렉트라와 비교된다.

오레스테스는 자신의 가짜 유골이 담긴 항아리를 안고 그의 죽음을 애통해하는 엘렉트라 앞에 살아있는 존재로 서 있다. 그의 정체는 아이스킬로스의 극에서처럼 머리카락이나, 발자국이나 옷의 질감으로 드러나는 것이 아니고, 또는 에우리피데스의 극에서처럼 상처의 흔적으로 알게 되는 것이 아니라, 이 작품에서는 아버지의 인장 반지로 정체가 밝혀진다.

오레스테스가 집 안에 들어가고 곧 클리타임네스트라의 비명이 들린다. 아이스킬로스나 에우리피데스의 극에서는 어머니를 죽이는 행위 앞에 오레스테스는 주저하고, 실행에 앞서 마음의 동요를 보이는 데 비해, 실행을 끝낸 소포클레스의 오레스테스는 "집 안의 모든 일은 이제 정리되었다. 아폴로의 신탁은 잘 수행되었다"고 전혀 흔들림 없이 차분하게 말한다. 오레스테스가 아폴로를 언급하는 것은 그가 어머니를 죽일 것인지 말 것인지를 고민하는 게 아니라, 신의 명령 문제로 이를 실행했음을 강조하는 것이다. 궁을 떠나서 시골에 나가 있던 아이기스토스는 오레스테스의 사망 소식을 접하고 급히 돌아온다. 그는 헝겊에 덮인 시신을 죽은 오레스테스로 알고 있다. (오레스테스의 시신을 델피에서 미케네로 가져오는 것은 현실적으로 가능성이 희박하다. 합당한 방법은 화장해서 항아리에 담아 오는 것이다. 그러나 소포클레스의 이런 각본은 연극적 효과를 극대화한 것으로 보인다.) 시신이 드러나기 전에 아이기스토스는 "손님들이 어디 있느냐"고 묻는다. 엘렉트라는 "내가 모를 리가 있겠어요? 내가 가장 사랑하는 이들의 운명에 관심을 갖는 것은 당연한 의무지요." 아이기스토스가 재차 묻는다. "그렇다면 그 손님들이 어디 있는지 어서 말하라." "집 안에 있어요. 그들은 친절한 안주인을 만났으니까요." 엘렉트라의 대답이다. "오레스테스가 틀림없이 죽었다고 그들이 전하던가?"라는 그의 물음에 "소식만 전한 것이 아니라 그를 보여 주었어요"라며 엘렉트라가 대답한다. 아이기스토스는 엘렉트라에게 클리타임네스트라를 불러오라고 한다. "그대 옆에 있는 그녀를 다른 곳에서 찾을 필요가 없겠지요." 엘렉트라의 말이다. 그가 오레스테스의 시신으로 알고 있는 시신의 덮개를 벗기자 클리타임네스트라의 시신이 드러난다. 이에 놀란 아이기스토스는 집 안으로 뛰어 들어가지만 오레스테스에 의해 살해된다. 코러스는 오랜 시련 끝에 오레스테스가 힘겹게 자유를 얻게 되었다며 이날을 좋은 날이라고 마지막 언급을 한다.

이 이야기는 아이스킬로스의 3부작 중 제2부인 『제주를 바치는 여인들』의 변형된 이야기다. 에우리피데스의 같은 내용을 다룬 『엘렉트라』도 소포클레스와 거의 같은 시기에 쓰였다. 엘렉트라의 동기와 성격을 집중 탐색했다는 점에서 소포클레스의 드라마는 뛰어나다. 아이스킬로스는 윤리적 문제에 관심을 두었지만 소포클레스는 어머니를 그렇게 죽이고 싶어 하는 딸은 어떤 여자일까 하는 인물에 초점을 맞춘다. 엘렉트라는 매우 감정적이고 정의와 경건함과 명예를 존중하는 헌신적인 여인이다. 비참하고 억울한 그녀의 생활을 인정하지만 비겁하게 살지는 않겠다는 확고한 자세를 지니고 있다. 반면 오레스테스는 감정 차원에서는 엘렉트라와 다르지 않지만, 아폴로 신탁의 지시를 받고 따르는 순진하고 경험이 부족한 젊은이로 묘사된다. 크리소테미스는 엘렉트라보다 훨씬 덜 감정적이고 초연하고, 자신의 안전과 이익을 살피는 여자다. 미케네 궁전의 처녀들로 구성된 코러스는 전통적으로 보수적이고 감정을 표현하지 않고 자제한다. 그러나 그런 코러스가 이 극에서는 전통적 위치를 버리고 엘렉트라와 극의 복수의 결말을 전적으로 지지하는 자세를 취한다.

이 극이 탐구하는 중요한 주제는 엘렉트라와 특히 크리소테미스의 성격에 담겨 있듯이 정의와 편의 사이의 갈등 문제이다. 소포클레스는 영웅들에게도 있을 수 있는 나쁜 면과 악한들에게서도 발견되는 좋은 면을 인정하고, 이 둘 사이의 분명한 차이를 흐리게 하여 극을 도덕적으로 모호한 자세로 끌고 간다. 많은 평자들은 어머니를 무너트린 엘렉트라의 승리가 정의의 승리인가 아니면 엘렉트라의 광기인가의 두 갈래로 갈린다.

『엘렉트라』에서는『트라키스 여인들』이나『오이디푸스왕』에서 보여주는 인간의 계획과 신들의 법령 사이의 풀릴 수 없는 갈등은 존재하지 않는다. 그래서 우리는 인간의 영혼이 용기를 갖고 슬픔을 만나도 기쁨으로 극복하는 것을 본다. 이런 경향은 소포클레스가 기원전 409년에 발표한『필록테테스』에서도 나타난다.

▍『엘렉트라』

클리타임네스트라　　어찌 된 일이냐? 네가 또 나와서 돌아다니고 있으니.
　　　　　아이기스토스가 출타하고 없는 틈을 타서 마음 놓고 나간 거냐?
　　　　　아니면 대문 밖에 나갔다가 못 들어온 꼴이냐?
　　　　　너를 아끼는 자들을 걱정시키지 말고 대문 밖에 나가지 말거라.
　　　　　너의 아버지 아가멤논이 없으니, 사람들이 나를 무시하고
　　　　　비난하고 폭군이라고 부른다.
　　　　　이 사람들이 법의 선을 벗어나서 나를 함부로 대하고 있어.
　　　　　거칠게 날 모욕하는 이런 무례한 꼴을 난 못 참는다.
　　　　　너로부터 받는 야유와 다른 자들이 던지는 모욕을
　　　　　모조리 너한테 되갚아 줄 테다.
　　　　　너의 아버지로 말하면, 그렇다. 넌 언제나 아버지가
　　　　　내 손에 죽었다는 그 구실로 어미인 나를 미워하고 있어.
　　　　　나도 잘 알지. 부정할 이유가 있겠니?
　　　　　아버지는 내 손에 죽은 게 아니라 정의의 여신이 쓰러트린 거야.
　　　　　네가 정당하다면 넌 정의 편에 서야 하는 게 아니냐?
　　　　　네가 밤낮 울고불고 애통하게 생각하는 너의 아버지는
　　　　　너의 언니를 희생제물로 신들께 바친 유일한 그리스인이다.
　　　　　딸의 생명을 구하려고 애쓰지도 않고, 딸을 희생시킨 이유가 뭐냐?
　　　　　그리스를 구하기 위해 그렇게 했겠느냐?
　　　　　무엇 때문에 내 딸을 제물로 죽여야 했느냐 말이다.
　　　　　너의 아버지가 동생 메넬레우스를 위해서 한 짓이 아니더냐?
　　　　　메넬라오스가 그 값을 치러야 하는 것 아니냐?
　　　　　메넬라오스에게 두 아이들이 있고- 내 딸을 앞세우기 전에
　　　　　그 애들이 먼저 희생되었어야 하는 게 아니냐 말이다.

결국 그 많은 그리스인들이 트로이 항해에 나선 것은

그 집 아이들의 부모 때문이 아니었느냐 말이다.

지옥이 헬레네의 아이들보다 내 아이들을

더 삼키고 싶어 했단 말이냐?

저주받은 네 아버지가 자기의 친자식보다

메넬라오스의 자식들을 더 사랑했단 거냐?

너의 아버지란 자는 생각이 없고 어리석은 사람이야.

네가 뭐라고 하던 네 아버지에 대한 내 생각은 그렇다.

죽은 너의 언니가 살아서 말할 수만 있다면

나와 똑같은 생각일 것이다.

그러나 난 이미 일어난 일에 대해서 더 이상 개의치 않겠다.

내가 나쁘다고 생각되면 나를 탓하기 전에

네 마음속부터 들여다보렴.

엘렉트라 설사 이번 일은 내가 먼저 비난을 해서 그러시는 건 아니겠지요?

그러나 허락해주신다면, 방어도 못 하고 죽임을 당한

아버지와 언니를 위해서 내가 진상을 소상히 밝혀드릴게요.

클리타임네스트라 그래 말해 보렴. 어디 들어보자.

그러나 아까처럼 계속 버릇없이 굴면 난 더 이상 참지 않겠다.

엘렉트라 말할게요. 어머니는 아버지를 죽였다고 인정하셨어요.

공정한 행위였든 그렇지 않았든, 수치스러운 행위입니다.

나의 입장을 말씀드리면, 그건 정의를 위한 행동이 아니라,

쓰레기 같은 남자와의 음욕을 위해 실행한 살인입니다.

사냥의 여신 아르테미스에게 물어보세요.

왜 여신이 아울리스에서 바람을 묶어버렸는지.

내가 대답하지요. 여신은 절대로 말해주지 않을 테니까.

내가 들은 얘기는 이렇습니다. 아버지가 여신의 숲에서

사냥을 하고 있었는데, 얼룩무늬의 뿔난 수사슴이 튀어나왔어요.
아버지는 그 사슴을 쏘아 죽이고 큰 소리로 자랑을 했어요.
이를 들은 여신이 화가 나서 죽은 사슴의 값을 치르도록
아버지가 딸을 포기할 때까지
그리스인들을 움직일 수 없게 붙들어 놓은 겁니다.
그래서 언니가 희생제물이 되었던 것이어요.
언니의 희생 없이는 그리스 함선들이 아울리스에 묶여서
고향으로도 트로이로도 갈 수 없었으니까요.
아버지는 어떻게 해서든지 이 사태를 피해 보려고
저항했고 버텼어요. 그러나 결국 마지못해
딸을 제물로 희생시킬 수밖에 없었던 겁니다.
메넬라오스 때문이 아니어요. 설령 어머니가 암시하듯
메넬라오스를 위해서 했다 해도,
왜 아버지를 어머니가 죽여야 했나요?
그것이 법인가요? 조심하세요. 인간들에게 그런 법을 만들면
그건 어머니 자신의 올가미가 될 뿐이어요.
사람을 죽였다고 살인이 계속되면
그 정의의 법에 따라 제일 먼저 죽게 될 자는
바로 어머니, 당신이 아닌가요?
어머니의 얘기는 변명에 불과합니다.
할 수 있으면 설명해 보세요. 어쩌다
그런 추악한 삶에 빠지게 되었는지 —
어머니는 당신의 남편을 죽이기 위해
그 남자의 도움을 필요로 했고,
그 남자는 지금 어머니의 남편처럼 살고 있어요.
그는 당신의 남편을 죽인 죄인이고

당신은 그와의 사이에 아이들까지 낳았어요.

그것이 신성한 결혼으로 신성하게 얻은 아이들인

우리 형제들로부터 칭찬받을 일입니까?

이것도 당신 딸을 위한 일종의 복수인가요?

그렇다고 인정하면 그건 대단히 수치스러운 짓이지요.

딸의 복수를 위해서 살인자와 결혼하고 살다니!

기가 찹니다. 불미스럽기 짝이 없습니다.

내가 어떻게 당신에게 충고할 수 있겠어요?

딸은 어머니를 공격할 수 없다고 할 건가요?

그렇지만 당신은 나의 어머니가 아니라, 나의 여주인이오.

당신과 당신의 남자는 내 인생을 비참하게 만들었어요.

불쌍한 내 동생 오레스테스! 구사일생으로 간신히 당신의 칼을 벗어난

오레스테스는 몇 년 동안이나 비참한 떠돌이 생활을 하고 있어요.

당신은 내가 당신을 처벌할 도구로 오레스테스를 길렀다고 자주 말했어요.

그랬으면, 그렇게 되었으면 얼마나 좋겠어요.

만인이 보는 앞에서 나를 배신자라고, 거짓말쟁이라고 선언해 보세요.

그렇다면 내가 당신의 확실한 딸인 것이 증명되는 겁니다.

코러스 아가씨가 몹시 화가 난 건 분명한데, 과연 맞는 말인가요?

누가 그 답을 알 수 있겠습니까?

한 번 마음을 정한 아가씨는 무엇이 옳은지, 무엇이 그른지,

그 점은 더 이상 생각지 않는 것 같습니다.

클리타임네스트라 머리 허연 늙은 어미에게 저렇게 모욕적 언사를 퍼붓는

저 아이를 내가 왜 걱정해야 하나요? 저 애는 무슨 일이든

저지를 수 있는, 부끄럼을 모르는 애라고 여러분은 생각지 않으세요?

엘렉트라 물론, 부끄럽고 말고요.

난 지금 매우 고약하게 말하고 있어요.
내가 하는 짓이 나쁘다는 사실을 나도 잘 압니다.
그러나 당신이 내게 보여주는 지독한 증오심은
내 의지와 관계없이 나를 분노케 합니다.
당신의 추악함을 보면서,
나 역시 당신과 똑같이 추악함으로 맞서게 되는군요.

『트라키스 여인들』

▌ 배경

제우스와 알크메네의 아들인 괴력의 영웅 헤르쿨레스는 그의 "12과업"과 쾌활한 성격으로 유명했다. 그와 그의 신부 데이아네이라가 강을 건널 때 그녀를 업어서 도와준 반인반수(伴人伴獸)인 켄타우로스 네소스는 그녀의 몸을 만지며 성적으로 희롱했다. 뒤에 오던 헤르쿨레스가 이를 보고 그에게 화살을 쏘았다. 죽어가는 네소스는 데이아네이라에게 그의 피를 선물로 주면서 바람둥이 헤르쿨레스가 변심할 경우 그때 그의 사랑을 회복시켜주는 묘약으로 사용하라고 일러주었다.

▌ 작품 소개

이 극은 남편에 대한 애정과 상실한 남편의 애정을 회복하기 위한 섬세한 여인의 질투심을 그린 극이다. 악의가 없는 현모양처인 데이아네이라는 자신의 젊은 날을 상기시켜주는 헤르쿨레스의 첩에게도 친절히 대한다. 젊은 여인에게 유혹을 느낀 중년남자 헤르쿨레스는 아내에 대한 불성실한 배신행위로 인해 고통받고 죽는다. 이 극은 잔혹하고 자기중심적임에도 불구하고 영웅으로 증명되는 헤르쿨레스의 최후를 다룬다.

극은 관객에게 미리 내용을 알려주는 데이아네이라의 긴 대사로 시작한다. 데이아네이라는 오랜 세월 집을 떠나 있는 남편을 그리워하며 외로움을 호소한다. 남편의 소식을 들은 지 15개월이 지났고, 그녀는 아들 힐로스와 함께 남편이 돌아오기를 기다리고 있다. 헤르쿨레스는 지난번 마지막 여행길에 오르면서 아내에게 서판을 하나 주었다. 서판에는 그가 1년 3개월이 지나면 죽을 수도 있고, 아니면 평화 속에 행복하게 살 수도 있다는 글이 들어있다. 운명의 날이 다가오자 데이아네이라는 불운한 예감으로 불안해한다. 수많은 곳을 모험하며 옮겨 다니는 남편이 지금 어느 곳에 있는지 그녀는 모르고 있다.

드디어 헤르쿨레스는 메신저를 통해 그가 곧 돌아온다는 소식을 전한다. 메신저 뒤를 따라 헤르쿨레스의 전령 리카스가 아름다운 젊은 이올레 공주를 포함한 포로 일행을 데리고 돌아온다. 데이아네이라는 비참하게 끌려오는 포로 여인들을 동정 어린 눈으로 바라보며 마음 아파한다. 데이아네이라를 가엾게 여긴 리카스는 사실을 있는 그대로 말하지 않았으나, 다른 메신저로부터 헤르쿨레스의 진실을 듣고 남편의 마음이 그녀에게서 떠난 것을 알게 된다. 전령 리카스는 주인이 이렇게 오랫동안 외지에 지체한 것은 도시를 정복하느라고 그런 것이 아니라 헤르쿨레스가 리디아에 붙들려 있었고, 노예로 팔려 야만족 옴팔레의 하인으로 1년을 보냈기 때문에 늦어졌음을 설명한다. 그의 사촌 에우리토스가 그를 비웃자 격노한 헤르쿨레스는 에우리토스의 네 아들 중 하나인 이피투스를 경고 없이 벼랑 아래로 던져 죽게 했다. 정당한 싸움이 아닌 음모로 사람을 죽인 헤르쿨레스의 행동은 제우스 신의 노여움을 사게 되어, 그 벌로 옴팔레의 노예로 팔려 간 것이었다.

그러나 데이아네이라는 이제 그토록 오랫동안 헤르쿨레스가 집에 돌아오지 못한 이유는 리디아에서의 모험도, 옴팔레에게 노예로 팔려 간 때문도, 이피투스의 죽음 때문도 아니고, 이올레에 대한 사랑 때문이었음을 다른 메신저로부터 듣게 된다. 에우리토스왕이 공주를 허락하지 않자 이올레 공주를 포기하지 못한 헤르쿨레스는 오이칼리아를 공격하여 그 도시를 약탈하고 에우리토스를 죽이고 이올레를 그의 첩으로 취했다는 것이다. 마음에 큰 상처를 입은 데이아네이라는 남편의 애정을 다른 여인과 나눈다는 생각에 괴로워한다. 그러나 그녀는 증오심이나 적개심으로 화를 내지 않는다. 소포클레스는 데이아네이라를 사랑이 식은 남편을 아쉬워하는 정숙한 아내로 그리고 있다.

그녀는 집 안 깊숙이 넣어두었던 사랑의 묘약을 기억한다. 수년 전 헤르쿨레스가 데이아네이라를 신부로 데리고 올 때 반인반마 켄타우로스 네소스는 그녀를 등에 업고 물이 부푼 강을 건너 주었다. 그는 그녀의 몸을 만지는 음탕한 짓을 했는데 그녀의 비명소리를 들은 헤르쿨레스가 그에게 활을 쏘았다. 네소스가 헤르쿨레스의 활에 맞아 죽을 때 그 활에는 히드라의 치명적인 독혈이 묻어 있었다. 네소스는 상처를 씻어내고 죽어가면서 그 응고된 피를 데이아네이라에게 선물했는데, 헤르쿨레스의 옷에 이 피를 바르면 그의 애정이 절대로 식지 않는 사랑의 묘약이 된다고 했다. 비밀리에 간직해 두었던 이 묘약을 기억한 데이아네이라는 남편의 사랑을 되찾기 위해 이를 사용하기로 한다. 그녀는 이것이 네소스의 음모인 줄도 모르고, 잃어버린 사랑을 되돌려주는 묘약인 줄로만 믿고, 네소스의 지시대로 빛이 닿지 않는 깊은 곳에 보관해 두었다. 데이아네이라는 에우리피데스의 메데이아처럼 정열적인 여인이 아니다. 부드럽고 순종적인 그녀는 이 선물이 가정을 파괴하고 헤르쿨레스에게 해가 되리라고는 꿈에도 상상치 못했다. 그녀는 그 독혈을 헤르쿨레스의 옷에 바르고 남편의 승리를 축하하는 예식에 입도록 리카스 편에 선물로 보낸다.

옷을 보낸 후 데이아네이라는 마술의 힘을 빌려 남편의 사랑을 되찾기 위한 자신의 행동이 마음에 걸렸다. 그녀가 그 피를 옷에 바를 때 사용한 양털을 부주의하게 버려두었는데, 태양 빛을 받은 그 양털이 부글부글 거품을 내고 흔적 없이 사라지는 것을 목격했다. 깜짝 놀란 데이아네이라는 이것이 남편의 사랑을 얻는 게 아니라 독약임을 발견하고, 네소스가 남편을 죽이려는 계략이었음을 뒤늦게 깨닫는다, 그녀가 좀 더 영리했더라면 네소스가 그녀와 헤르쿨레스에게 친절하게 대할 이유가 없음을 알았을 것이건만, 그녀는 이를 헤르쿨레스에게 보낸 후에야 죽음의 약임을 알게 된 것이다. 질투심에 사로잡힌 에우리피데스의 메데이아는 독이 묻은 의상을 자기를 배신하고 새로 맞는 남편의 새 신부를 살해할 목적으로 사용했지만, 이 극에서는 남을 해칠 줄 모르는 착한 여주인공에 의해 의도치 않게 불행의 도구로 쓰인 것이다. 자기가 한 행위를 알게 된 데이아네이라는 『안티고네』의 에우리디케처럼 조용히 집 안으로 들어가서, 헤르쿨레스의 침대에 누워 홀로 작별 인사를 하고 가슴을 찔러 고귀한 죽음을 맞는다.

한편 독이 몸에 퍼진 헤르쿨레스는 견딜 수 없는 고통으로 몸부림치며 그 옷을 가져온 리카스를 바다에 던지자, 바위에 부딪친 그의 머리는 박살이 난다. 아들 힐로스가 고통스러운 헤르쿨레스를 배에 싣고 돌아온다. 헤르쿨레스는 아들에게 자기 목숨을 끊어 달라고 애원한다. 패배를 모르던 헤르쿨레스가 이제 가냘픈 한 여인의 책략에 의해 죽게 된 사실을 알게 되자 그의 분노는 극에 달한다. 그는 아내를 죽이고 싶어 한다. 아버지 옷에 바른 약이 반인반수 네소스의 독혈임을 알게 된 힐로스는 뒤늦게 어머니의 무고함을 밝힌다. 아들은 어머니가 아버지의 사랑을 되찾고 싶은 소망에 네소스가 일러주었던 약을 사용한 것이 화근이었음을 말하고, 의도하지 않았던 결과에 어머니는 지금 싸늘하게 죽어있음을 아버지에게 전한다.

헤르쿨레스는 그가 살아있는 자의 손에 의해서가 아니라 죽은 자에 의해 죽을 것이라는 예언을 상기하며 자신의 운명에 순응하고, 그의 죽음이 특별한 의미가 있음을 깨닫는다. 끔찍한 이 사건이 신의 뜻이었음을 알게 된 헤르쿨레스는 순순히 죽음을 받아들인다. 독이 온몸에 퍼져 더 이상 고통을 이기지 못한 그는 산 채로 타죽기를 원한다. 그는 아들에게 화장용 장작더미에 불을 붙여줄 것을 간청하지만 아들은 이를 거부한다.

죽기 직전 헤르쿨레스는 아들에게 이올레와 결혼할 것을 명한다. 이는 이올레가 자기보다 젊은 힐로스와 더 어울린다고 판단해서가 아니다. 이올레의 앞날을 염려하여 인간적인 차원에서의 책임 의식을 갖고 그런 유언을 아들에게 한 것도 아니다. 아버지는 이렇게 말한다. "내 아들아, 네가 효자가 되고 싶으면 내가 죽은 뒤 이 아버지에게 한 맹세를 명심하고 그녀를 네 아내로 삼도록 하라! 아들아, 네가 아버지에게 불효함으로써 너 말고 다른 남자가 내 곁에 누웠던 그녀를 아내로 맞아들이지 못하게 하고, 네가 그녀와 결혼하도록 해라." 헤르쿨레스의 욕정과 자기 여자를 죽은 뒤에도 절대 놓치지 않고 지키겠다는 욕구를 보여주는 대목이다. 헤르쿨레스는 여전히 자기중심적이고, 이올레를 지키는 유일한 길은 아들을 통해서이기 때문이다. 그가 그렇게 오랫동안 집을 떠나 있던 이유, 소유하고 싶은 여인의 아버지와 그 집안을 쑥대밭으로 만든 이유는 바로 이올레를 손에 넣기 위한 것이었음을 본인이 증언하는 대목이다. 이 여자 때문에 어머니와 아버지를 한 날에 잃고 슬퍼하는 힐로스는 그러나 아버지의 사랑에 감동되어 내키지 않아 하면서도 이 결혼에 동의한다. 끔찍한 사건을 목도하며 힐로스는 제우스의 뜻을 본다.

헤르쿨레스는 잔혹하지만 영웅적인 장점이 많다. 이 극은 『필록테테스』와 관련이 있다. 힐로스는 오이타산에 아버지의 화장용 장작더미를 세웠으나 불 붙이기를 거부한다. 불을 붙여준 자는 필록테테스라는 설도 있고 필록테테스의 아버지 포이아스라는 설도 있다. 위대한 영웅의 몸에 불을 붙이기를 두려워하여 아무도 나서지 않을 때 필록테테스가 맡아서 해준 대가로 얻은 선물이 바로 그 유명한 헤르쿨레스의 활이다.

『트라키스 여인들』은 한 가족의 비극으로, 소포클레스의 중요한 주제인 인간의 자유를 다룬다. 예언과 신탁에서 드러나듯 신들의 뜻에 의해 결정되는 사건을 다루면서 인간이 자유스러워지려면 신의 법과 하모니를 이루어야 한다는 메시지다. 소포클레스의 극에서 운명은 항상 어렵고 힘들지만 이를 받아들이는 고귀한 행위가 수행된다. 이 비극은 주인공이 깨어나 진실을 인식하고, 신의 의지로 된 전체 패턴을 깨닫는 액션으로 진행된다. 데이아네이라는 헌신적이지만 겁이 많고 속기 쉬운 여자이다. 남편의 사랑을 회복하리라고 기대했던 처방약이 남편과 아들의 증오를 사게 되었다. 그녀는 자신을 변명하지 않고 무지 속에 행한 자신의 책임을 받아들이고 자살함으로써 죗값을 치른다.

영웅 헤르쿨레스는 전쟁터에서 싸우다 죽는 게 아니라 한 아녀자의 손에 목숨을 잃게 되는, 매우 자존심 상하는 어처구니없는 치욕스러운 운명을 맞는다. 이런 운명의 결과를 가져온 이유 하나는 이올레에 대한 그의 음욕에 있다. 과거에 그가 반인반수 켄타우로스들을 죽인 것을 나열할 때 결국 그의 죽음은 그들의 복수임을 알게 된다. 아이러니하게도 야수들을 죽인 자가 야수들과 똑같은 음탕한 폭력의 방법으로 죽게 된 것이다. 이미 죽은 자가 그를 죽일 것이라는 예언대로, 헤르쿨레스는 죽어가는 네소스의 교활한 복수로 그가 죽게 됨을 깨닫는다. 데이아네이라는 죄 없는 죽음의 심부름꾼이 된 셈이다. 아들을 통해 진상을 알게 된 헤르쿨레스는 서서히 고통 속에 죽는 것보다 장작더미 불 속에서 산 채로 타죽기를 원한다. 그렇게 함으로써 데이아네이라가 취한 비극적 용기를 그역시 따르고 있음을 보여준다. 그는 무서운 제우스의 뜻을 물리고 스스로의 뜻을 행한다. 신들이 정해준 운명을 거부하고 스스로 선택하는 영웅 오이디푸스처럼, 헤르쿨레스도 자기의 길을 택하고 행동한다. 관객은 그가 장작더미 위에서 신으로 변화하는 것을 안다. 그러나 소포클레스에게 중요한 것은 헤르쿨레스의 결단력, 그의 죽음을 결정하는 영웅적 행동이다.

인간은 자기 운명의 피동적 희생물은 아니다. 인간은 능동적 행동을 취하지만, 인간의 운명을 정해놓은 신들은 인간이 이를 피하고 싶어도 주어진 운명 쪽으로 움직이게 만든다. 데이아네이라는 남편의 애정과 부부관계를 옛날처럼 회복시키고 싶은 순수한 마음에서 시도했지만 남편을 고통과 죽음으로 몰아넣게 된다. 수많은 나라의 재앙을 해결하고 해방시킨 영웅 헤르쿨레스이지만 속수무책으로 힘없이 끔찍한 고통 속에 죽어간다.

아이스킬로스의 "고통을 통한 깨달음"이라는 공식은 이 극의 해석에는 도움을 주지 못한다. 우리가 닿을 수 없는 먼 곳에서 우리가 알 수 없는 의도를 가지고 신들은 움직인다. 소포클레스가 추앙하는 신들의 위대한 힘과 경건성은 그 예를 극이 끝날 때 보여준다. 힐로스의 마지막 말에는 하늘에 항거하는 인간의 비난의 소리가 있다. "이것은 신들이 그들의 뜻에 의해 출생시킨 자를 어떻게 잊어버리는지 보여준다. 신들은 이런 일이 일어나는 것을 부끄러워해야 한다." 그러나 흥분상태에서 그가 하는 이러한 광적인 비난을 코러스는 마지막 노래에서 거부한다. 이 극의 마지막 대사인 "이 모든 일은 제우스에 의하지 않은 것이 하나도 없다"는 말은 소포클레스 신앙의 표현이며 그의 작품의 특징을 말해주는 작가의 목소리이다. 신들의 패턴은 어쩔 수 없는, 절망적인 고통을 인간에게 안겨주지만 이를 통해 인간의 고귀함이 드러나는 기회가 된다.

▌『트라키스 여인들』

데이아네이라   (코러스를 향해)

　　친구들이여, 여자 노예들을 인솔하고 저의 집에 온 메신저가

　　그들과 작별 인사를 하는 동안 난 방금

　　여러분의 동정을 얻고자 살짝 빠져나왔어요.

　　지금 내 마음이 매우 착잡합니다.

　　내가 무슨 일을 꾸몄는지 들어보세요.

　　난 지금 어떤 여자 하나를 책임져야 해요. 아니 -

　　그냥 여자라고 하면 안 되지. 첩을 하나 받아들이게 되었답니다.

　　그 여인은 내 마음에 화물 같은 무거운 존재로,

　　내게는 아무래도 그 화물이 배를 가라앉힐 만큼

　　위협적으로 느껴집니다.

　　이제 두 여자가 한 남자의 침대를 나누어

　　서로 번갈아 가면서 잠자게 되었으니 . . .

　　난 내 남편을 가리켜 용감하고 충성스러운 자라고 말해 왔는데,

　　이게 독수공방을 지킨 나의 길고 긴 세월에 대한 보답인가요?

　　과거에 여러 차례 도졌던 그의 심한 광증에도

　　난 화를 낸 적이 없어요. 그렇지만 남편의 침상을

　　첩 여인과 함께 나누는 생활을 참아낼 여자가 어디 있겠어요?

　　젊은 여자의 싱싱한 젖가슴은 막 피어오르는 꽃이고

　　나의 가슴은 이미 시들었는데, 남자들은 시든 꽃을 버리고

　　갓 피어난 꽃봉오리에 눈독을 들이고 그쪽으로 발길을 돌리겠지요.

　　내가 두려워하는 게 바로 이런 모습입니다. 헤르쿨레스는 이름만

　　내 남편일 뿐, 이제부터는 그 젊은 여인의 남자가 되는 거지요.

　　화를 낸다 해서 뾰족한 수가 있겠어요? 그러니 쑤시는 화근을

덜기 위한 방법을 내가 하나 사용하게 되었어요.
오래전 내가 젊었을 때 반인반마의 괴수 네소스가 피를 흘리고
죽어가면서 나에게 준 선물이 있는데요. 난 그것을 지금까지
커다란 청동 항아리에 간직하고 있답니다.
노도 배도 없었지만 가슴이 털북숭이인 네소스는
사람들을 등에 업고 깊은 이베노스강을 건너게 되었지요.
나의 부친이 나를 헤르쿨레스의 신부로 보냈을 때
나는 네소스의 단단한 어깨에 얹혀서 강을 건너게 되었어요.
건너는 중 그가 내 몸을 거칠게 더듬기 시작했어요.
난 소리를 질렀고 제우스의 아들, 헤르쿨레스가 잽싸게
깃털 달린 화살로 그를 쏘아 가슴을 관통시켰지요.
헐떡거리는 그의 허파 소리가 들렸고,
죽어가며 괴수가 말했어요. "오이네우스 노인의 딸이여,
그대는 내가 강을 건너 주는 마지막 손님이오.
내 말을 잘 들으면 이득이 될 겁니다.
헤라의 검은 침, 레르나의 괴물 뱀에서 나온 독화살로
치명상을 입은 내 상처의 핏덩어리를 집으십시오.
이 속에 헤르쿨레스의 마음을 사로잡을 마술즙이 담겨있어요.
이건 그가 당신 이외의 다른 여인은 쳐다보지도 않고,
사랑하지도 않을 마술의 묘약입니다" 하며 소곤댔습니다.
친구들이여, 나는 네소스가 했던 그 말이 기억났어요.
그 항아리를 깊이 숨겨두었는데, 이번에 그가 일러준 대로 사용했어요.
들고 있는 이 상자 안에 남편의 겉옷이 들어 있어요.
이 옷에 그 묘약의 피를 발랐으니, 내가 할 일은 끝났어요.
난 용감한 적도 없었고, 사악한 적도 없었어요.
그렇게 되기를 바란 적도 없었지요.

그런 여자들을 보면 소름 끼치고 무서워서

전율을 느꼈던 나였으니까요.

그러나 이 마술의 약을 사용해서 젊은 첩을 물리칠 수만 있다면,

그리고 여러분이 나의 행동을 분별없는 급한 처사라고

탓하지만 않는다면, 난 헤르쿨레스를 지키고 싶어요.

처방은 이미 준비되어 있지만, 그러나 여러분이 내 뜻을

탐탁지 않다고 생각한다면 난 준비한 이 계획을 취소할 것입니다.

코러스 그 마술을 신뢰해도 되는 근거가 있다면

마님의 계획은 나쁘지 않다고 봅니다.

데이아네이라 신뢰할 수 있다고는 생각하지만, 이 약을 사용해 본 적은 없어서
요.

코러스 행동에 옮길 때 답을 알 수 있겠지요.

생각만으로는 배울 수 없지요.

시험해 보지 않고 어떻게 판단할 수 있겠습니까?

데이아네이라 곧 알게 되겠지요. 메신저가 벌써 저기 나와 있군요.

그가 곧 출발할 겁니다. 여러분, 이 일은 비밀로 해주세요.

수치스럽지만 소리 없이 하면,

사람들 앞에서 망신당할 일은 없으니까요.

(*전령 리카스가 들어온다.*)

리카스 오, 오이네우스의 따님이시여, 제가 할 일은 무엇입니까?

분부를 내려주십시오. 제가 너무 오래 지체한 것 같습니다.

데이아네이라 리카스, 당신이 집 안에서 이방 여인들과 이야기하고 있는 동안

이 선물을 준비하고 있었어요. 이것을 내 남편에게 전해 주세요.

내 손으로 직접 만든 긴 겉옷입니다.

그에게 전해 줄 때 이 말을 꼭 잊지 마세요. 누구든 그이보다 먼저
이 옷을 입어보게 해서는 절대 안 된다고 하세요.
그리고 황소를 잡아 제물로 바치는 날 그이가 이 옷을 입고
만인 앞에 나와서 신들에게 보이기 전까지는 햇빛도, 제단의 불도,
성스러운 촛불도 이 옷에 비춰서는 절대 안 된다는 말을 꼭 일러주세요.
남편이 돌아오는 것을 보거나 듣게 되면, 나는 그가 귀향할 때
이 옷을 입은 고귀한 제관으로서의 그의 모습을
신들께 보여 드리겠다고 맹세했어요.
나의 증명을 보이기 위해서 여기 내 인장을 표시했습니다.
그럼 이제 어서 가 보세요. 메신저는 맡은바 직분을
넘어서는 일을 해서는 안 된다는 점을 기억하고,
우리 부부로부터 호감을 얻도록 하세요.

리카스   제가 헤르메스의 재빠른 전령 업무를 배웠다면
지체하거나 넘어지지 않을 것입니다. 이 작은 상자를
마님이 해주신 말씀과 함께 그대로 전하겠습니다.

데이아네이라   어서 가보세요! 서두르세요! 내 집에서의 내 생활이
어떤지 그대는 이제 알고 이해하고 있겠지요.

리카스   물론입니다. 모든 일이 잘 된 것을 보고하겠습니다.

데이아네이라   그대는 또 내가 그 이방인 여인을 어떻게 맞이했는지,
내가 어떻게 그녀를 친구처럼 대했는지도 보았지요.

리카스   마님의 태도를 보고 놀란 제 가슴이 기쁨에 벅찼으니까요.

데이아네이라   무슨 말을 더 해야 하나요? 남편이 나를 그리워하는지 알기 전에,
내가 얼마나 남편을 그리워하는지, 그 점을 보고해도 좋습니다.

(*리카스는 퇴장한다. 데이아네이라는 집 안으로 들어간다.*)

코러스 뜨거운 온천과 항구에서, 오이타산 절벽에서 말리스만 바다까지,
그리스인들이 모여 회의를 하는 어느 곳이든,
여기는 다이아나 해변, 황금 화살을 날리는 여신
아르테미스에게 바친 해안이오.
예리한 피리 소리가 우리 사이에 울릴 것이오.
전쟁의 슬픈 소리가 아니라 현악기처럼
신들에게 어울리는 음악 소리가 들릴 것이오.
알크메네와 제우스 사이에 태어난 아들이 용맹으로 얻은
포상의 상급을 잔뜩 싣고 속력을 내어 귀향하고 있습니다.
열두 달 동안 저 멀리 바다 건너 이곳저곳 떠나 있어서
그분의 소식을 전혀 알 수 없었지요.
우리는 아무 소식도 듣지 못하고, 아무것도 모르고,
그의 사랑하는 아내는 떨며 여지껏 슬피 울고 지냈습니다.
그러나 전쟁의 신 아레스는 흥분하여
그녀의 슬픔을 이제 날려버립니다.
헤르쿨레스가 돌아오고 있어요! 그가 돌아오고 있어요!
그의 배가 해안가에 닿을 때까지
그 많은 노 젓는 자들이 쉬지 않게 하소서.
헤르쿨레스여, 그대가 제사를 드린다고 사람들이 말하는
섬나라의 제단을 떠나 어서어서 고향으로 돌아오소서.
사랑에 빠진다는 마법의 옷을 입고 어서 속히 돌아오소서.

(*데이아네이라는 다시 등장한다.*)

데이아네이라 오, 나의 친구들이여, 내가 하겠다고 말한 그 일들이
너무 지나친 건 아닌지 두렵습니다.

코러스   왜 그러십니까, 데이아네이라 마님?

데이아네이라   정확히는 모르겠지만, 희망에 부풀어 기대를 갖고 행한 일이
재앙으로 변하는 건 아닌지 걱정이 됩니다.

코러스   마님의 선물 얘기를 하시는 건 아니겠지요?

데이아네이라   네, 바로 그 얘기입니다. 그래서 잘 모르는 일은
성급하게 하면 안 된다고들 말하는 거겠지요.

코러스   말해도 되는 일이면 무엇이 두려운지 말씀해 보시지요.

데이아네이라   일이 일어났어요. 들어보시면 이건 무서운 이적이에요.
누가 이런 일을 꿈이나 꾸었겠어요? 남편에게 보낸 그 옷에
마술의 피를 바를 때 나는 굵은 흰 양털을 사용했거든요.
그런데 누가 먹어 없앤 것도 아니고 스스로 먹은 것도 아닌데,
그 양털이 가루가 되어 흩어져 있는 걸 발견했어요.
어떻게 이런 일이 일어날 수 있지요?
내가 한 행동의 전말을 한 번 더 자세히 얘기할게요.
난 오염된 화살을 맞고 죽어가던 그 괴수가 가르쳐준
처방대로 했어요. 그의 지시는 청동서판에 새긴 글처럼
내 머릿속에 지워지지 않고 새겨져 있으니까요.
처방대로 그대로 따랐어요. 그 끈끈한 약을
햇빛이 닿지 않는 곳에 깊이 넣어두었어요.
네, 그렇게 했어요. 약을 바를 때는
우리 집 양의 털을 사용해서 발랐고, 그리고
선물을 단정히 접어서 당신들이 본 바로 그 상자에
햇빛이 닿지 않게 안전하게 넣었어요.
그러나 내가 다시 집 안에 들어가서 보았을 때
말로 표현할 수 없는, 전혀 이해할 수 없는 현상을 목격했어요.
햇볕 아래 던져있던 그 양털 뭉치가,

옷에 바를 때 사용했던 그 양털 뭉치가,

햇빛을 받아 따듯해지자 오그라들고 부서지면서

흡사 나무 톱질할 때 나오는 톱밥 같이 변해있는 겁니다.

그 톱밥으로 변한 것이 아직도 땅바닥에 그대로 있어요.

그런데 떨어진 주변에 마치 디오니소스의 포도 넝쿨에서

액즙이 바닥에 쏟아질 때처럼 자줏빛 거품이 일었어요.

이 현상을 어떻게 받아들여야 할지 모르겠어요.

내가 끔찍한 일을 저지른 건 아닌지.

죽어가는 괴수! 그것도 나 때문에 죽임을 당했는데!

그런 자가 내게 왜 친절을 베풀었을까요? 무엇 때문에?

그를 죽인 자를 파괴하려고 나를 속인 것입니다.

이미 늦었어요. 내가 너무 늦게 깨달았어요.

이게 모두 나의 망상에 불과하다면 몰라도

내가 내 남편을 쓰러트린 건 아닌지 너무나 두려워요.

오 내가 몹쓸 아내여! 네소스를 쏜 화살은

키론 신에게도 치명상을 입혔던 그 화살이어요.

헤르쿨레스의 그 화살에 맞은 반인반수들은

그 자리에서 모두 죽었어요. 네소스의 상처에서 나온

독이 든 핏덩어리가 헤르쿨레스도 죽일 수 있지 않겠습니까?

맹세컨대, 만일 남편이 죽으면 나도 그와 함께 죽을 겁니다.

난 내가 착한 여인이기를 바랐는데,

남편 죽인 악한 여인이란 소릴 듣고 살 수는 없어요.

코러스   끔찍한 결과를 맞을 수도 있겠지만,

그러나 지레 겁낼 필요는 없어요.

무슨 일이 일어나는지 기다려 보시지요.

데이아네이라   나의 계획이 위험에 빠지면 난 어디서 희망을 찾겠어요?

어디서 내가 용기를 얻을 수 있겠습니까?

코러스   자신에게 관대하십시오. 설령 불상사가 일어난다 해도
그건 실수로 그렇게 된 것이지, 원래의 의도는 좋았으니까요.
본의 아닌 실수로 빚어진 일에 대해 마님께 화낼 사람은 없어요.

데이아네이라   잘못이 아니라고 당신은 그렇게 말할 수 있겠지요.
당신이 나의 불행을 함께 당하는 건 아니니까요.

코러스   지금은 차분히 진정하고 기다려 보는 게 좋습니다.
아드님에게 알려지기를 원치 않는다면 조용히 계시지요.
아, 저기 아드님이 아버지를 만나고 방금 돌아왔군요.

(힐로스가 등장한다.)

힐로스   오, 어머니, 저는 어머니가 죽었든지, 제 어머니가 아니든지,
아니면, 마음이 착한 여인으로 변해 있든지,
이 세 가지 중에, 어느 한쪽이기를 바라고 왔습니다.

데이아네이라   나를 그토록 증오하는 이유가 무어냐?

힐로스   오늘 어머니께서는 어머니의 남편을—
제 말을 듣고 계십니까?—
어머니께서 제 아버지를 죽였습니다.

『필록테테스』

█ 배경

　　먼저 이 이야기의 배경을 살펴보면, 필록테테스는 원래 트로이 원정팀의 그리스 장수들 가운데 중요한 인물이었다. 항해 중 그는 크리세 신전이 있는 특별한 곳을 찾아 몰래 들어가던 중 그곳을 비밀리에 지키고 있던 뱀에게 물렸다. 그의 고통스러운 비명과 상처에서 나는 고약한 냄새를 견딜 수 없어 한 동료들은 그가 잠든 사이 아무도 없는 섬에 실어다 버리고 오디세우스 일행은 트로이로 떠났다. 그 후 트로이전쟁 10년째 되던 해에 아킬레스를 비롯한 다른 그리스의 영웅들이 전사한 후, 트로이의 신탁은 오직 필록테테스와 그가 소지한 활만이 그리스에 승리를 안겨 줄 수 있다고 예언했다. 아킬레스의 아들 네오프톨레모스는 트로이 전투에 합류한 지 얼마 되지 않았기 때문에 필록테테스를 알지 못한다. 헤르쿨레스의 유명한 활을 마지막 유물로 넘겨받은 자는 바로 필록테테스였으며, 그는 버림받기 전까지 트로이 원정대의 한 장수였다. 그리스 군대는 오디세우스와 아킬레스의 아들 네오프톨레모스를, 정당한 방법이든 비열한 방법을 사용하든 상관없이, 필록테테스와 그의 활을 찾아오도록 급파한다.

█ 작품 소개

　　이 극은 비극적 파국이 없고 분위기는 목가적이며, 배경은 황량한 외딴 섬이다. 그리스인들에게 버림받은 주인공 필록테테스가 이 무인도의 동굴에 살고 있다. 목가적 정신은 이런 스산한 풍경에 담겨 있는 것이 아니라 필록테테스를 유인하기 위해 보내진 청년의 순수한 마음에 나타난다. 아킬레스의 아들 네오프톨레모스는 그의 임무를 준수하지만 교활한 오디세우스의 지시에 따른 배신행위는 그의 성미에 맞지 않는다. 그가 활을 획득하고 필록테테스를 트로이로 가는 배에 태우기까지, 그를 유인하는 데는 성공하지만 결국 그에게 사실을 실토한다.

극의 끝에 반신(半神) 헤르쿨레스가 기적처럼 끼어들어 부당한 대우를 받는 필록테테스의 모든 억울함을 깨끗이 풀어주고 트로이의 전쟁터에서 그리스인들과 함께 싸울 것을 종용한다.

네오프톨레모스는 연극사에 등장하는 젊은이들 가운데 매우 호감 가는 청년이다. 이 극의 주제는 청년에서 성인이 되는 성장 과정과 사회와 개인 사이의 균형 문제를 다룬다. 아킬레스의 아들로서 영광과 기사도적인 이상을 지니고 성장한 청년 네오프톨레모스는 특별한 임무를 맡은 현재의 상황에서 현실세계가 어떤 것인지 터득하게 된다. 그의 첫 숙제는 활 하나로 생명을 유지하고 살아가는 병든 노인을 속이고 그의 활을 빼앗아 오는 일이다. 결국 그는 자신의 이상과 기품 있는 노인의 존재 사이에서 균형을 얻게 된다.

필록테테스의 소외문제는 개인 대 사회의 문제를 강조한다. 무인도에 홀로 버려져 10년 동안 살면서 그는 자신을 비참하게 만든 사회를 증오하고 물리적으로 단절된 그 사회와 정신적으로도 절연한다. 인간세계로 그를 다시 합류시키는 데는 신의 힘이 필요하다. 이 주제를 다룬 소포클레스의 뜻은 분명하다. 왜냐하면 이 극의 무대인 실제의 섬 렘노스에는 당시 사람들이 살고 있음을 누구나 알고 있었지만, 작가는 사회와 인간 사이의 단절된 상황을 분명히 하기 위해서 "아무도 밟지 않은 황량하고 적막한 곳"으로 설정했다. 필록테테스는 섬의 언덕과 강에 대고 자신의 처지를 하소연한다. 마음을 자연에 의지하고 기대는 자세는 인간에게 실망하고 절망한 화자가 인간사회로부터 은퇴하는 표시이기도 하다. 이 극에는 또 다른 중요한 인물이 둘 있다. 하나는 오디세우스이고 또 하나는 무기 자체로 의인화된 활이다.

　　이 극에서 오디세우스는 사기꾼 배신자로 비칠 수밖에 없지만, 그렇다고 그를 셰익스피어의 이아고 같은 악한으로 보아서는 안 된다. 오디세우스를 가리켜 순수한 자를 타락시키는 원칙 없는 악한으로 보는 것은 잘못된 이해이다. 오디세우스는 그리스전쟁의 승패가 걸려 있는 전투 회의의 결정을 수행하는 책임자이다. 『트로이의 여인들』에서 에우리피데스는 헤카베의 입을 통해 오디세우스를 '악한 사람'이라고 부르지만, 그는 필록테테스만큼이나 자신의 원칙을 고수하는 자로 악당은 분명 아니다. 두 사람의 차이라면 필록테테스는 자신에게 관심을 보이는 반면 오디세우스는 국가에 관심을 보인다. 소포클레스의 다른 작품에서도 오디세우스는 공적인 가치를 중시하고 살아가는 인물로 그려진다. 필록테테스의 활은 그의 생활수단인 동시에 상징이다. 그의 활은 어디서나 구입할 수 있거나 누구나 만들 수 있는 그런 평범한 활이 아니다. 헤르쿨레스가 심한 고통을 못 이기고 죽기를 원할 때, 신들로부터 하늘로 들림 받기 직전, 자신의 화장을 위한 장작더미에 누군가 불을 붙여주기를 갈망했다. 고귀한 그의 몸에 불을 붙이기를 두려워하여 아무도 나서지 않을 때 필록테테스가 장작더미에 불을 붙여주어, 그 대가로 주어진 선물이 바로 그의 유명한 활이다. 헤르쿨레스의 소위 "12과업"의 열두 가지 임무 수행 중 더러운 세상을 깨끗이 소제하고 악한들을 소탕할 때 사용한 이 활은 특별히 경건의 대상으로 인정받는 무기였다. "이게 정말 그 유명한 활인가요? . . . 그렇다면 내가 만져보고 신처럼 경배해도 되겠소?" 네오프톨레모스가 필록테테스에게 묻는 이 장면은 두 사람 사이의 신실성과 활의 성격을 성립시켜주는 대목이다.

　　필록테테스는 살아남기 위해서 필요한 온 힘을 경주한다. 그는 새나 토끼 같은 동물을 잡아먹는 데 활을 사용했고, 겨울에는 물을 마실 수 있도록 얼음을 녹이기 위해 불을 피웠다. 그를 버린 오디세우스를 저주하고, 그가 당한 똑같은 고통을 그들도 당하기를 그는 기원한다. 전쟁은 군사들을 죽일 수밖에 없지만 때로는 선한 자들을 본의 아니게 죽이게 된다는 필록테테스의 말에 네오프톨레모스는 동감한다. 필록테테스는 자기를 버리지 말고 고향에 실어다 줄 것을 간청하고 네오프톨레모스는 이를 승낙한다.

이 극의 주인공은 극 제목이 말해주는 대로 필록테테스로 볼 수도 있지만, 이야기의 플롯상 결과를 가져오는 기승전결(起承轉結)의 진정한 역전은 네오프톨레모스의 액션에서 비롯된다. 극은 필록테테스가 살고 있는 섬의 동굴 근처에서 시작한다. 네오프톨레모스는 언덕 위에서 동굴을 찾았다. 오디세우스는 필록테테스가 그를 증오하는 것을 알기 때문에 그의 눈에 뜨이지 않도록 조심한다. 그는 네오프톨레모스에게 필록테테스는 절대 설득되지 않기 때문에 그를 속여야만 하는 상황을 설명한다.

오디세우스는 "자네의 천성이 남을 속이거나 책략을 쓰고 꾸며대는 일에 적합하지 않은 점을 나는 잘 알고 있네. . . . 오늘 하루만 잠시 파렴치를 위해 자네를 내게 빌려주시오. 우리의 정직함은 다른 날 보이도록 합시다" 하고 젊은 이를 설득한다. "간계로 목적을 달성하는 것은 나의 타고난 성품이 아니며 사람들 말로는 나의 아버지도 그렇지 않으셨다 했소"라고 청년은 말한다. 오디세우스의 지시는 요약하면 이렇다. "필록테테스는 절대 설득당하지 않는다. 그대는 나를 도우러 이곳에 왔으니 필록테테스의 마음을 호려야 한다. 아카이아족을 원망하는 그에게 그대는 함대를 떠나 고향으로 항해 중이라 하라. 고향으로 돌아가는 이유는 내가 참전해야 한다고 꾀어 가더니, 선친의 무구(武具)를 돌려달라고 아들로서의 정당한 권리를 주장하니, 받을 자격이 없다며 무구는 오디세우스에게 넘겨주었다고 해라. 그래서 화가 나서 고향으로 돌아가는 중이라고 거짓말을 꾸며라. . . . 이렇게 하면 현명하고 용감하다는 말을 듣고 상을 받게 된다고 해라." 네오프톨레모스는 "좋소. 수치심을 모두 던져 버리고 하겠소" 하고 답한다.

코러스는 필록테테스에 대한 동정심이 강하지만 그러나 그리스의 계획이 이루어지기를 바란다. 필록테테스의 신음소리가 들리고 그가 발을 질질 끌며 등장한다. 10년간 사람 구경 못 하고 살던 그는 그리스 사람들을 보고 그리스 말을 듣자 꿈을 꾸는 듯 기뻐한다. 그뿐 아니라 젊은이가 그의 옛 친구 아킬레스의 아들임을 알고 더욱 반가워한다. (이 책에 수록된 발췌 장면이다.) 네오프톨레모스는 그가 배신해야 하는 이 노인을 처음 본 순간부터 노인이 받고 있는 고통에 충격을 받는다. 필록테테스는 그의 처참한 처지를 들려주고 오디세우스를 비난한다. 노인과 청년 사이에 공동의 증오와 신뢰가 싹튼다. 네오프톨레모스가 떠나려 하자 "날 버리고 가지 마시오!" 하며 제우스의 이름을 걸고 무릎 꿇고 애원한다. 코러스는 네오프톨레모스에게 노인을 불쌍히 여기고 고향에 데려다 줄 것을 촉구하고 네오프톨레모스는 이에 동의한다. 필록테테스는 "사랑스러운 날이여, 더없이 상냥한 친구여!"라며 기쁨에 가슴이 벅차오른다.

이때에 선장으로 위장한 정탐꾼이 나타나서 그리스인들이 네오프톨레모스와 필록테테스를 잡으러 보냈다는 거짓 메시지를 들고 온다. 이 메시지는 출항을 서두르기 위해 계산된 것이었다. 필록테테스와 네오프톨레모스는 그의 약초와 상처 난 곳을 묶는 헝겊을 챙기려고 그가 기거하는 동굴로 간다. 네오프톨레모스와 함께 동굴로 가는 중 필록테테스는 숨기고 싶지만 숨길 수 없는 발작증을 일으킨다. 필록테테스는 고통의 발작으로 쓰러지면서 네오프톨레모스에게 활을 맡기고 기절한다. 활을 손에 넣기 위해 싸울 수도 있었고 아니면 최소한 활을 포기하도록 필록테테스를 설득할 수도 있었고, 필요하다면 속임수를 써야 했을지도 모르는 그에게 지금 그 활이 저절로 굴러 들어오는 순간이다.

코러스는 네오프톨레모스에게 그가 잠든 사이 활을 가지고 어서 떠나라고 종용한다. 발작증에서 깨어날 때까지 지켜달라고 병든 노인이 믿고 맡긴 활을 빼앗는 배신행위는 가장 천박한 도둑질이다. 깨어난 필록테테스는 네오프톨레모스에게 감사해하며 자기를 일으켜주기를 바란다. 네오프톨레모스는 처음에는 다른 사람들이 그를 일으켜 줄 것이라 했지만, 필록테테스는 "저들이 아니고 그대가 나를 일으켜 세우시오" 하며 네오프톨레모스가 일으켜 줄 것을 원한다. 그는 일단 배에 오르면 이 사람들이 그의 상처에서 나는 고약한 냄새를 실컷 맡게 될 터인데 지금부터 악취에 질리기를 원치 않는다고 해명한다. 네오프톨레모스는 병든 노인을 붙들어 일으켜준다. 이 장면은 네오프톨레모스가 필록테테스에 대한 동정에 굴복할 것인가, 필록테테스를 그리스인들의 손에 넘길 것인가의 기로에 서게 한다. 네오프톨레모스의 지지를 얻은 필록테테스는 그의 부축을 받는다.

여기서 극이 끝나면 합당하겠으나, 그러나 이렇게 극이 끝날 수는 없다. 전통의 이야기를 한껏 자유롭게 다루는 비극작가는, 특히 사건의 심리적 동기를 즐기는 작가라 해도, 굳건히 받아들여진 신화의 테두리를 임의로 변경할 수는 없다. 선택의 기로에서 난처해하는 네오프톨레모스의 태도를 본 필록테테스는 왜 그러느냐고 묻는다. 이에 그는 답한다. "사람이 제 본성에 맞지 않는 짓을 하게 되면 견디기 어렵지요. . . . 나는 비열한 자로 드러나는 그 점이 진작부터 괴롭습니다." 필록테테스는 그를 고향에 데려다주기로 한 약속을 젊은이가 후회한다고 생각한다. "내 판단이 틀리지 않다면, 그대가 나를 배신하고 버려둔 채 출항할 것만 같구려."

네오프톨레모스는 "제우스 신이여, 나는 어찌해야 합니까? 숨겨서는 안 될 것을 숨기고 말해선 안 될 것을 말함으로써 두 번이나 악당으로 드러나야 합니까?" 필록테테스가 트로이로 가야 한다는 것을 숨김으로써, 그리고 그를 고향에 데려다주는 것으로 속이는 두 번의 속임을 의미하는 그는 필록테테스에게 고향이 아닌 트로이로 그를 데리고 가야만 하는 이 사실을 결국 실토한다. 필록테테스는 "그대, 화염 덩어리여! 완전한 괴물이여! 온갖 비열함의 가장 가증스러운 걸작품이여, 이게 무슨 짓인가? 무슨 속임수란 말인가? 오, 무정한 자여!" 절망에 빠진 필록테테스는 그를 잔인하게 대하지 않고 속이지 않는 개울과 들판에 대고 탄식한다. 네오프톨레모스는 한숨지으며 가슴 아파한다. 분노와 배신감으로 절망에 빠진 필록테테스는 오디세우스가 등장하자 비로소 네오프톨레모스가 오디세우스의 미끼로 쓰인 것을 깨닫는다. 필록테테스가 오디세우스를 맹렬히 비난하자 오디세우스는 "나는 그때그때 필요에 따라 최선을 다하는 사람"이라고 말한다. 이제 활을 확보했고 활을 쏠 명궁 테우케르도 있으니 필록테테스가 나서지 않겠다고 고집하면 그를 억지로 끌고 갈 필요 없이 이곳에 버리고 갈 생각이다. 그러나 오디세우스의 이 생각은 틀렸다. 왜냐하면 신탁은 활과 필록테테스, 이 둘을 구체적으로 언급했기 때문이다. 필록테테스를 뒤에 남겨두고 오디세우스와 네오프톨레모스는 배가 정박한 곳으로 떠난다. 활이 없으면 먹잇감을 사냥할 수 없기 때문에 굶어 죽게 될 자신을 돌아보는 필록테테스의 심정은 비참하다. 코러스는 오디세우스는 오로지 임무를 수행할 뿐이라며 군대 친구들의 공공이익을 위해서 그들의 명령을 이행할 뿐임을 지적한다.

다음 장면은 이 극의 플롯상 마지막 정점을 장식한다. 네오프톨레모스는 그가 오디세우스와 그리스인들에게 승복한 것을 잘못이라고 생각한다. 그는 활을 들고 활발하게 되돌아간다. 그의 뒤를 오디세우스가 쫓아오면서, 무슨 이유로 서둘러 되돌아가는지 묻는다. "내가 앞서 저지른 잘못을 취소하러 갑니다." 네오프톨레모스의 대답이다. "실수란 게 대체 뭐요?" 오디세우스가 묻는다. 네오프톨레모스는 "내가 그대와 전군(全軍)에 복종했던 것이오. 빼앗은 활을 도로 돌려주려는 것이오." 네오프톨레모스는 오디세우스를 무시하고 활을 돌려주려고 필록테테스가 있는 곳을 향해 발길을 서두른다.

오디세우스는 활을 돌려주지 말도록 그를 위협한다. "자네가 내 계획에 따라 얻었던 것을 되돌려 주는 것이 어째 옳은 일이란 말인가?" 이에 대하여 네오프톨레모스는 그들 사이의 가치의 차이를 말한다. "나는 내가 저지른 과오를 취소하려는 것뿐이오. . . . 정의가 내 편이라면 그대의 위협 같은 것은 두렵지 않소." 이것이 바로 이 극의 클라이맥스이고 주인공 네오프톨레모스의 결정의 시간이다. 오디세우스는 그의 설득이 실패하자 칼을 빼어 힘으로 위협하려는데, 네오프톨레모스 또한 자기 칼집에 손을 댄다. 무력 충돌이 소용없음을 아는 오디세우스는 위험한 짓을 하지 않는다. (오디세우스가 무력이 아닌 그의 두뇌와 꾀로 트로이전쟁에 승리한 것은 익히 알려진 사실이다.)

네오프톨레모스는 필록테테스에게 트로이에 함께 가서 먼저 그의 병을 고치고 건강을 되찾은 다음 영광도 얻자고 설득한다. 그는 헬레누스의 예언을 밝힌다. 그것은 필록테테스가 돌아오면 그의 상처가 회복될 것이고 네오프톨레모스와 함께 그가 트로이를 정복할 것이라는 예언이다. 필록테테스는 오디세우스를 신뢰할 수 없다며 네오프톨레모스에게 처음 약속한 대로 그를 집에 데려다줄 것을 간청한다. 필록테테스는 아트레우스의 두 아들과 오디세우스에 대한 증오가 너무 커서 네오프톨레모스의 청을 거절하고 도리어 그에게 그리스인들과 함께하지 말 것을 권한다. 필록테테스는 이제는 네오프톨레모스가 하는 말, 즉 활을 돌려주는 것조차도 의심한다. 네오프톨레모스가 넘겨주는 활을 필록테테스가 받아들 때 오디세우스는 이를 저지한다. 그가 활을 빼앗으려고 끼어들자 필록테테스는 오디세우스에게 활을 겨눈다. 네오프톨레모스는 즉시 필록테테스를 제지시킨다. 이때에 헤르쿨레스가 기계신으로 등장한다. (기계신[deux ex machina]은 기계에서 내려온 신[神]이란 뜻이다. 이는 일부 그리스 작가, 특히 에우리피데스가 즐겨 활용한 장치이다. 기계장치로 신이 무대에 내려와서 판단과 명령으로 인간인 등장인물들의 문제를 해결해 주어 드라마를 끝내던 관행을 가리킨다.) 그는 필록테테스에게 이해하기 쉽게 설명하고, 특별한 이 활은 사적 이유로 쓰여서는 안 된다며 그를 설득한다. 이에 감격한 필록테테스는 "오, 내가 그토록 목소리를 듣고 싶어 했던 분이시여. . . . 내 그대의 명령에 따르겠나이다" 하고 날아갈 듯 나선다.

소포클레스는 필록테테스의 상처를 그의 심리를 대변하는 상징적 이미지로 사용한다. 오디세우스를 증오하는 필록테테스의 심리적 상처는 매우 깊고 그가 인간에게 등을 돌린 이후 더욱 심화되었다. 활은 그가 홀로 소외되어 있는 상태에서도 그의 정체성을 드러내주는 상징이다. 필록테테스의 적수는 오디세우스이다. 속임수에 훈련받았다 할지라도, 비교적 순진한 네오프톨레모스는 필록테테스에게 가해진 부당함이 그의 마음을 움직인다. 네오프톨레모스는 전쟁이 끝나기를 원한다. 그는 필록테테스의 고통을 동정하면서 성숙해 가지만, 오디세우스는 변함이 없다. 헤르쿨레스가 아니었다면 필록테테스도 변화하지 않앉을 것이다. 헤르쿨레스는 끔찍한 고통을 받았지만 그에게 주어진 임무를 충실히 수행함으로써 불멸의 영예를 얻고 반신(半神)이 되었다.

이 극의 플롯과 헤르쿨레스의 관계는 훨씬 밀접하다. 헤르쿨레스의 활은 그가 오이타산에서 화장되어 죽기 전에 필록테테스의 손으로 넘어왔다. 헤르쿨레스는 고통을 통한 신성화의 전형으로, 소포클레스는 일생동안 일관된 경건한 신념을 지켰다. 작가 소포클레스의 성격의 특징을 드러내주는 중요한 장면이 있다. 그것은 필록테테스가 네오프톨레모스에게 처참히 속은 것을 알았을 때, 외진 섬에서 그가 지켜보고 함께한 자연, 산과 강과 절벽과 야생동물들을 향해 큰 소리로 부르짖는 것이다. 그리고 그가 이 섬을 떠날 때도 온전히 그의 고통을 지켜 보고 함께 해준 자연, 속삭이는 바다, 산울림, 그에게 마실 물을 제공한 샘을 가리켜 감동적인 작별 인사를 한다. 여기서 시인 소포클레스는 소외된 필록테테스의 운명을 자연과 연합시키고 있다.

▎『필록테테스』

(네오프톨레모스와 몇 명의 그리스인들이 등장한다.)

필록테테스   그대들은 뉘시오? 사람도 살지 않는 항구 없는
이곳 해변에는 어찌 온 것이오? 어느 나라에서 왔소?
어느 종족이오? 그대들 옷차림이 그리스인 같아 반갑소만.
나를 피하지 말고 어서 말해 보시오.
나를 두려워할 필요는 없어요. 난 야만인이 아니라오.
친구 하나 없이 고통 속에 홀로 외롭게 살아가는 비참한 노인이오.
친구 삼아 날 찾아왔다면 불쌍히 여기고 대답해 보시오.
서로 말이라도 나누어야 통할 수 있지 않겠소.

네오프톨레모스   우리가 누구인지 궁금하실 겁니다. 우리는 그리스 사람입니다.

필록테테스   오, 그리운 내 나라! 얼마 만에 들어보는 모국어인가!
젊은이여, 이곳을 어떻게 찾아왔소?
이 해변, 동굴이 있는 이곳에는 대체
어떤 일로 찾아온 것이오?
그대가 누구인지 말해주시오.

네오프톨레모스   나는 바다에 둘러싸인 스키로스섬 출신이오.
고향으로 돌아가는 중 이 섬에 들른 것이오.
내 이름은 네오프톨레모스이고
아킬레스가 내 아버지입니다. 이제 내가 누군지 아셨지요.

필록테테스   알다마다. 사랑하는 내 조국의 아들이여, 그대는
리코모데스 노인 손에 양육 받고 자랐소.
무슨 일로 이곳에 온 것이오? 어디서 오는 길이오?

네오프톨레모스   트로이에서 오는 중입니다.

필록테테스   트로이? 우리가 처음 트로이로 향하던 함대에

　　　 그럼 그대도 함께 있었던 것이오?

네오프톨레모스   노인께서 그 위대한 전투에 참여했단 말씀입니까?

필록테테스   그대 앞에 있는 나를 몰라보겠소?

네오프톨레모스   모르겠는데요. 노인을 뵌 적이 없어서요.

필록테테스   내 이름도 들어 본 적이 없소? 고통에 시달려 죽게 생긴

　　　 한 장수의 소문을 들어본 적이 없소?

네오프톨레모스   전혀 들어 본 바 없습니다.

필록테테스   나야말로 비참하기 짝이 없는 잊힌 존재로구나!

　　　 내가 신들의 미움을 받은 게 틀림없구나!

　　　 내가 당하는 이 고통, 내 나라 그리스 땅에 돌아가지도 못하는

　　　 내 처지를 아는 자가 없다니! 병든 나를 이곳에 내동댕이치고

　　　 무참히 달아난 자들의 잘못을 보고도, 신들은 웃고만 있는가!

　　　 내 병은 점점 악화되는데. . . . 아킬레스의 젊은 아들이여,

　　　 그대는 나에 대해 들어보았을 것이오.

　　　 내가 헤르쿨레스의 무기를 물려받은 자요.

　　　 내 이름은 필록테테스이고, 내 아버지는 포이아스였소.

　　　 독사에 물려 치명상을 입고 쓰러진 나를

　　　 두 명의 사령관과 케팔레니아 왕 오디세우스가

　　　 잔인하게 이 섬에 버리고 달아났소.

　　　 크리세섬을 출발한 후 나를 여기 무인도에 버리고

　　　 그자들이 달아나 버렸단 말이오.

　　　 거친 항해 후 내가 동굴에서 잠깐 잠이 들었는데,

　　　 잘됐다 싶어 잠든 나를 버리고 내뺐소.

　　　 거지나 먹을 수 있는 찌꺼기 양식을 남겨두고 도망가 버렸소.

　　　 오, 하늘이여, 그들이 내게 저지른 똑같은 아픔을

그자들도 똑같이 맛보게 하소서!

내가 깨어났을 때의 심정을 상상해 보시오.

내가 조종하던 배들을 타고 동료들이 사라졌으니—

난 얼마나 울었는지 모른다오.

병든 나를 일으켜 줄 자 하나 없는 이 섬에,

죽어가는 동료를 버리고 달아나다니.

내게 남은 건 분노와 극에 달한 고통뿐이었소.

여름이 지나면 겨울이 오고, 겨울이 지나면

또다시 여름이 오고, 그렇게 세월은 느릿느릿 흘러

나는 이제 이 작은 동굴의 주인이자 종이 되었소.

이 활은 비둘기를 잡아먹는 도구가 되어줍니다.

팽팽한 화살이 굶주림으로 긴장한 나의 창자와 일치단결하여

새를 쏘고, 그리고 떨어진 새를 찾아서

아픈 다리를 질질 끌고 기어갑니다.

불이 필요하면 돌을 서로 부딪쳐 불꽃을 만들면서,

그렇게 내 목숨을 유지한 것이오.

감염되어 썩어가는 이 발이 문제일 뿐,

머리 위에 덮어 줄 지붕 있고, 밥해 먹을 불도 있으니,

이것으로 난 족하오.

이 섬에 목적을 갖고 올 자는 아무도 없소.

배를 댈 항구도 없고, 거래할 장마당도 없고,

손님 맞을 여인숙도 없는 이곳에,

분별 있는 자라면 찾아올 자가 누가 있겠소?

훗날 혹여라도 누군가 이곳을 들렀을 때

나를 측은히 여기고 말도 걸어주며

남은 음식과 낡은 옷가지를 주고 갈 자는 있을지 몰라도,

그러나 고향에 데려가 달라는
나의 부탁을 들어줄 자는 없을 것이오.
9년 동안 이렇게 잊힌 몸으로 살다가
상처와 굶주림으로 죽어가겠지요.
젊은이여, 이것이 그 두 명의 사령관과
오디세우스가 내게 한 짓이라오.
내가 당한 똑같은 고통을 고대로, 하나도 덜지 않고,
그자들이 당하기를 올림피아 신들께 간구합니다.

에우리피데스

『메데이아』

▍ 배경

이아손이 황금양털을 찾아 콜키스로 갔을 때 마술의 힘을 지닌 콜키스 공주 메데이아는 이아손과 열렬한 사랑에 빠진다. 공주는 위험한 그의 임무를 적극 도와주어 이아손은 황금모피를 손에 넣는 데 성공한다. 이아손에 대한 억제할 수 없는 정열로 인해 그녀는 그와 함께 도주한다. 그 과정에서 이들을 추격하는 메데이아의 동생을 죽이고, 고국 이올코스에 도착한 이아손은 그를 배신한 그의 아저씨인 이올코스의 왕도 죽게 만든다. 이 때문에 이올코스에서 추방된 이아손은 메데이아와 함께 코린토스에서 피신처를 제공받는다. 이들은 이곳에서 10년 동안 평화롭게 살며 아들 둘을 낳았다. 코린토스의 왕 크레온이 그의 딸과 이아손의 결혼을 제안하자 야심가인 이아손은 이를 받아들이고, 크레온은 그를 코린토스의 왕위계승자로 임명한다.

▍ 작품 소개

현대드라마의 거장 스트린드베리히(1849-1912)의 『미스 줄리』(1888)와 『죽음의 춤』(1901) 등에서 절절히 표출된 남녀의 성 대결 문제를 2,300년 전 고대그리스 극이 적나라하게 그려준 사실은 놀랍다. 시대를 초월한 인간심리의 보편성을 증명해준다. 격정적 질투심을 표현하는 『메데이아』는 사실적 드라마의 이정표라 할 수 있다.

에우리피데스의 비극 『메데이아』의 배경은 황금양털의 전설을 바탕으로 하고 있다. 그 당시 널리 알려진 이 이야기가 끝나는 시점에서 에우리피데스의 극은 시작한다. 말하자면 황금양털 이야기의 후편을 에우리피데스가 자유롭게 쓰고 있는 셈이다. 기원전 432년 초봄 당시 관객이 이 극을 처음 보았을 때는, 행복한 결말로 알고 있었던 전설 이야기와는 달리, 관객 앞에 벌어지는 『메데이아』는 전혀 다른 새로운 것이었다. 그리스 비극은 대체로 그리스 신화에서 유래하지만 우리가 알고 있는 유명한 메데이아 이야기는 에우리피데스로부터 시작한다. 이 극의 구조도 그 이전의 이야기와 달리 에우리피데스로부터 비롯되었기 때문에 특별한 의미가 있다.

이방인 메데이아는 이아손이 황금양털을 그녀의 아버지로부터 훔쳐낼 때 가족과 조국을 배신하고 그녀의 모든 것을 희생했다. 오랜 고난과 모험을 거쳐 이아손과 메데이아는 코린토스에서 두 아들을 낳고 망명 생활을 하며 어느 정도 명성도 얻었다. 이후 이아손은 자신의 정치적 야망을 위해 메데이아를 버리고 코린토스의 왕 크레온의 딸과 결혼한다. 마술의 힘을 지닌 메데이아를 두려워한 크레온은 그녀를 즉시 추방한다. 메데이아는 왕에게 자비를 간청하여 하루의 유예를 얻는다. 왕과 공주를 죽이겠다는 "정의"의 복수를 그녀는 그 하루 동안 계획한다. 어떻게 복수해야 할지 아직 방법은 모르지만, 복수심에 불타있는 메데이아는 한발 한발 이를 위해 다가선다. 코린토스의 여인들로 구성된 코러스에게는 그녀의 이런 비밀을 지켜주도록 부탁한다. 여인들끼리 다른 한 여인을 지지해주는 것은 신뢰할 수 있다. 코린토스 여인들이 그들의 왕족에 대항하여 미개한 이 이방 여인 메데이아의 편을 드는 것은 이 극의 구조상 받아들여야 한다. 이아손은 그의 재혼은 메데이아와 두 아들의 장래를 위해서라는 이유를 들어 메데이아를 설득하지만 그녀는 이를 믿지 않는다.

메데이아는 새 신부에게 전하는 선물로 독이 묻은 두건과 의상을 그녀의 두 아들 편에 보내어 복수한다. 이 선물은 공주와 아버지 왕을 죽게 만든다. 코린토스 백성들로부터 원성을 사게 될 것을 두려워한 메데이아는 크레온 가문의 복수의 손길을 막기 위해 두 아들을 제 손으로 죽인다. 어떤 경우에도 그녀의 아이들은 죽을 수밖에 없음을 인식한 그녀는 불타는 복수심과 자식에 대한 애끓는 사랑과 감정의 기복을 여러 차례 겪는다. 배신자에 대한 도를 넘는 증오심과 자식에 대한 사랑, 물과 불만큼 극명한 애증의 두 감정이 한 인간의 심성에 공존하고 있음을 보여준다. 아이들의 죽어가는 신음소리가 들리고, 이아손이 도착했을 때 메데이아는 이미 용이 끄는 마차를 타고 죽은 두 아들과 함께 하늘로 올라간다. 쓰러져서 비통해하는 이아손을 내려다보며 그녀는 그의 불행한 앞날을 예언하고 저주한다. 이것이 『메데이아』의 줄거리다.

『메데이아』의 프롤로그는 "아르고호가 검푸른 바위들 사이를 지나 콜키스인들의 나라로 달려가지 않았더라면 좋았을 것을!" 이렇게 유모의 탄식으로 시작한다. 아르고호를 만들지 않았더라면 이아손이 황금모피를 찾아 항해하지 않았을 것이고, 가족을 배반하고 동생을 죽이는 일도 없었을 것이고, 펠리아스를 속여 딸들 손에 죽게 하지도 않았을 것이고, 지금 같은 끔찍한 궁지에 몰리지 않았을 것이라고, 유모는 메데이아의 불행한 운명을 동정한다.

늙은 가정교사가 아이들을 데리고 돌아온다. 그는 장기판에서 노인들이 수군대는 소리를 어깨너머로 들었다. 크레온이 메데이아를 아이들과 함께 추방하기로 결정했다는 이야기를 엿들은 그는 유모에게 이 불길한 소문을 들려준다. 관객은 집 안에서 들리는 여인의 비통한 저주의 울음소리를 듣는다. 극의 시작부터 끝날 때까지 메데이아는 격정적인 상태에 있다. 부르짖음으로 시작하여 부르짖음을 계속 유지함으로써 그녀의 존재를 드러낸다. 코러스는 유모와 서로 교차하여 메데이아를 위로하고자 그녀가 문밖에 나타나기만을 기다리고 있다.

메데이아의 무대 등장을 늦추는 데는 극적 효과가 있다. 관객은 그녀의 울음소리를 듣고 유모와 코러스가 나누는 이야기를 통해 그녀의 처지를 인지한 후 비로소 궁금하게 기다리던 주인공을 보게 된다. 그녀는 코러스 앞에 침착하게 나타나서 이방 여인들이 겪는 운명과 여인들이 처한 사회적 처지에 대해 말한다. 에우리피데스의 극에서는 『메데이아』와 같은 강렬한 정열적인 극에서조차 이성적 균형을 유지한다. 이성과 감정의 변화를 통해 효과적인 대비를 보여줌으로써 클라이맥스로 치닫는 시인의 놀라운 극작 솜씨를 부인할 수 없다. 메데이아는 그들 앞에 늦게 나온 것을 사과하고 자신이 처한 이방인의 불리한 조건들을 지적한다. "이젠 끝났어요, 친구들이여. 살고 싶은 마음은 사라지고 죽고 싶은 심정뿐입니다. 나의 생명인 남편이 가장 비열한 남자로 드러났어요." 여인들이 받는 부당성에 대한 그녀의 열변은 장황하다. "생명과 이성을 가진 만물 가운데 우리 여자들만큼 비참한 존재는 없어요. 우리는 남편을 거금을 주고 사서 상전으로 모십니다. 우리가 얻는 남편이 좋은 사람인지 나쁜 사람인지 그게 문제입니다. 이혼은 여자 측에 불명예지요. . . . 남편이 결혼의 멍에를 함께 진다면 행복한 인생이 될 수 있겠지요. 그렇지 못할 바엔 차라리 죽는 편이 나아요. 가정에 싫증을 느낀 남편은 밖에서 불만을 해소할 수 있어요. 그러나 우리 여자들은 한 남자만 바라보고 살아야 합니다. 남자들은 그들이 전쟁에 나가 싸우는 동안 여자들은 집 안에서 안전하게 산다고 생각하지요. 그러니 남자들은 무얼 몰라요. 아이 한 번 낳느니 차라리 세 번 전쟁터에 나가는 편이 나아요." 이 대사는 확실히 입센(1828-1906)의 『인형의 집』(1879)에서 "사랑하는 자를 위해서 명예를 희생할 남자는 세상에 없다"고 하는 남편의 말에 "수백만 여인들은 지금까지 그렇게 희생하고 살아왔다"는 아내 노라의 대답과 비교할 수 있다. 또 한편, "하나님이 창조한 최초의 여인이 세상을 잘못 뒤집어 놓을 만큼 강했는데 여기 모인 여자들이 힘을 합쳐 뒤집힌 세상을 바로 세울 수 있어야 한다"는 19세기 미국 흑인 여성운동가 소저너 트루스의 메시지를 연상시켜주기도 한다. 그런데 메데이아의 열변은 그럴듯한 페미니스트 주장으로 들리지만, 실상 메데이아의 행적과는 상관없는 이야기이다. 왜냐하면 메데이아가 이아손과 결혼한 것은 부모가 정해 준 것도, 중매자가 나서서 해준 것도 아니고, 그녀에게는 지참금도 없었다. 가진 것 없이 조국과 가족을 배반하고 애인과 도망한 여인일 뿐이다. 그녀는 바람잡이 남편에게 시달리고 속으로 소리 없이 우는 소심한 여자가 아니다. 그러나 이 극이 보여주는 사실성, 진실성, 여인에 대한 동정심, 여성의 권리 옹호는 분명하기 때문에 이를 최초의 페미니즘 작품이라 일컬을 수 있다. 특히 코러스 여인들 앞에서 외치는 메데이아의 첫 대사는 문학사상 여인에 대한 부당성을 지적하는 감동적인 연설일 것이다.

메데이아가 부르짖는 페미니즘은 아테네인들의 외국인과의 결혼에 대한 전통적 태도에서 보면 대단한 이탈이다. 아테네에서는 이방인과의 혼인은 불법이었다. 그 당시 그리스사회에서는 이방인 아내를 하위 종족으로 간주한 통념이 있었으나, 그럼에도 에우리피데스는 메데이아에게 열정적 동정심을 보인다.

코러스는 여성의 위치를 인정해야 한다는 대변혁의 노래를 부른다. "신성한 강물들이 거꾸로 흐르고 법도와 모든 것이 전도되는구나. 남자들은 속임수를 쓰고 신들의 이름으로 행한 맹세도 더 이상 든든하지 못하구나. 이제는 이야기가 바뀌어 내 인생도 이름을 떨치고 여자에게도 명예가 주어지리라. 악명은 이제 여자들 몫이 되지 않으리라." 코러스 여인들과 메데이아의 관계는 그리스 드라마에서 매우 흥미로운 관계이다. 코러스는 이방 여인 메데이아를 무서워하는 한편 동정하면서, 이 여인에게 매혹되어 마음을 빼앗기는 일이 번갈아 일어난다. 이들은 메데이아를 비난하고 책망하고 끔찍한 그녀의 행동에 대해 연민을 느끼지만 그녀를 방해하거나 막아서는 일은 하지 않는다. 무서움을 모르는 용기 있는 이 여인은 남자들의 횡포를 거부하고, 코러스는 그녀를 도와주지는 못하지만 모든 여인들에게 치러지는 범죄를 그녀가 대신 보복하는 일에 감탄한다. 관객인 우리는 아이스킬로스의 『오레스테이아』에서처럼 남자가 지배하는 질서의 회복에 위로받지 못한다. 『메데이아』는 그런 질서는 위선적이고 나약하다는 점을 드러내준다.

크레온이 등장하여 메데이아와 아이들이 코린토스를 당장 떠날 것을 명한다. 남편으로부터 배신당한 상처 위에 설상가상으로 또 다른 충격이 덮친다. 크레온은 메데이아에게 그녀가 두렵다고 솔직히 고백하고, 자신의 약함을 숨기기 위해서 거만하게 허세를 부린다. 메데이아는 크레온을 살살 설득하여 하루

동안의 유예 기간을 번다. 여기까지는 그녀가 관객의 동정을 산다. 메데이아는 왕과 공주를 죽이기 위한 그 하루를 얻기 위해서 그럴듯하게 왕을 속인 것이다.

남편에게 배신당한 광기에 사로잡힌 아내와 그 아내를 버린 남편이 극 중에서 처음 만나는 장면은 『메데이아』의 핵심 장면이다. 그 첫 만남에서 그녀는 자신의 정당함을 무기 삼아 논쟁을 벌이고, 논쟁은 논쟁을 낳는다. 이아손은 메데이아가 왕의 감정을 악화시켰다고 화를 내지만 그녀의 망명길에 필요한 물질을 제공하겠노라고 한다. 그녀는 다음과 같이 그를 조롱한다. "천하에 고약한 악당 같으니라고! 이것이 비겁한 당신에게 내가 입으로 할 수 있는 가장 큰 욕이어요. 그러고도 나를 찾아오다니! 가장 악랄한 원수면서! 가족들에게 그토록 몹쓸 짓을 해놓고 나타나는 당신의 태도는 용기도 대담성도 아니오. . . . 내가 당신한테 받은 혜택보다 더 많은 것을 당신이 나에게서 가져간 사실을 보여주겠어요. . . . 아르고호에 함께 승선한 헬라스인들이 다 알고 있듯이 당신을 구해준 사람은 나였어요. 그런데도 감히 나를 배신하고 새장가를 들다니!"

그녀에게 빚을 졌다는 메데이아의 열변에 이아손은 웅변적으로 답한다. "보아하니 나는 구변이 좋지 않아 안 되겠군. 당신은 말하자면 배의 능숙한 키잡이처럼 돛을 활짝 달아 올렸구려. 여인이여, 난 당신의 날카로운 혀가 불러일으키는 폭풍에서 벗어나야 할 것 같소." 그러고서 그는 그녀가 제공한 은혜를 반박한다. 자기가 그녀를 보고 반했다면, 메데이아에게 끌렸다면, 그건 아프로디테가 한 일이고, 또 여자 쪽이 남자에게 값을 치르는 것은 누구나 아는 당연지사이므로 메데이아가 이아손에게 주는 것은 마땅하다는 논지다. 머나먼 미개한 변방 콜키스에서 그녀를 구출해 주었으니 그녀가 오히려 그에게 더 큰 빚을 졌다고 반박한다. "당신은 야만의 땅에 사는 대신 이제는 그리스에서 살게 되었고, 변덕스럽고 예측할 수 없는 폭력을 멀리하고 법과 정의를 배우게 되었소. 당신이 여전히 대지의 변방에 살고 있다면 당신이란 사람을 누가 알아줄 것인가. 내게 명성이 주어지지 않는다면 난 집에 황금을 두고 싶지도 않고 오르페우스보다 더 고운 노래를 부르고 싶지도 않을 것이오."

그리스인들이 명예를 높이 평가한 건 사실이다. 그러나 관객은 이아손의 처신과 정의에 대해서 달리 생각해 보게 된다. 그가 공주와 새장가 드는 이유는 그의 이기심 때문이 아니라, 아이들에게 정상적인 법적 사회보장을 제공해 주고 왕족과 인연을 맺음으로써 아이들이 장차 혜택을 볼 수 있다는 계산에 의한, 아이들의 장래를 위한 신중한 선택이라는 것이 그의 주장이다. 그러면서 그는 메데이아가 두 아들을 낳아준 생산력은 만족스럽지만 오직 성적으로 움직이는 그녀를 비난한다. "당신들 여자들은 애정만 지속되면 모든 걸 다 가졌다고 여기고 애정생활이 원만치 않으면 가장 훌륭하고 아름다운 것도 적대적으로 대한단 말이오. 사람들이 다른 방법으로 아이를 가질 수 있으면, 여자 같은 건 없어져도 좋으련만!" 이아손은 메데이아의 반기를 그녀의 성적 욕구에서 비롯된 것으로 치부한다. 그의 이런 생각과 주장은 정당하다고 볼 수 없다. 달리 말하면, 이아손의 주장은 세상에는 오직 남자만이 이성적이고 문명적이라는 것이다. 여자가 없으면 세상은 좀 더 깨끗할 것이라면서 불행히도 여자들은 씨를 퍼트리기에 필요한 도구일 뿐이고, 여자는 이성적이지 못해서 남자와 똑같은 권리를 가질 수 없다는 것이다.

『메데이아』의 후반부는 전반부에서 벌어진 논쟁 하나하나에 대한 정확하게 계산된 응답이다. 후반에서 메데이아가 이아손에게 벌이는 행동은 이아손이 앞서 그녀에게 행한 바로 그 행동이다. 이아손은 메데이아와의 결혼을 파탄시킴으로써 그녀의 행복을 빼앗는가 하면, 메데이아는 이아손을 코린토스에서 살 수 없게 만들고 장차 그가 의지할 자식도 없앰으로써 그의 안전을 빼앗는다. 가문의 존속이 매우 중요했던 시대에 자식은 노년의 희망이다. 자식 없는 남자는 늙은 나이에 위안이 없어지는 셈이다. 이아손의 희망은 두 아들에게 달려있다. 코러스가 메데이아에게 "아이들을 죽일 용기가 있느냐?"라고 물을 때 메데이아는 정확히 대답한다. "그렇다. 그 방법이 남편을 가장 상처 입힐 수 있는 길이다." 죽은 아이들을 비통해하는 이아손을 향해 마지막에 메데이아는 냉소적으로 잔인하게 말한다. "아직은 아이들이 아쉽지 않을 것이다. 늙은 뒤에 두고 보시오."

두 주인공의 운명뿐만 아니라 도덕적 가치도 뒤집어졌다. 이아손이 메데이아에게서 결혼생활, 가정의 안락함을 빼앗았을 때 메데이아는 그녀가 당한 똑같은 일을 이아손에게 보복한다. 그리고 그녀의 행동이 정당하다고 주장한다. 관객의 동정도 사건에 따라 향방이 변한다. 극의 전반부에서 메데이아 편으로 기울어져 있던 관객의 동정심이 후반부에서는 역전되어 그녀를 미워하게 된다. 처음에는 나쁘게만 보이던 이아손이 극이 끝날 무렵에는, 썩 내키지는 않아도, 관객의 동정을 얻는 입장이 된다. 비통한 마음과 죄의식에 괴로워하는 메데이아에 대한 우리의 동정심은 그녀의 조부 헬리오스의 마술마차가 그녀를 낚아채감과 동시에 사라진다.

메데이아의 성격에서 우리는 고통받는 여인이 고귀해지는 대신 괴물이 되는 것을 본다. 메데이아는 자존심 강하고 교활하고 적에게 승리를 허락지 않는 능률적인 냉철한 여인이다. 그녀는 적들의 허위에 찬 경건성과 위선적인 가치를 보면서 이들의 파산된 도덕성을 바로 이들, 적들을 향해 사용한다. 메데이아는 완벽한 복수를 위해서 모든 것을 기꺼이 희생한다. 그녀의 복수는 완전하지만 그녀가 아끼는 모든 것을 지불해야만 한다. 자신의 아이들이 적들의 손에 상해당할 일을 견딜 수 없어 한 그녀는 어미의 손으로 아이들을 살해한다.

극 속에서나 전설에서나 죽임을 당하는 쪽은 대체로 순진한 자들이다. 이아손의 새 신부 글라우케 공주는 죄가 전혀 없지만 메데이아의 복수의 목적과 부합되기 때문에 죽는다. 그러나 공주는 왜 죽는지도 모르고 죽는다. 비극의 액션에는 가장자리에 맴도는 존재로서 죄가 없지만 죽어야 하는 그런 인물들이 있다. 『로미오와 줄리엣』(1595)의 파리스는 그가 죽는지도 모르고 죽었고, 『햄릿』(1600)의 로젠크란츠와 길덴스턴도 그들이 왜 죽는지 모르고 죽었다. 글라우케 공주와 마찬가지로 메데이아의 두 아이들도 죄가 없다. 이 두 아들은 바다에서 메데이아의 뒤를 쫓다 살해된 그녀의 남동생과 같은 운명이다. 그 동생도 누나의 이기적인 목적 때문에 죽임을 당하는 희생자인 것이다.

에우리피데스는 도덕적 가치가 무너진 곳에서 살아남기 위해 벌이는 무서운 갈등을 우리에게 보여준다. 자기 이익 외에는 정의도 없고 편의를 위한 것 외에는 권리도 없는 세계이다. 행위를 하는 사람의 입장에 따라 도덕이 변한다. 자신에게 행해진 일이 부당하다고 주장하는 메데이아의 행동은 그와 똑같은 일을 그녀가 타인에게 범할 때는 적법한 보복으로 간주한다. 이와 같은 도덕적 공백에서는 어떤 해결도 없다. 에우리피데스는 토론을 열어 놓고 거기에 배심원이 된 관객이 연극이 끝난 뒤에 이 사건의 시비곡직을 판단토록 하고 있다. 관객은 비록 어떤 완전한 결론에 도달하지 못할지라도 스스로 결론을 찾아야 한다.

시인 에우리피데스는 우리에게 인간이 합리적이지 못하고 모순이 훨씬 더 많은 부조리한 존재임을 보여주고 있다. 인간이 이성을 지속시킬 수 있는 시간은 매우 짧고 이성보다는 감정이 앞서게 되고 또 사랑보다는 증오심이 훨씬 더 강하게 오래 남는 인간의 본성을 보여주고 있다. 그리스인들은 위대함과 자만심 사이의 경계선에서, 여자나 남자를 위대하게 만드는 같은 특징에 의해서 이들이 파괴될 수도 있다는 사실에 매료되어 있어 보인다.

▌『메데이아』

유모　　아르고호가 검푸른 바위를 지나
　　　　콜키스 나라로 달려가지만 않았더라도 좋았을 것을!
　　　　펠리온 산골짜기 전나무가 도끼에 찍혀
　　　　펠리아스를 위해 황금양모피를 찾아간 전사들에게
　　　　노를 만들어 주지만 않았더라도 좋았을 것을!
　　　　그랬더라면 메데이아 마님이 이아손에게 눈이 멀어
　　　　이올코스 땅의 성채를 찾아가지도 않았을 것이고,
　　　　펠리아스의 딸들이 아버지를 죽이는 일도 없었을 텐데
　　　　남편 따라 멀리 코린토스까지 와서 살 일도 없었으련만!
　　　　마님은 도망자 신세로 이 나라에 와서,
　　　　이곳 사람들의 사랑을 받고 이아손에게 순종하며 살고 있습니다.
　　　　남편에게 순종하며 사는 게
　　　　아내로선 가장 안전하고 복된 일이지요.
　　　　그러나 그녀의 열정은 미움의 병으로 변했어요.
　　　　이아손이 두 아들과 마님을 배반하고,
　　　　이 나라 크레온왕의 딸과 결혼한답니다.
　　　　불쌍한 메데이아 마님은 명예를 잃고 화병이 나서
　　　　남편이 그녀에게 했던 맹세를 되새기며,
　　　　그녀가 베푼 은혜에 이아손이 어떻게 보답하는지
　　　　신들에게 증인으로 지켜보아 달라고 부르짖고 있어요.
　　　　마님은 식음을 전폐하고 슬픔에 젖어
　　　　눈물로 세월을 보내고 있습니다.
　　　　남편의 부정을 알게 된 메데이아 마님은 자리에 누워
　　　　바닥만 응시하고, 친구들이 위로해도

돌처럼, 파도처럼 듣고만 있어요. 이따금 창백한 목을 돌려

그녀가 버리고 떠난 곳을 바라보고

고국을 그리워하며 목 놓아 웁니다.

이아손을 위해서 그녀가 배신한 아버지와 조국을 말입니다.

불쌍한 이 여인은 자신의 불행을 통해서

비로소 나라 잃은 불행이 어떤 것인지 깨닫는가 봅니다.

자기 아이들까지 미워하면서 외면하고 있어요.

무슨 끔찍한 일이라도 꾸미는 건 아닌지,

왠지 무서워지는군요. 위험한 여자예요.

그녀와 원수가 되면 그녀를 쉽게 이길 자가 없어요.

아이들이 벌써 놀이터에서 돌아오고 있네요.

저 애들은 어머니의 고통을 전혀 알지 못합니다.

고통을 알기에는 아직 어린애들이지요.

가정교사 유모, 무슨 일로 문에 기대서서 비탄에 잠겨 있는 거요?

머데이아 마님이 혼자 있고 싶어 하더이까?

유모 가정교사 노인이여, 충직한 하인들은

주인의 고통도 나누어 갖는 법이라서,

주인의 고통이 우리 마음도 아프게 한답니다.

내 마음이 하도 괴로워서 마님의 고통을

천지에 하소연이나 해볼까 하여 이렇게 나와 있는 거예요.

가정교사 메데이아 마님은 아직도 비탄의 울음을 그치지 않으셨나요?

유모 그쳤다고요? 이제 시작인걸요. 그치려면 아직도 멀었어요.

가정교사 그건 바보 같은 짓이오! ─ 주인마님에 대해 이렇게 말해도 되는지 모르겠는데─

최근의 불행한 일을 마님은 모르고 계신 것 같군요.

유모 배신당한 것 말고 또 다른 무슨 불행한 일이 생겼어요?

숨기지 말고 모두 말해주세요.

가정교사 아니오, 못 들은 걸로 해주시오. 방금 한 내 말을 후회하고 있어요.

유모 같은 하인들 처지에 비밀을 숨기다니요.

지켜야 할 비밀이라면 나도 입을 다물게요.

가정교사 나는 페이레네의 신성한 샘물터에서 노인들이

장기 두면서 하는 말을 엿듣게 되었다오.

크레온왕이 아이들과 메데이아 마님을

이 땅에서 쫓아낼 것이라는군요.

그 말이 사실이 아니기를 바랍니다만.

유모 저런! 이아손이 아내와는 싸울지언정

자기 자식들이 그런 처우를 받는 걸 보고만 있지는 않을 텐데요.

가정교사 이아손은 새 장가드는 일이 더 중하다 보니,

이제는 메데이아 가문에 호의를 갖고 있지 않아요.

유모 마님이 지금 겪고 있는 고통 위에 또 다른 고통이 덮치면 끝장이어요.

가정교사 이 일은 비밀로 해주시오.

아직은 메데이아 마님이 알 때가 아니오.

유모 애들아, 너의 부친이 너희들에게 무슨 짓을 하고 있는지 알고 있느냐?

저주받을 사람이다! 아니지! 그분은 나의 주인인걸.

그렇지만 자기 가족에게는 배반자로구나.

가정교사 그 사람이 다른 사람들보다 더 나쁠 것도 없어요.

누구든지 타인보다는 자기 자신을 더 사랑한다는 사실을 이제 알겠소

새로 애인이 생긴 이아손이 아이들한테 관심을 가질 리가 있겠소?

유모 집 안으로 들어가라, 애들아. 아무 일 없을 거야.

(*가정교사에게*)

되도록 아이들을 어머니한테서 떼어 놓으세요.

어머니 옆에 가까이 가지 않게 하세요.

메데이아 마님이 무슨 일을 저지르기라도 할 기세로

거친 황소처럼 아이들을 노려보는 걸 보았어요.

누군가에게 분을 터뜨리기 전에는 사그라들지 않을 기세입니다.

당하는 그 상대가 아이들이 아니고, 그녀의 원수이기를 바랍시다.

(*아이들에게*)

얘들아, 지금 어머니는 화가 잔뜩 나셨으니,

어서 집 안으로 들어가서 어머니 앞에 나타나지 마라.

어머니 근처에 얼씬거리지 말고 조심해라.

자존심 강한 어머니가 증오에 불타서

거칠어지면 큰일이다. 어서 서둘러 들어가거라.

어머니의 저 통곡은 위험한 징조야.

지금의 비통한 먹구름은 분노의 격정에 불을 붙이게 될 게다.

달랠 길 없이 북받치는 정열의 여인이

억울하게 불행한 일을 당했으니, 무슨 일을 저지를지 무섭구나.

메데이아 (*집 안에서*)

아, 내 억울함이여! 억울한 일들을 통곡하지 않을 수 없구나.

아들들아, 네 어미는 미움받고 버림받았으니,

너희들도 저주받은 것이다. 네 아비와 함께 너희도

죽어버렸으면 좋겠다. 이아손의 온 가문이 저주받기를 바란다.

유모 아이고, 저 아이들을 어찌해야 하나!

아버지의 못된 행실과 애들하고 무슨 상관이 있다고,

왜 애들을 미워할까? 난 너희들이 변을 당할까 걱정이다.

지체 높은 분들의 노여움은 조심해야 하지.
권력가들은 남의 명령을 받는 게 익숙지 않아서
성질을 억제하기가 힘들거든.
사람들 사이에 동등한 관계로 산다는 게
얼마나 좋은 일인지 모른다.
난 위대하지는 않아도 안전하게 살며 늙어가기를 바랄 뿐이야.
중용은 가장 뛰어난 덕목이지.
중용을 실천하는 것이야말로 인간에겐 최선의 방법이니까.
지나친 것은 우리한테 이익이 될 수 없어.
신이 화가 나면 집안에 더 큰 재앙을 내릴 뿐이다.

코러스   나는 여인이 우는 소리를 들었어요. 콜키스에서 온
불행한 여인의 울부짖는 소리였어요.
아직도 울고 있군요. 무슨 일인지 우리에게 말해 주세요.
집 안에서 우는 소리가 대문 밖까지 요란하게 들려요.
고통받고 있는 집을 그냥 보고만 있을 수가 없군요.
우리 마음도 아픕니다.

유모   이 가정은 이미 깨졌어요. 다 끝났어요.
이아손이 공주와 새로 결혼합니다.
메데이아 마님은 방안에서 눈물로 세월을 보내고
어떤 친구도 그녀의 마음을 위로해주지 못합니다.

메데이아   (*집 안에서*)
아— 벼락아, 내 머리를 뚫고 지나가라.
내가 살아서 무엇 하랴.
오 나의 증오스러운 삶을 끝내고 싶다.

코러스   제우스 신이여, 대지의 신이여, 빛의 신이여,
저 불행한 젊은 부인이 외치는 고통의 울음소리가 들립니까?

여인이 미쳤구려. 아무도 원치 않는 죽음의 침상을
저렇게 그리워하다니?
죽음은 누구에게나 다가오기 마련이니,
그런 죽음의 종말을 기원하지 마세요.
남편이 새 연인을 사랑한다면 그러라고 내버려 두세요.
남편 때문에 너무 애통해하지 말고,
화내지 말고, 제우스 신께 심판을 맡기세요.

메데이아 (*집 안에서*)

오오 위대한 테미스여! 아르테미스 여신이여!
나하고 굳건하게 맹세한 남편이
지금 내게 가하는 고통이 보이십니까?
나를 감히 이렇게 만들어놓은 남편과 그 신부가 망하는 꼴을
그리고 그들의 궁전이 산산조각 나는 꼴을 볼 수만 있다면!
내 남동생을 어리석게 살해하면서까지
내가 배반한 나의 아버지! 나의 조국이여!

유모

그대들은 들었나요? 우리의 기도를 들어주는
테미스를 찾고 인간들의 맹세의 수호자인 제우스를
큰 소리로 부르는 저 소리를 그대들은 들었나요?
엄청 중대한 일이 아니고서야
마님이 분노를 거두는 건 불가능해 보입니다.

코러스

그녀가 나와서 우리와 마주 보고 함께 이야기를 나누면 좋으련만.
그러면 그녀의 적개심도 달래주고 분노를 풀어줄 수 있을 텐데.
친구들을 돕고 싶은 내 심정은 변함이 없어요.

(*유모에게*)

가서 마님을 나오라고 하세요.

우리는 마님의 친구라고 전하세요.

집 안에 있는 자들을 해치기 전에 급히 서둘러주세요.

마님의 슬픔이 너무나 격렬하군요.

유모 그러지요. 마님을 설득할 수 있을지는 모르겠어요.

노력해볼게요. 그런데 마님께서는 하인이

무슨 말을 하려고 다가가면 새끼 품은 암사자처럼

야수 같은 눈초리로 노려본다는 거예요.

옛사람들은 어리석고 지혜롭지 못한 탓에

일을 그르쳤다고들 하는데 틀린 말은 아닌 것 같아요.

그들은 잔치와 향연과 만찬을 위해서,

달콤한 노래를 지어냈지만, 그러나 아직까지는

누구도 무서운 근심을 달래는 법을 찾아내지 못했잖아요.

걱정근심으로 인한 죽음과 재앙이 가문을 무너뜨리는데

따듯한 위로의 노래를 지어내는 법을 아직은 찾아내지 못했어요.

인간들의 고통을 없애 주려고 노래를 사용하는 건 좋은 일이어요.

그런데, 풍성한 식탁이 있는 연회석상에서

공연히 목청을 돋우어 노래를 부르는 이유는 무얼까요?

풍성한 음식 그 자체가 충분한 즐거움이 아닐까요?

코러스 신음소리가 큰 소리로 들리는구나.

아내를 배신한 배반자 남편을 저주하는

메데이아의 비명소리, 비탄의 신음소리가 들리는구나.

그녀는 폰투스의 닫힌 대문,

그 험난한 해협을 지나 어두운 밤바다를 뚫고

여기 이 그리스 땅에 오지 않았는가.

(*메데이아가 등장한다.*)

메데이아 코린토스의 여인들이여, 나는 당신들의 비난을
듣지 않으려고 집에서 나왔어요.
많은 사람들은 집 밖에서나 집 안에서나 거만할 수 있습니다.
그러나 어떤 이는 말이 없다는 이유로 무심한 사람으로 불립니다.
사람들이 정하는 판단에는 정의가 없어요. 남의 속을 알기도 전에,
부당한 대우가 어떤 것인지 알지도 못하면서, 겉모양만 보고 미워하지요.
이방인은 그가 사는 나라에 마땅히 순응해야 하겠지요.
하지만 고집스러운 자만심으로 같은 시민들을
제멋대로 괴롭히는 어리석은 시민도 나는 칭찬할 수 없어요.
나는 뜻밖의 타격을 받고 치명상을 입었어요.
이제 내 운명은 끝났어요.
삶의 기쁨도 잃었고, 그저 죽고 싶을 따름입니다.
친구들이여, 내 생명이었던 내 남편― 내가 잘 알지만―
그자가 가장 비열한 인간으로 변했어요.
생명과 이성을 가진 만물 가운데
우리 여인들만큼 비참한 존재는 없어요.
우리 여자들은 거금을 주고 남편을 사지요.
거기다 더 고통스러운 거래는 남편을 상전으로 모시거든요.
우리가 얻는 남편이 좋은지 나쁜지 그게 문제입니다.
이혼은 여자 측에 불명예스러운 일이고, 남편을 거절할 수도 없고요.
새로운 생활방식과 제도 속에 들어온 이방 여인은
집에서는 배운 적이 없는 예언자가 될 필요가 있어요.
함께 잠자리를 하고 살게 될 남자가 어떤 사람인지
미리 내다 볼 필요가 있어요.

그렇게 할 수만 있다면, 그리고 남편도 결혼의 멍에를 함께 진다면.
행복한 인생이 될 수도 있지요.
그렇지 못할 바엔 죽는 편이 낫습니다.
남편은 가정에 싫증이 나면 밖에 나가 불만을 푸는 길이 있어요.
그러나 우리 여자들은 한 남자만 바라보고 살지 않습니까?
남자들은 말하기를, 그들이 전쟁에 나가 싸우는 동안
우리 여자들은 집에서 안전하게 산다고 하는군요.
남자들은 바보예요. 아이 한 번 낳느니 차라리
세 번 전쟁터에 나가는 편이 낫지요.
그렇지만 여러분과 내 경우는 다를 것입니다.
여러분에게는 이곳이 여러분의 나라이고,
가족이 있고 즐거운 일과 가까운 친구들이 있지만,
난 외톨이로 나라 없이 사는 신세가 되었어요.
남편을 위해 나의 야만족 땅을 나 스스로 약탈하고 버리고 왔는데
이제는 내가 여기서 버림받는 꼴이 되었으니.
내게는 이 재앙에서 나의 도피처가 될
어머니도 형제도 친지도 아무도 없어요.
그러니 부탁 하나만 들어주세요.
나를 모욕한 남편을 복수할 방법을 찾으면
여러분은 이를 비밀로 지켜주세요.
특히 여자는 폭력과 무기에 공포를 느끼지만, 그러나
일단 결혼 생활에 배신당했을 때에는 살기가 등등해지는 법입니다.

코러스 비밀을 지킬게요. 남편에게 복수하는 것은 정당합니다.
그런 고통을 당하고 슬퍼하는 건 어쩔 수 없지요.
저기 크레온왕이 오고 계십니다.
새로운 결정을 알리려는가 봅니다.

(크레온이 등장한다.)

크레온   남편에게 분을 품고 오만상을 짓고 있는 메데이아여.

명령을 내리노니 두 아들을 데리고

즉시 이 나라를 떠나 망명길에 오르시오.

한시도 지체하지 말고 어서 떠나시오.

집행자로서의 내 명령이오.

그대가 이곳을 떠나 우리 영역을 벗어날 때까지

나는 궁중에 돌아가지 않고 여기서 지켜보겠소

메데이아 아, 불행한 내 운명이여, 난 이제 완전히 망했구나.

내 적들이 전력을 다해 내게 달려드는구나.

이 재난을 피할 길이 없구나.

심한 핍박에도 불구하고 말을 해야겠습니다.

크레온 님이여, 무슨 죄로 나를 추방하십니까?

크레온   숨길 필요가 어디 있겠소- 나는 그대가 두렵소

내 딸에게 피할 수 없는 재앙을 안겨줄까 두렵기 때문이오.

두려워할 여러 가지 이유가 있소

온갖 사악한 일들에 능한 그대는 영리하오.

듣자 하니 남편한테 버림받아 원한을 품은 그대가

나와 신랑 신부에게 해를 끼치겠노라

위협하고 있다는 소문을 들었소..

난 그런 일이 절대 일어나지 못하도록 조치하려는 것이오.

마음 약하게 관용을 베풀다 후회하느니

지금 그대의 적이 되는 편이 낫소, 부인.

『트로이의 여인들』

▌ 배경

그리스와 10년 동안 전쟁을 치른 트로이는 밤사이 오디세우스의 목마의 계략으로 함락되었다. 포로로 잡힌 트로이의 여인들이 그들의 불타는 도시를 바라보며 떼 지어 헛간에 이동해 있다.

▌ 작품 소개

이 극은 엄격히 말하면 비극적 주인공이 없는 점에서 아리스토텔레스의 공식에 맞는 비극은 아니다. 에우리피데스를 언제나 극찬한 길버트 머리(1866-1957)조차도 플롯이 없고 정적인 긴 애가로 이루어진 이 극을 가리켜 "잘 쓴 극이라고 말할 수는 없다"고 했다. 그러나 에우리피데스의 어떤 극보다도 감정적 긴장감이 강한 작품으로, 『트로이의 여인들』은 오늘날 누구도 부정하지 않는 위대한 극으로 남아있다. 전쟁에 대한 무자비한 잔혹성을 알리고 패배한 나라에 대한 정복자의 야만적인 행동을 깊이 있게 그린 독창성과 예술성이 뛰어난 작품이다. 415년 에우리피데스는 문학사에서 이 작품을 통해 가장 고귀한 평화주의자로 그의 이름을 세상에 알렸으며, 이 극은 위대한 반전 평화주의 기록물로 간주되고 있다. 전쟁은 패배자만 몰락시키는 게 아니라 승리자도 황폐케 하고 타락시킨다는 작가의 통렬한 고발장을 우리가 읽고 있는 것이다.

그리스 장수들은 트로이 신전을 더럽히고 죄 없는 주민들을 잔인하게 죽였다. 의심의 여지 없이 에우리피데스는 기원전 415년에 있었던 멜로스의 주민

학살과 이들을 노예화한 이야기를 그리고 있다. 멜로스의 백성이 아테네와 스파르타 사이의 전쟁에서 중립을 지킨 것처럼, 불행한 도시 트로이도 스파르타와의 전쟁에서 중립을 지키고 있었다. 멜로스 사건과 트로이 사건의 병행은 분명하다. 『트로이 여인들』에서 트로이 남자들이 학살된 후 남아 있는 여인들을 포로로 데려가려고 그리스군은 준비하고 대기 중이다.

에우리피데스가 그리는 정복자들은 허영에 찬 잔혹하고 생각 없는 무자비한 자들인 반면, 여인들은 위엄을 지키며 자존심과 인정미를 보이는 인물들로 그려져 있다. 에우리피데스는 트로이 멸망 후 트로이가 불타고 성인 남자들이 대부분 몰살된 다음 날 아침 현장의 짧은 한두 시간의 정경을 극화한 것이지만, 인간이 저지른 파괴적인 전쟁이 얼마나 비인간적이 될 수 있는지를 충분히 보여준다. 막대한 손실과 고통을 남긴 이 전투에는 어느 쪽도 승자는 없다. 그리스인들의 부푼 허영심은 신들과 인간의 존엄성에 대해서 악행을 저질렀고, 포세이돈, 아테나, 카산드라가 지적하듯이 그로 인해 이들은 마땅히 받아야 할 벌을 받게 된다. 극의 액션은 그 악행을 보여주는 것으로 되어 있다. 우리는 주로 헤카베를 통해서 트로이 멸망의 중대한 범죄를 체험한다. 카산드라, 안드로마케, 헬레네를 포함한 포로로 잡힌 여인들은 균형을 잡아주는 역할을 하고 헤카베의 고난을 대조적으로 두드러지게 강조한다.

극이 열리면 어둑한 새벽에 자랑스럽고 부유한 도시 트로이가 전쟁의 폐허로 변해, 아직도 화염의 열기가 벌겋게 올라오는 모습을 보여준다. 그리스 병사들은 해변에서 고향에 돌아가려고 준비 중이다. 극은 대화 형식의 도입부인 프롤로그로 시작한다. 포세이돈이 이 폐허가 된 도시와 그리스인들에 의한 신성 모독에 대해, "한때 행복했던 도시여, 반들반들 깎은 돌로 지은 성탑이여! 제우스의 딸 팔라스[아테나]가 너를 파괴하지 않았더라면, 너는 아직도 너의 토대 위에 튼튼하게 서 있을 텐데" 하고 말한다. 트로이의 수호신 포세이돈이 그의 도시가 파괴된 것을 비난하고 탄식하는 것은 충분히 이해가 되지만, 이제 그리스의 가장 강력한 동맹자이면서 아테네의 특별한 수호신으로 아테네인들이 인정하는 아테나가 포세이돈에게 그리스인들을 벌하도록 부추기는 태도는 의아스럽다. 아테나는 포세이돈에게 그리스인들의 긴 항해가 끝날 때쯤 파괴력 있는 폭풍을 일으켜 달라고 설득하고, 포세이돈은 떠나면서 말한다. "누구든 도시를 폐허로 만드는 짓은 미친 짓이다. 신전들과 죽은 자들의 성소인 무덤을 훼손하면 결국 자신도 멸망하고 말 것이다."

트로이 도시는 밤사이 멸망했다. 트로이의 남자들은 모두 죽었고, 목숨을 구하려고 신전에 피신한 자들도 모두 정복자들의 손에 죽임을 당하고 신전들은 더럽혀졌다. 신들은 분노한다. 많은 신들이 그리스를 지지했기 때문에 더욱 격분한다. 승리자들의 대량살육과 경건치 못한 불신앙에 반감을 갖게 된 신들은 그리스인들의 불길한 앞날을 예언한다. 트로이가 멸망한 이날 새벽 동이 트고 아침이 서서히 밝아온다. 패망한 도시의 왕비는 그가 가장 증오하는 자의 노예로 끌려갈 운명 앞에 땅바닥에 엎드려 있다. 노예로 끌려갈 트로이의 여인들의 곡성이 들린다. "제단 앞에서 저들은 우리를 도륙했고, 집 안의 침상에는 머리 없는 남자들이 널브러져 있었다." 이렇게 여인들은 갖가지 끔찍한 일들을 기억한다.

신들은 떠나고 바닥에 엎드려 있는 헤카베는 자신의 처지와 트로이에 대해 몸을 떨며 절규한다. 노예로 끌려갈 트로이의 여인들로 구성된 코러스는 출발할 시간이 가까워짐을 알고 자기가 누구의 노예가 될 것인가, 누구를 주인으로 섬기고 잠자리를 같이하게 될 것인가를 걱정하고 탄식한다. 아테나로 끌려가면 거기는 테세우스의 인본주의 전통이 있는 곳이니 그쪽으로 끌려가는 자는 그리 나쁘지 않을 것이고, 가장 피하고 싶은 고약한 곳은 스파르타라고 토로한다. 트로이의 여인들, 특히 헤카베는 신들을 향한 자신들의 전통적인 믿음에 대한 질문을 거듭한다. 신들에게 의지하면서 지혜와 정의를 구하는 것이 헛된 노력임을 피력한다. 신들은 이 극에서 고집스럽고 변덕스럽고 질투심 강한 존재로 그려지고 있다. 작가의 이런 도전적 사고에 대하여 그 시대의 정치적이고 보수적인 사람들은 매우 불편하게 여겼을 것이다. (평자들 사이에는 이런 이유로 당시 이 극이 상을 받지 못했을 것이라는 지적도 있다.) 소식을 전하려고 다가오는 그리스 전령 탈티비우스의 그림자는 여인들에게 새로운 공포심을 일으킨다. 전령은 그가 하는 심부름이 너무 견디기 힘들다고 불평하지만 트로이의 여인들에게 할 수 있는 한 친절을 보여주는 너그러운 사람이다. 탈티비우스의 말에 따르면 아폴로에게 헌신한 공주 카산드라는 아가멤논의 첩이 될 것이고 공주 폴리크세나는 아킬레스의 무덤에서 봉사하게 될 것임을 보고한다. (우리는 후에 "봉사"란 말은 아킬레스 무덤의 제물이 된다는 뜻임을 알게 된다.) 그리고 헥토르의 아내 안드로마케는 아킬레스의 아들 네오프톨레모스에게 보상으로 주어지고, 헤카베 자신은 오디세우스의 노예가 될 것이라고 보고한다. 예언의 능력이 있는 카산드라는 아가멤논의 첩이 될 것이라는 말을 듣고 신부 차림으로 결혼 횃불을 흔들며 광란의 춤을 춘다. 그녀는 자신의 죽음과 아가멤논의 죽음을 예고하는 광기 어린 노래를 부르며, 아폴로의 신전에서 결혼하는 상상을 한다. 그녀는 그들이 아르고스에 도착하면 아가멤논의 아내 클리타임네스트라가 아가멤논과 자기를 죽일 것을 내다본다. 트로이 남자들이 고국과 가정을 지키려는 영광스러운 전투에서 패배는 했지만 많은 그리스 사람들보다 트로이 사람들이 훨씬 낫다고 카산드라는 주장한다. 탈티비우스는 발작적인 그녀를 데리고 나가고, 헤카베는 절규하고, 코러스는 그리스 장수들이 전날 밤 도시에 목마(木馬)를 가져온 끔찍한 사건을 묘사한다.

안드로마케는 그의 아들 아스티아낙스를 안고 전리품을 실은 마차를 타고 들어온다. 그녀는 아킬레스의 무덤에서 희생제물이 된 폴리크세나의 시신을 묻어 준 것과 여러 가지 다른 사건을 시어머니 헤카베에게 들려준다. 폴리크세나가 살아있다고 믿고 있던 헤카베는 딸이 스스로 목을 베고 죽었다는 사실을 이제 알게 된다. 안드로마케는 트로이의 사령관인 위대한 남편 헥토르에 대한 헌신을 말하지만, 시어머니 헤카베는 그녀에게 이곳을 잊고 새 주인과 인내하며 살라고 충고한다. 안드로마케는 아들 아스티아낙스를 키워야 한다. 그러나 가장 용감한 아버지의 아들을 살려두면 위험하다며 헥토르의 아들을 석탑에서 던져 죽여야 한다는 것이 오디세우스의 뜻이다. 오디세우스는 아스티아낙스가 성장하여 장차 아버지 원수를 갚을 것을 두려워한 것이다. 탈티비우스는 "이런 일에는 동정심이 없고 나보다 더 인정사정없는 자라야 전령 노릇을 할 수 있다"며 내키지 않는 자신의 처지를 한탄하고 아이를 데리고 석탑 꼭대기로 올라간다. 안드로마케는 울부짖는다. "그리스인들이여, 그대들은 야만족에게나 어울릴 잔혹한 짓을 생각해냈구려. 그대들은 왜 아무 죄 없는 이 애를 죽이는 거요!"

우리 눈앞에 보이는 것은 전쟁의 결과이다. 이제 이 전쟁의 발단이 된 그 원인을 본다. "내 아내를 되찾은 오늘, 이날의 찬란한 햇빛이여!" 하며 메넬라오스가 등장한다. 그의 이 말은 아내 헬레네를 죽이겠다는 뜻이다. 트로이 여인들의 참담함과 운명의 아이러니를 더욱 대비시키려는 듯, 여인들 중 고통을 피해가는 유일한 여자이고, 이 전쟁의 전설적 원인 제공자인, 자기만족에 취한 간부(姦婦) 헬레네가 등장한다. 그리고 숯 검둥이처럼 그을러 지저분한 트로이 여인들 사이로 메넬라오스의 아내 헬레네가 아름답게 치장하고 들어온다. 헬레네를 보자 메넬라오스는 잠시 자신의 의도를 잊는다. 바로 그 엄청난 슬픔과 고통을 몰고 온 주범, 이기적이고 후회의 빛 없는 이 여자는 그녀의 행위를 고상한 도덕적 근거에서 정당화하지만, 헤카베는 헬레네의 주장을 물리친다. 자신의 음욕과 사치한 생활을 탐했기 때문에 스파르타보다 훨씬 부유한 트로이의 왕자 파리스와 달아난 것이라고 헤카베는 헬레네를 비난한다. 헤카베는 메넬라오스에게 헬레네와는 같은 배를 타고 가지 말 것을 경고한다. "애욕의 포로가 되지 않도록 그녀를 보는 것을 피하시오." 메넬라오스는 헬레네를 데리고 나간다. 코러스는 그들이 타고 가는 배가 그리스로 가는 중 난파되기를 기원한다. 트로이 여인은 아니지만 헬레네도 큰 고통을 당할 것이다. 그것은 남편 메넬라오스가 헬레네의 사망 선고를 기다리고 있는 그리스로 데리고 가기 때문이다. 헬레네는 남편을 유혹하며 그녀의 생명을 살려달라고 애원한다. 메넬라오스는 그녀를 죽이기로 결심했지만, 헤카베의 우려대로, 지켜보는 관객은 그가 아내를 죽이지 않고 살려줄 것을 짐작게 된다. [우리는 경박하고 무가치한 헬레네가 처벌받지 않으리라는 사실을 안다. 더구나 관객은 호머(기원전 8세기경)의 『오디세이』를 통해서 오디세우스의 아들 텔레마쿠스가 스파르타를 방문했을 때, 트로이전쟁 후 메넬라오스는 헬레네와 함께 계속 살고 있다는 소문을 들어 그녀의 무사함을 알고 있다.]

안드로마케는 트로이의 의식에 따라 아들의 장례를 하고 매장하고 싶었으나 그녀가 타고 갈 배가 곧 출항해야 하므로 그럴 시간이 없다. 그녀는 네오프톨레모스에게 헥토르의 아들을 할머니 헤카베가 매장할 수 있게 해달라고 간청한다. 네오프톨레모스는 이를 허락하고 헥토르의 방패가 그리스의 그들 침실에 걸린 것을 보면 안드로마케가 괴로울 터이니 이곳에서 방패를 관으로 삼아 아이를 묻어주도록 배려한다. 헥토르의 방패는 그리스인들이 전쟁터에서 가져올 수 있었다면 가장 값나가는 전리품이었을 것이다. 점령군의 장수인 네오프톨레모스의 한 줄기 따뜻한 마음을 드러내는 대목으로, 이는 소포클레스의 『필록테테스』에서 보여주는 네오프톨레모스의 진면목과 통한다.

어린 손자의 시체 앞에서 비통해하는 헤카베의 탄식은 듣는 이의 심금을 울린다. 할머니가 생각하는 손자의 비문은 감동적이다. 그녀는 이렇게 쓸 것을 상상한다. "여기 어린아이가 묻혔노라. 옛 그리스인들이 두려워한 나머지 이 아이를 죽였도다." 헤카베는 도시의 불길 속에 몸을 던져 자살을 시도하려 했으나 실패한다. 슬픔은 점점 커지지만 헤카베의 정신은 살아남기로 단단히 마음을 굳힌다. 화염에 휩싸인 성벽이 무너져 내리는 소음 속에 트로이 여인들은 울면서 배가 있는 곳으로 걸어간다. 포로가 된 여인들은 곧 정복자들에게 나뉘어 끌려갈 운명이다. 오만한 아가멤논 사령관에게 배정된 아폴로의 사제 카산드라는 정복자의 파멸을 예언하며 끌려간다.

전쟁은 패배한 쪽이 파괴되는 사실을 누구나 알고 있다. 그러나 『트로이 여인들』이 보여주는 것은 도덕적 측면에서 승자 쪽이 더 파괴됨을 보여준다. 위대한 도시, 부유한 도시 트로이의 자존심을 지켜주는 강한 왕비 헤카베는 하룻

밤 사이에 노예로 전락한다. 그녀는 남편 프리아모스왕과 그들 사이의 아이들 대부분이 난도질당해 죽는 모습을 눈앞에서 지켜보았다. 승자가 노년의 왕비를 그 왕비가 가장 증오하는 자의 노예로 끌고 가서 허드렛일을 시킨다는 것은 피폐해진 인간정신을 그대로 보여주는 행위이다. 신에게 헌신한 여사제를 첩으로 종속시키는 짓이나, 살아있는 인간을 죽은 유령의 위안용 제물로 바친다거나, 어린아이를 성벽 꼭대기에서 던져 죽이는 이런 일들은 문명이라는 이름 아래 결코 행해질 수 없는, 행해서는 안 되는, 실재해서는 안 되는 행위들이다. 그런데 이와 같이 상상을 초월하는 대학살의 현장들을 우리는 인류사에서 목격한다. "강자는 할 수 있는 일을 하지만 약자는 그들이 당해야 하는 고통을 받을 수밖에 없다"는 이 뼈아픈 말은 고대그리스 역사가 투키기데스(460-400 BC)가 한 말이다. 성경의 선지자 예레미아는 "대적이 시온에서 부녀들을, 유다 각 성에서 처녀들을 욕보였나이다"(예레미아애가 5:11) 하며 바벨론의 침입으로 멸망한 이스라엘의 참혹상을 보고 울면서 외친다. 그러나 예레미아는 실의에 빠진 백성들에게 하나님이 계신다는 새 희망, 소망을 전하는 노래로 나아갈 길을 보여준다. 『트로이의 여인들』은 역사의 주인이신 하나님의 존재를 인식하던 시대이든 하나님의 존재에 대해 무지했던 시대이든 불문하고, 신의 실종은 바로 윤리의 실종임을 보여주는 인류사적 작품이다.

1974년 루마니아 출신의 안드레이 세르반(1943-) 연출로 뉴욕 라마마극단 무대에 오른 『트로이의 여인들』은 신경지를 개척한 획기적인 공연이었다. 출연자들은 나바호, 고대그리스어, 아즈텍어를 포함한 여러 언어들을 혼합함으로써 언어의 장벽을 넘어 소리와 리듬으로 전쟁이 안겨주는 공포와 고통의 공통분모의 소통을 시도한 공연이다. 이 공연은 이후의 무대 예술가들에게 지대한 영향을 끼치고 관객들에게도 연극과 공연 개념의 큰 변화를 초래한 공연으로 기록되고 있다. 한국에서는 1997년 9월 "세계연극제" 초청으로 서울 드라마센터에서 공연한 바 있다.

▌『트로이의 여인들』

(황무지. 헤카베와 몇몇 여인들이 텐트 근처에 잠들어있다.)

헤카베　*(일어서면서)*
흙먼지를 털고 일어나자. 고개를 세우고 머리를 들자.
우리는 트로이 땅을 떠난다. 우리는 이제 트로이의 왕족이 아니다.
목숨 걸고 꿋꿋이 버텨야 한다. 너희들의 운명이 걸렸어.
왜 너희들은 운명의 물살을 거슬러 이에 맞서려 하느냐?
인생의 배를 신의 뜻에 따라 흘러가게 해라.
그래, 난 지금 울고 있다. 나라를 잃고 내 아들들과 남편을 잃었어.
당당한 나의 가문의 피가 물거품이 되었는데,
이제 무슨 말을 해야 하느냐?
어떻게 말을 안 할 수 있겠느냐?
내 처지가 가련하구나!
불운에 짓눌린 내 등어리, 내 다리-갈비뼈-
오, 딱딱한 땅바닥에 누운 내 갈비뼈, 내 육신이 힘들구나.
오, 오, 오-내가 나를 달랠 수밖에.
하염없이 흐르는 눈물 속에서도,
그렇다. 즐겁지 않은 파멸의 음악에 맞춰
이 몸을 질질 끌고 이겨내야지.
영원한 불행의 곡조에 맞춰- 오, 오, 오.
저기- 바다에 그리스 배들이 기다리고 있구나.
트럼펫 소리와 피리소리에 맞춰 재빨리도 왔구나.
그리스의 보호받는 항구를 떠나 자줏빛 바다를 가로질러
이집트에서 만든 밧줄에 배를 매어두고

우리의 신성한 바다 안쪽까지 들어와 있구나.
너희는 메넬라오스의 혐오스러운 마누라 헬레네를 돌려 달라고-
그렇지, 그 여자, 그 여자가
오십 명의 내 아들들의 아버지를 학살하고,
이 파멸의 언덕에 나를 던진 장본인이다.
나를 찌르는 내 슬픔은 나에게 흰 머리만 남기고,
늙은 나는 아가멤논의 노예가 되어
그자의 텐트 밖에 앉아 있구나.
여인들이여, 깨어나라-
이제는 과부가 된 트로이의 마지막 용사들의 아내들이여,
그리고 겁탈당하고 고통받는 처녀들이여,
우리의 도시를 보아라. 트로이는 연기에 싸여 있다.
너희들은 나의 새끼 새들이니, 내가 너의 왕비였을 때처럼
어미로서 너희를 위해 울어주겠다.
프리아모스왕의 홀에 기대선 채 발을 굴려
성스러운 윤무를 지휘하며 너희들을 이끌고
신들을 향해 노래하련다.
아이이이- 아이이이- 트로이는 망했다.

(*여인들이 등장한다.*)

첫째 여인 헤카베 왕비시여, 이게 무슨 일인가요?
우리는 모두 노예가 되는 상상을 하며 텐트 안에서 울고 있는데,
그런데 왕비의 비탄의 신음소리가 들려왔어요.
공포가 우리를 짓누릅니다.
우리의 심장은 떨립니다.

헤카베 애들아, 그리스인들이 저기 바다에서 노를 젓고 움직인다.

둘째 여인 벌써요? 우리를 배에 끌어들일 건가요? 우린 고향을 떠나나요?

헤카베 누가 알겠느냐? 그러나 내 생각에는 그렇게 될 것 같구나.

셋째 여인 결국 우리는 "텐트 밖으로 나오너라. 트로이의 노예들아.
그리스 배가 떠날 준비를 한다" 하고 외쳐대는
저들의 명령을 따라야만 하는군요.

헤카베 오, 그러나 카산드라는 안 된다. 내 딸을 텐트 안에 숨겨라.
내 딸이 그리스인의 침대에서 치욕을 당하는 꼴을 두고 볼 수 없다.
트로이여, 이제 끝났구나. 죽은 자는 사라지고,
살아남은 자조차 흩어져서 헤어져야 하는구나.

(*많은 여인들이 등장한다.*)

넷째 여인 그리스인들은 결정했나요? 우리를 죽이기로 했나요?
오, 헤카베, 우리 왕비여! 텐트 밖에 나온
우리의 운명은 어찌 되는 건가요?

다섯째 여인 선원들은 벌써 배 안에 자리 잡고
노 저을 채비를 하고 있네요.

헤카베 애들아, 난 새벽부터 저들을 지켜보고 있었다.
어떻게 될 것인지 예측할 수는 없으나
내 심장은 우리의 무서운 앞날을,
끔찍한 우리의 앞날이 다가오는 것을 지켜보게 하는구나.

여섯째 여인 전령이 왔나요? 저는 어느 무자비한 괴물의 노예가 되는 건가요?

헤카베 저들은 제비뽑기로 결정할 게다.

첫째 여인 저는 어디로 가게 되나요? 아르고스로 가나요? 테살리로?
아니면 트로이에서 아주 멀리 떨어진 외딴 섬으로 가나요?

헤카베   아이이이- 아이이이-

나는 누구를 위한 종살이를 하게 될 것인고?

난 어찌해야 하나? 새 주인 집에서 문지기를 할 것인가?

주인 아이들의 돌보미가 될 것인가?

힘없고 늙어빠진 이 노파가 침 빠진 수벌처럼 살아남았는데.

아니지! 보이지 않는 그림자에 불과한 유령 같은 나를-

아- 어제까지도 난 트로이의 왕비였다.

둘째 여인 그토록 가슴 아파하시는 왕비를 어떻게 위로할 수 있을까요?

셋째 여인 나는 또다시 베틀 앞에 앉아 일하겠지? 내 베틀은 없어졌지만.

이국땅에서 짜게 될 털이 트로이의 털은 아닐 테지.

넷째 여인 내 아들들은 모두 죽었어-

그 애들을 한 번만 다시 볼 수만 있다면!

다시는 볼 수가 없구나.

다섯째 여인   더 고약한 일은 어느 그리스인의 잠자리로

내가 억지로 끌려갈 운명이란 말이지.

여섯째 여인   악한 범죄자들을 숨겨주는 바로 그런 밤을 난 저주한다.

첫째 여인 난 아마 신성한 페레네 샘물을 길어오는 일을 할지도 몰라.

그럼 조용히 순종하고 따라야겠지.

둘째 여인 아테네는 테세우스의 영광스러운 행운의 땅이라고 들었어요.

내가 그곳으로 가게 될지도 모르지요.

셋째 여인 난 헬레네가 살던 스파르타만 아니면 어디든지 가겠어요.

스파르타는 싫어요. 오, 신들이여, 헬레네를 구하려고

우리 주민들을 마구 학살한 메넬라오스,

그런 남자를 위해 일하고 싶지 않습니다!

둘째 여인 아테네가 아니라면 올림포스산 밑에서 살았으면 해요.

거기는 비옥한 좋은 땅이라고 들었어요.

신성한 아테네 다음으로 내가 선택하고 싶은 곳이어요.

다섯째 여인   저기 그리스 전령이 이리로 오고 있네요.

소식을 전하려고 빠르게 오고 있어요.

그가 무슨 얘기를 할 것인지?

아— 그렇지만 달라질 게 뭐가 있겠어요?

어차피 우린 저자들의 노예가 될 텐데.

『엘렉트라』

▎ 배경

클리타임네스트라와 아이기스토스는 아가멤논을 살해한 후 엘렉트라의
자식이 훗날 이들에게 복수할 것을 두려워하여 이를 미연에 방지하기 위해서 엘
렉트라를 사회적 신분이 낮은 농부와 결혼시켰다.

▎ 작품 소개

이 극은 아가멤논의 자녀들이 어머니와 어머니의 연인 아이기스토스를
죽임으로써 아버지를 살해한 이들을 복수하는 내용이다.

아이스킬로스의 『제주를 바치는 여인들』, 소포클레스의 『엘렉트라』, 에
우리피데스의 『엘렉트라』, 이 세 편의 드라마는 같은 주제를 다룬다. 아이스킬
로스의 극과 소포클레스의 극에 등장하는 엘렉트라에 비하여 에우리피데스의
엘렉트라는 분명 현대적이다. 비평가 존 가스너(1903-67)는 에우리피데스의 이
극을 성격드라마의 "대걸작"으로 칭송했다. 에우리피데스의 극은 이전의 극들과
비교하여 큰 차이가 있다. 우선, 무대장면은 궁정이 아니고 허름한 농가이고, 등
장인물들의 행동은 고대그리스보다 오히려 현대적 기준에 가까워 보인다. 엘렉
트라는 아버지에 대한 충성심보다는 어머니에 대한 질투심에 사로잡혀 행동하
는 정신병적인 여자로, 그리고 오레스테스는 엘렉트라에게 이끌려 살인하게 되
는 겁 많은 청년으로 그려져 있다. 우리 눈앞에 전개되는 이들의 복수 행위는

영웅적이 아니라 충동적인 한 쌍의 불한당들에 의한 소행으로 보인다. 클리타임네스트라와 아이기스토스가 저지른 범죄는 오래전 기억에서 잊힌 사건으로 관객은 느낀다. 에우리피데스는 지나간 일은 지난 일로 내버려 두고 지금 현재를 생각하고 살자는 암시를 보여준다.

영웅적 환경에 익숙한 관객은 무대가 우선 화려한 궁전이 아니고 지저분한 농가인 사실에 놀란다. 그리고 신이나 왕자가 아닌, 초라한 농부가 등장하여 프롤로그를 말해서 또 한 번 놀란다. 이 농부에 따르면 엘렉트라에게서 태어날 아이들이 그들의 할아버지를 복수하는 일이 벌어질 수 있는 상황을 미리 차단하기 위해서 농부인 그를 엘렉트라의 남편으로 맞게 했다고 한다. 그러나 이 농부는 귀족에 대한 그의 존경심이 너무 크기 때문에, 신부와 동침하여 결혼을 완성시키는 합방은 하지 못했음을 말한다. 여기서 결혼의 완성이 이루어졌다면 엘렉트라는 보통 여자일 것이다. 그녀의 고통을 이해해 주는 고상한 이 남자는 새로운 가치를 드러내 준다. 에우리피데스는 전통을 무시하고 엘렉트라의 명색뿐인 가난한 농부 남편을 등장시킴으로써 추악하고 부도덕한 왕족과 비교되는 인물을 창조한 것이다.

엘렉트라는 머리에 물동이를 이고 들어온다. 그녀의 첫마디는 "아아 어두운 밤이여, 황금빛 별들의 양육자여! 그대의 보호를 받으며 나는 이 물동이를 이고 물을 길으러 샘으로 가는 중이어요." 남편은 아내가 물을 길을 필요가 없다고 일러준다. 지저분한 농가의 모습으로 볼 때 물을 사용해서 씻은 적도 없어 보인다. 그러나 엘렉트라는 힘든 일을 해야 하는 자신의 처지를 내세운다. 농부는 아내에게 "정 그렇게 고집을 피우겠다면, 가보시오! 샘터는 집에서 멀지도 않으니까"라고 말한다.

무대가 비어있을 때 오레스테스와 필라데스가 등장한다. 오레스테스는 도시에 몰래 들어온다. 이 장면에서도 당당히 들어오는 소포클레스의 오레스테스와 비교된다. 엘렉트라가 아가멤논의 죽음을 애통해하며 나타날 때 이들은 숨는다.

　　마을 여인들로 구성된 코러스가 등장하여 엘렉트라를 축제에 초대하자 변변한 옷이 없다며 거절한다. 코러스는 엘렉트라에게 옷을 빌려주겠다고 하지만 불운한 자신의 슬픈 이유를 대고 거절한다. "나는 궁핍한 농부의 집에 살면서 괴로움으로 시들어가고 있어요. 아버지의 궁정에서 이 가파른 바위산으로 쫓겨났는데, 어머니는 다른 남자를 남편으로 맞아들여 살인으로 피투성이가 된 침상에서 뒹굴고 있어요." 그녀 앞에 나타난 오레스테스와 필라데스, 두 남자를 보고 엘렉트라는 소리 지른다. 여자들은 어두운 밤 외지에서 낯선 남자들이 나타나면 자연히 겁탈당할 위험을 먼저 생각할 것이다. 오레스테스는 여인들을 안심시킨다. 그는 자신을 오레스테스가 보낸 메신저로 가장하고, 엘렉트라는 그를 오레스테스의 메신저로 믿는다. 농부가 등장하여 낯선 남자들과 이야기를 나누는 엘렉트라를 보고 놀란다. 엘렉트라가 이들이 누구인지 밝히자 농부는 그들을 집 안으로 초대한다. 후에 그녀는 대접할 것 하나 없이, 아무런 준비도 없이 객들을 집 안으로 초대한 농부를 비난한다. 이런 것은 사실주의적 솜씨다. 그녀는 가정교사에게 식사 거리를 마련해 오도록 심부름을 보낸다. 오레스테스는 농부가 누구인지를 알게 되자, "저 농부의 너절한 모습에도 귀족여인의 마음을 얻는 게 있구나" 하며 그에게 우아한 태도로 대한다. 가정교사 노인이 치즈와 포도주를 가져온다.

　　가정교사는 아가멤논의 무덤에서 금빛 곱슬머리가 놓인 것을 보았다면서 오레스테스가 귀환한 게 아닌지 암시한다. 이는 아이스킬로스가 『제주를 바치는 여인들』에서 보여준 똑같은 장면을 패러디한 것이다. 금빛 머리털이 엘렉트라의 머리털과 닮았음을 암시하자, 엘렉트라는 머리털 색이 같다고 해서 남매라는 법은 없고, 혹 그렇다 해도 이를 증명할 길이 없음을 지적한다. 가정교사가 그렇다면 발자국이 같은지 알아보자고 제안하자, 돌멩이 많은 이런 땅에 발자국이 남아 있을 리 없고, 남아 있다 해도 남자 발이 여자 발보다 크기 때문에 증명이 안 된다고 한다. 가정교사는 어려서 헤어질 때 보따리에 싸준 그의 옷을 보면 알 수 있을 것임을 제안한다. 그가 지금까지 몇 년 동안 같은 옷을 입고 있겠느냐며 엘렉트라는 이에 동의하지 않는다. 이와 같이 오레스테스는 비슷한 점을 들어 정체를 밝히는 우스꽝스러운 극작술에 동의하지 않는다. 에우리피데스는 오레스테스의 눈 밑에 있는 흉터를 증거로 그의 정체를 밝히는 현대적 방법을 사용한다. 이러한 에우리피데스의 사실주의적 혁신은 연극사에서 드라마가 앞으로 나아갈 분명한 방향을 제시해 준다. 오레스테스의 정체가 밝혀진 후 두 남매는 살해 계획을 세운다. 오레스테스는 아이기스토스가 그를 들녘에서 행하고 있는 제사에 초대할 것을 계산하고 이때를 이용하기로 한다. 클리타임네스트라는 엘렉트라가 출산을 했으니 도움이 필요하다는 구실로 어머니를 유인하여 죽이기로 한다.

아이기스토스는 과연 예측한 대로 여행자를 제사의식에 참여토록 초청하였다. 아이기스토스가 제사의 기도를 할 때 오레스테스는 거사를 실행한다. 아이기스토스가 제물의 내장을 살피려고 허리를 굽히자, 오레스테스는 발뒤꿈치를 들고 살짝 일어나서 그의 목 뒤를 내려친다. 제사의식 중에 있는 사람을 죽이는 행위는 심히 추악하다. 아이기스토스의 시신을 가져왔을 때 엘렉트라는 시신을 내려다보고 이 자에 대한 긴 연설을 한다. "내가 너를 꾸짖기를 어디서 시작하고 어디서 끝내고, 무슨 말을 그 사이에 해야 하나? 하지만 나는 두려움에서 풀려나기만 하면 네 얼굴에 대고 내뱉고 싶었던 말들을 새벽마다 되뇌지 않은 적이 없어. 그런데 이제야 비로소 내가 두려움에서 벗어났으니 네가 살아서 나로부터 들었어야 할 꾸지람을 돌려주겠다. 너는 나를 파멸시켰고, 너에게 아무 피해도 주지 않은 우리 아버지를 죽이고 나와 내 동생을 고아로 만들었어. 그리고는 수치스럽게도 우리 어머니의 정부가 되어 그리스군의 총사령관인 우리 아버지를 모욕했어. 트로이에도 못 간 주제에 너는 꼴사납게 내 아버지의 침상을 더럽히다니. 내 어머니가 너에게 충실한 아내가 될 것이라고 생각했겠지만, 하지만 남의 아내와 몰래 정을 통하다가 어쩔 수 없이 그녀를 취할 때는 네가 알아야 할 게 있다. 전 남편에게 정숙하지 않던 여자가 자기에게는 정숙할 것이라고 생각하는 남자는 참으로 가련한 남자라는 점을 알아야 한다." 유부녀를 취하는 남자에게 그 유부녀가 정숙하리라고 생각하는 그런 남자는 어리석다고 하는 그녀의 말은 수긍하기 어렵고, 그런 말을 죽은 사람한테 대고 하는 것은 더욱 기이하다. 더군다나 클리타임네스트라가 아이기스토스에게 부정했다는 스캔들도 없었는데 말이다. 클리타임네스트라의 마차가 멀리서 나타나자 오레스테스와 필라데스는 아이기스토스의 시체를 집 안으로 끌고 들어간다.

에우리피데스의 클리타임네스트라는 아이스킬로스가 보여준 클리타임네스트라의 성격과는 거리가 먼 인물로 그려져 있다. 그녀는 고운 옷을 입고 온 것을 사과한다. 엘렉트라가 부탁하면 트로이의 노예들이 얼마든지 산모인 너를 도와줄 터인데 왜 나를 불러들이느냐고 못마땅해하는 어머니에게 엘렉트라는 "나 자신이 노예인데요"라고 답한다. 그녀는 클리타임네스트라를 바람 난 여자라며 비난하지만, 클리타임네스트라의 반응은, 어떤 아이들은 어머니를 좋아하는데, 너는 태어나서부터 늘 아버지만 좋아했었다고 자신의 처지를 변명한다.

아이스킬로스나 소포클레스의 엘렉트라와는 달리 아가멤논의 복수를 머릿속에 담고 있는 에우리피데스의 엘렉트라는 부자연스러워 보인다. 실제로 아버지에 대한 엘렉트라의 관심이 이 극에서는 그리 크지 않음을 알게 된다. 클리타임네스트라의 범죄를 간과할 수 없지만, 그녀는 이전에 엘렉트라를 죽이려는 아이기스토스의 계획에서 딸을 구출한 적이 있다. 클리타임네스트라는 지금 딸로부터 듣는 심한 말들을 참아내고 있다.

어머니를 죽일 수 있는 자식은 어떤 자인가에 대한 대답으로 에우리피데스는 엘렉트라를 성적 욕구 불만의 신경과민증 여자로 보고 있다. 그리고 오레스테스는 자기보다 강한 힘에 휩쓸리는 의지박약한 청년으로 그린다. 살인의 혐오감과 비애감을 증가시키기 위해서 에우리피데스는 클리타임네스트라를 어떤 대가를 치르더라도 화평을 원하는 측은한 중년 부인으로 창조한다. 그녀는 그녀의 행위가 행복을 가져다주지 못했음을 인정하고 지난날을 후회하는 삶의 지친 모습을 보인다. 그녀는 딸 앞에서 젊은 날 열정으로 저지른 범죄를 후회하고 사과하기까지 한다. 그런 여인을 지금 살해하기 위해 엘렉트라는 집 안으로 끌어들이고 있다.

클리타임네스트라는 딸의 출산 소식을 듣고 왔으니 집에 들어가서 먼저 신들께 아이를 위한 제물을 바치겠다고 하자, "가난한 우리 오두막 벽이 그을음으로 더러우니 좋은 옷 버리지 않게 조심하세요. 어머니는 꼭 바쳐야 할 제물을 신들께 바치는 겁니다. 바구니는 이미 준비되어 있고 칼도 갈아놓았어요." 엘렉트라의 비정하고 냉소적인 대답이다.

이로써 두 번째 살인도 성사되었고, 일을 끝낸 오레스테스와 필라데스는 집 안에서 나온다. 열린 문 안으로 아이기스토스와 클리타임네스트라의 시신 두 구가 드러난다. 이제 남매는 감정의 격변을 겪는다. "누나는 보았어요? 그 가련한 여인이 죽는 순간 옷깃을 열어젖히고 젖가슴을 드러내 보인 모습을. . .사지를 땅바닥에 내던지던 모습을 보았나요? . . . 난 겉옷으로 내 두 눈을 가리고 칼을 잡고는 어머니의 목을 무자비하게 찌르기 시작했어요."

살해 이후 엘렉트라의 마음에 불붙던 정열은 공포심으로 변한다. 절대 해서는 안 될 일을 저지른 결과로 남매는 무너져 내리며 신음한다. 여기서 에우리피데스는 오레스테스의 모친살해의 신화에 판결을 내린 것이다. 그리고 클리타임네스트라의 쌍둥이 오빠인 카스토르와 폴락스가 기계신으로 나타난다. 작가는 제우스와 레다 사이의 쌍둥이 아들인 이들의 입을 통해 다시 한번 평범한 보통 말로 전한다. 에필로그에 등장하는 이 두 신은 아폴로보다 낮은 위치의 작은 신들인 고로 아폴로를 가리켜, "빛 가운데 거주하지만 이건 빛이 아니라 어둠이다"라며 그의 지시에 낙담하면서, 오레스테스를 향해 고개를 설레설레 흔들어 보일 뿐이다. 카스토르는 "그녀가 벌 받는 것은 정당하지만, 그렇다고 하여 그대의 행위가 옳은 것은 아니니라. 포이보스[아폴로]가, 내 주인이니 나로선 할 말이 없다마는, 그가 현명한 분이건만 그대에게 내린 명령은 현명치 못했노라. 우리야 명령에 따를 수밖에 없지만"이라고 하면서 예언하기를, 오레스테스는 분노의 여신들에게 추격당할 것이고, 그의 문제는 아테나 여신의 아레오파고스 법정에서 해결될 것이며, 그리스 시민들이 아이기스토스를 매장할 것이고 이집트에서 방금 돌아온 메넬라오스와 헬레네는 클리타임네스트라를 묻어줄 것이라고 한다.

작가는 어머니를 살해하도록 명령한 아폴로 신의 권고는 악한 것이라는 생각을 단적으로 지적한다. 클리타임네스트라는 정당한 대가를 치렀지만, 오레스테스의 행동은 정당하지 않았음을 쌍둥이 신들의 입을 통해 전하는 작가의 관심에 주목할 필요가 있다. 델피의 지혜로운 신 아폴로가 지혜롭지 못한 명령을 내렸던 것이다. 아폴로를 비난하는 것은 에우리피데스의 의도이다. "안녕히들 가시오! 안녕할 수 있고, 불운을 당하지 않는 사람은 앞으로 진정 복된 나날을 맞을 것이오"라는 코러스가 하는 이 극의 마지막 대사는, 엘렉트라와 오레스테스 남매의 앞날이 희극으로 움직이는 증거이다. 필라데스는 기혼녀지만 처녀인 엘렉트라를 아내로 삼고 지금의 명색뿐인 남편도 포키스로 데려가서 한밑천 잡도록 해주라고 쌍둥이 신들은 일러준다. 어려운 농부에 대한 배려와 행복한 결혼을 예고해주는 결말에는 이 극의 희극성이 담겨 있다. 여기서 비극과 희극의 경계선을 낮추는 에우리피데스의 손길이 보인다.

▌『엘렉트라』

(아이기스토스의 시신이 집 안으로 운구된다. 마차가 멀리서 오고 있다.)

오레스테스   잠깐! 엘렉트라 누나, 우리가 세운 계획을 변경해야겠어요.

엘렉트라   그런데 얘야, 저기 보이는 게 뭐니? 미케네에서 원군이 오고 있나?

오레스테스   아니오. 어머니군요. 나를 낳아준 여인이오.

엘렉트라   우리가 친 그물에 제대로 걸려드는구나.

　　　　　　 잘됐다! 저 찬란한 마차와 화려한 차림을 봐라.

오레스테스   우린 어떻게 해야 하지요? 어머니를 우리 손으로 죽여야 하나요?

엘렉트라   어머니 모습을 보니 측은지심이 생기는 건 아니겠지?

오레스테스   아— 내가 어떻게 어머니를 죽일 수 있을까요?

　　　　　　 나를 낳아주고 길러준 분을요.

엘렉트라   저 여자가 우리 아버지를 죽인 것과 똑같이 우리도 저 여자를 죽여주
　　　　　　 는 거야.

오레스테스   오 포이보스여, 그대의 신탁이 이렇게 무지몽매한 짓을 지시하다니—

엘렉트라   아폴로가 무지몽매하다면 지혜로운 자는 누구냐?

오레스테스   누나는 어머니를 죽여야 한다고 하는데 이건 옳지 않아요.

엘렉트라   그럼 아버지 원수 갚는 건 어떻게 하겠다는 거니?

오레스테스   난 지금까지 죄를 짓지 않았는데, 이제는 모친살해범으로 심판받게
　　　　　　 되겠군요.

엘렉트라   그건 그렇다. 그렇지만 아버지 원수를 갚지 않으면
　　　　　　 넌 불경죄를 범하는 게 되는 거야.

오레스테스   어머니를 죽인 죄로 난 벌 받게 되겠지요.

엘렉트라   아버지 원수를 갚지 않는 그 벌은 누가 받지?

오레스테스   신의 모습을 가장한 어떤 악령이 그런 명령을 내린 건 아닐까요?

엘렉트라 삼각대의 신성한 제단 앞에 앉아서 말이니?

난 절대로 그렇게 생각하지 않는다.

오레스테스 신탁이 잘했다는 주장으로 나를 설득할 자는 없어요.

엘렉트라 기죽지 말아. 넌 겁쟁이가 돼서는 안 된다, 애야.

오레스테스 그럼 어머니에게도 아이기스토스에게 한 똑같은 함정을 놓아야 하나요?

엘렉트라 네가 어머니의 남편 아이기스토스를 칼로 찌른 것처럼 똑같이 해라.

오레스테스 안으로 들어갈게요. 끔찍한 시련이라 해도, 신들의 뜻이라면 따라야 하겠지요. 이 싸움은 내게는 쓰리기도 하고 짜릿한 달콤함도 있어요.

(오레스테스와 필라데스는 집 안으로 들어간다. 클리타임네스트라는 포로로 잡혀온 트로이 시녀들을 대동하고 등장한다.)

코러스 아르고스 땅의 여왕이시여, 틴다레오스의 따님이시여,

빛나는 별들과 이글거리는 대기 속에 거하면서

넘실대는 파도 가운데 인간의 구원자 역할을 하는

제우스의 용감한 두 아들의 누님이시여, 어서 오소서!

축복받은 신들처럼 그대의 넘치는 부와 행복을 축하드리옵니다.

그대의 행운은 마땅합니다. 여왕 만세!

클리타임네스트라 *(하녀들에게)* 트로이 여인들아, 내가 마차에서 내려설 수 있게 내 손을 잡아다오.

신전들은 프리기아의 전리품들로 장식되었고, 트로이의 이 여인들은 나에게 주어진 상급이라오. 잃어버린 내 딸 이피게네이아에 비하면 하찮은 존재들이지만, 그런대로 적절한 보상이 된다오.

엘렉트라 나도 아버지 집에서 쫓겨난 노예이니,

축복받은 어머니 손을 제가 잡아드리면 안 될까요?

클리타임네스트라　노예 여자들이 여기 많은데, 네가 굳이 수고할 필요는 없다.

엘렉트라　왜 안 되지요? 나도 집에서 쫓겨난 노예가 아닌가요?

우리 집을 빼앗기고 이 여인들처럼 나도 포로로 잡혀온

아버지 없는 고아가 아닌가요?

클리타임네스트라　그건 너의 아버지가 음모에 빠져서 가까운 가족에게 해를 입

힌 탓이었다.

그래서는 절대 안 되는 일이었지. 내가 말해 줄게.

물론 한 여자에 대한 평판이 나쁠 때는 모두들

그 여인에게 매섭게 덤벼들지. 그런데 내 경우에 그 점은 불공정했어.

네가 나를 증오하는 이유가 있다면 얼마든지 증오해도 좋아.

그러나 너는 그럴 이유가 없는데 왜 나를 미워하니?

나의 부친 틴다레오스는 나를 너의 아버지에게 아내로 주었지만,

나나 내 아이들을 죽이라고 한 결혼은 아니었다.

그런데 너의 아버지는 내 아이를 아킬레스와 결혼시킨다는 구실로

아울리스 항구로 데려가서, 번제불 앞에 눕혀놓고,

그 애의 하얀 목을 내려쳤어. 만약 네 아버지가

도시가 함락되는 것을 막기 위한 수단이나 또는 가정을 지키고

다른 많은 아이들을 지키기 위해서 한 명의 아이를 희생시켰다면,

그것은 용납될 수 있겠지. 그런데 실상은 어떠했냐?

헬레네의 애욕 때문에, 그녀의 남편이

부정한 아내를 통제할 수 없었기 때문에,

그런 이유로 네 아버지는 내 딸을 죽였어!

네 아버지가 나에게 그런 부당한 해를 가했다 해도,

내가 그렇게까지 분하지는 않았을 것이다.

그 때문에 내가 네 아버지를 죽이기까지는 하지 않았을 거다.

그런데 네 아버지는 고향에 돌아오면서 신들린 미친 여자를

내 앞에 첩으로 데려왔다. 한 집안에 두 아내가 살게 만들었어!
역시 여자의 어리석음을 내가 부정하지는 않겠다.
남편이 곁길로 빠져 아내와 잠자리를 소홀히 하면,
아내도 남편의 흉내를 내고 다른 남자친구를 찾게 된단다.
그렇게 되면 사람들은 여인들을 비난하고 분개하지만
정작 책임져야 할 남편들은 어떤 비난도 듣지 않거든.
만약 메넬라오스가 몰래 집에서 납치되었다면
내가 내 여동생의 남편 메넬라오스를 구하기 위해서
오레스테스를 죽여야 했겠니? 네 아버지가 그런 일을
너그럽게 용납했겠니? 아버지 된 자는 딸을 죽이고도
자신은 죽지 않아도 되는데, 어미인 나는 그런 남편에게 당해야 하니?
그래, 나는 남편을 죽였어. 내게 열려있는 유일한 길을 택했을 뿐이다.
나는 그의 적을 이용한 거야, 네 아버지의 어느 친구가
네 아버지를 죽이는 일을 도왔겠니?
어째서 네 아버지의 죽음이 부당한지
할 말 있으면 기탄없이 말해보아라!

엘렉트라 정의를 호소하시는군요. 그러나 어머니의 호소는 부끄러운 줄 아세요.
현명한 여인은 매사에 남편에게 양보해야 하니까요.
그렇게 생각하지 않는 여인이라면 말할 가치도 없다고 주장하겠어요.
그건 가치 없는 일이라고 생각합니다.
어머니, 방금 하신 말을 잊지 마세요.
내 생각을 기탄없이 말할 권리를 주겠다고 하신 그 말이오.

클리타임네스트라 그렇다. 너의 말할 권리를 거절하지 않겠다. 얘야.

엘렉트라 내 말을 듣고 난 후에, 나를 해치지 않으시겠어요, 어머니?

클리타임네스트라 그럴 리가 있겠니. 네 기분을 맞춰줄게.

엘렉트라 그렇다면 말하겠어요. 내 이야기의 머리말을 이렇게 할게요.

어머니의 마음씨가 더 고왔더라면 얼마나 좋았을까, 이렇게요.
친자매 간인 헬레네와 어머니, 두 분의 미모는 뛰어나지만
두 분 모두 경박해요. 두 분의 오라비인 카스트로에게는
어울리지 않는 자매들이어요.
헬레네는 납치되었지만 스스로 정절을 기꺼이 버린 여자여요.
어머니는 그리스의 가장 훌륭한 전사인 아버지를 파멸시키고,
그 이유를 자식을 위해서였다는 핑계를 댔어요! 그건 사실과 달라요.
사람들은 나만큼 어머니에 대해 알지 못하니까요. 뭐냐 하면,
어머니는 딸이 제물로 죽기 전부터 남편이 집을 비우기가 무섭게
거울 앞에서 금발머리를 손질했지요. 남편이 멀리 떠나고 없는데도
밖에서 예뻐 보이려는 아내는 부정한 아내로 명문화되어 있어요.
나쁜 짓을 꾀하려는 뜻이 아니라면, 아내가 바깥에서
예쁜 얼굴을 보일 필요가 전혀 없을 텐데 말이어요.
거기다 모든 헬라스 여인들 가운데 오직 어머니만이
우리의 적인 트로이가 승리하면 기뻐하고 트로이가 패배하면
눈에 수심이 가득했다는 사실을 아는 사람은 나밖에 없지요.
아버지가 트로이에서 돌아오기를 어머니는 원치 않았던 거예요.
그리고 어머니는 얼마든지 정절을 지킬 수 있었어요.
어머니 남편은 적어도 아이기스토스보다 못하지 않으셨어요.
헬라스의 총사령관으로 선출된 분이었으니까요.
그리고 어머니는 어머니의 아우인 헬레네가 그런 부정한 짓을
행했기 때문에 어머니가 선했더라면 큰 명성을 얻을 수도 있었어요.
악행은 도덕상의 훈계감이라 선과 대비되면 거울 역할을 하니까요.
그리고 어머니는 아버지께서 어머니의 딸을 죽였다고 하는데,
나와 내 남동생은 어머니에게 대체 무슨 잘못을 저질렀지요?
어째서 어머니는 남편을 죽이고 나서, 우리 선조들의 집을

자식들에게 물려주지 않았나요?

어머니는 외간 남자를 집 안으로 끌어들였어요.

우리의 유산으로 지금의 남편을 매수한 거지요.

어머니의 정부는 추방되지 않았지만, 어머니의 아들은 추방되었고,

어머니의 정부는 살해되지 않았지만, 어머니의 딸인 나는 죽었어요.

네 그래요. 내가 비록 숨 쉬고 있지만 산송장이나 다름없어요.

그자는 나에게 이피게네이아 언니의 죽음보다 갑절이나 가혹한 죽음을

안겨주었으니까요. 만약 살인이 판관이 되어

살인을 요구한다면, 어머니의 아들 오레스테스와 나는

아버지의 원수를 갚기 위해 어머니를 죽여야만 합니다.

어머니의 행위가 정당했다면, 이 행위도 정당할 것이 틀림없지요.

부와 가문을 보고 악처를 얻는 자는 어리석은 자여요.

미천하지만 정숙한 아내가 가정에서는 지체가 높고 강한 자보다

더 나은 아내입니다.

코러스장 여인들의 결혼은 운수소관이오.

내 보기엔 어떤 결혼은 행복하고, 어떤 결혼은 불행하니까요.

클리타임네스트라 딸아, 너는 날 때부터 늘 아버지를 좋아했었지. 아이들이란

어느 한쪽을 더 좋아하기 마련이라서 더러는 아버지를,

더러는 어머니를 더 좋아하지. 네 말을 인정한다.

사실, 나도 내가 저지른 행동들을 좋아하지 않으니까. 내 딸아!

아아 가련한 내 신세! 내가 그런 짓을 생각해낸 건

아무리 해도 너무 심했었다.

엘렉트라 후회해도 이미 늦었어요. 이제는 돌이킬 길이 없지요.

아버지는 돌아가셨어요. 그런데 객지를 떠도는 아들을

어머니는 왜 집으로 불러들이지 않는 겁니까?

클리타임네스트라 내 걱정만 하고 살다 보니 오레스테스를 생각하지 못했구나.

소문에 의하면 그 애는 아버지의 죽음에 몹시 화가 나 있다던데.

엘렉트라 어머니는 지금의 남편이 나를 잔인하게 대하는데,

그런 사람을 왜 그냥 두고 보시나요?

클리타임네스트라 그건 그 사람의 성격 탓이란다. 너도 고집이 세지 않니?

엘렉트라 그 사람이 내게 상처를 입히고 괴롭히니까요.

하지만 나의 분함도 곧 가라앉을 겁니다.

클리타임네스트라 그렇다면 그이도 너를 더 이상 가혹하게 대하지 않을 게다.

엘렉트라 우리 집에 살기 때문에 그가 거만한 거예요.

클리타임네스트라 그것 봐. 벌써 넌 싸움에 불을 붙이고 있지 않니.

엘렉트라 그렇다면 말하지 않을게요. 나는 그 사람이 두려워요. 정말 무서워요.

클리타임네스트라 그 얘기는 그만하자. 그런데 얘야, 왜 나를 오라고 했니?

엘렉트라 내가 해산했다는 소식을 들으셨지요?

클리타임네스트라 그런데 아기를 출산했다는 산모가 목욕도 하지 않고

옷도 빨아 입지 않고 있니?

엘렉트라 아기가 무사히 태어나서 감사의 뜻으로 나 대신 제물을 바쳐주세요─

어떻게 하는 건지 내가 잘 몰라서 그래요.

태어난 지 열흘째 행하는 관습이 있잖아요.

출산 경험이 처음이라서요.

클리타임네스트라 그 일은 너를 해산구완해준 여인이 할 임무가 아니냐?

엘렉트라 나는 산파 없이 혼자 아기를 낳았어요.

클리타임네스트라 친구들이나 이웃이 그렇게 멀리 떨어져 있니?

엘렉트라 가난뱅이를 친구로 삼겠다는 사람은 아무도 없어요.

클리타임네스트라 그렇다면 내가 아기의 앞날을 위해 신들께 제물을 바치겠다.

그러고 나서 남편이 있는 밭으로 가봐야겠어.

그이가 지금 들판에서 요정들에게 제사 드리고 있거든.

그이 기분도 맞춰줘야 하니까.

(*하녀들에게*) 애들아, 너희는 여기 이 말들을 구유로 끌고 가라.
제사의식이 끝났다고 생각되는 시간에 여기서 대기하고 있어라.

엘렉트라 초라한 집이지만 어서 들어가세요.
벽들이 그을어서 더러우니, 옷 버리지 않도록 조심하세요.
어머니는 반드시 바쳐야 할 제물을 신들께 바치는 것입니다.

(*클리타임네스트라는 집 안으로 들어가고 엘렉트라는 뒤에 남아서 혼잣말을 한다.*)

바구니도 준비되어 있고, 황소를 죽인 그 칼도 갈아놓았어요.
어머니도 그자 옆에서 칼을 맞고 쓰러질 겁니다.
하데스에 내려가서도 지상에서 동침했던 그자의 아내로
나란히 눕게 될 겁니다. 그만한 호의는 어머니께 베풀어드려야겠지요.
이건 아버지를 위한 복수의 상급이오!

(*엘렉트라는 집으로 들어간다.*)

코러스 그것은 악행에 대한 응보라오.
이 집에 부는 바람의 방향이 바뀌었구나.
긴 여정을 마치고 퀴클롭스들이 쌓아 올린,
하늘 높이 치솟는 성벽을 향해, 그리운 고향에 돌아온 남편에게
날카로운 도끼를 들어 올려 제 손으로 죽인 여인,
그때에 나의 왕, 나의 주군이 욕실에서 칼에 맞아 쓰러졌으니,
지붕과 돌로 된 갓돌이 그분의 고함소리에 메아리쳤었지.
"여인이여, 비정한 여인이여, 열 번의 추수기를 지내고
이제는 사랑하는 내 고향집에 돌아온 나를 왜 죽이려는 거요?"
아, 가련한 남편이여, 파멸의 재앙이 될 여인을 아내로 삼았으니!

우거진 참나무 숲속 암사자처럼 그녀는 범행을 저질렀구나.
결혼 침상을 더럽힌 이 여인의 죄를 물어, 이제는
그녀를 심판대에 세우려는 정의의 바람이 불고 있구나.

클리타임네스트라 (*집 안에서*)
애들아, 제발 이 어미를 죽이지 말아다오!

코러스장 그대들은 집 안에서 나오는 저 소리가 들리는가?

클리타임네스트라 (*집 안에서*)
아아, 슬프고 슬프다!

코러스장 자식들 손에 쓰러지는 저 여인이 불쌍하구나.

코러스 때가 되면 신들은 반드시 심판할 것이오.
여인이여, 그대가 지금 당하는 일도 끔찍하지만,
그대는 남편에게 사악한 부정한 짓을 했도다.

코러스장 저기 저들이 방금 쏟은 어머니의 피로 피투성이가 되어 걸어 나오고
있어요.
일을 잘 해치웠다는 증거로군! 탄탈로스 가문보다 더 비참한 가문은
세상 어디에도 없을 것이오. 이전에도 이런 가문은 있은 적이 없었다오.

(*오레스테스와 필라데스가 집 안에서 나온다. 두 구의 시신이 열린 문으로 드러*
난다.)

오레스테스 오오, 대지의 여신이여!
인간 만사를 굽어보시는 제우스 신이여!
내 손으로 쓰러트린 두 구의 시신을 보소서.
피비린내 나는 이 끔찍한 나의 재앙의 징벌을 보소서.

엘렉트라 참으로 눈물겹구나, 얘야. 그러나 죄는 나에게도 있다.
나를 낳아준 어머니에게 불같은 분노로 덤벼들었으니.

코러스	오오, 운명이여, 그대의 운명이여, 자식을 낳은 어머니여!

코러스 오오, 운명이여, 그대의 운명이여, 자식을 낳은 어머니여!
　　　　그대가 지은 죄에 대한 복수자들을 태어나게 한 참을 수 없는 고통이여!
　　　　그대가 겪은 고통보다 더 끔찍한 고통을 자식들 손에 당했구려.
　　　　하지만 그대는 아버지 살해에 대한 자식들의 정당한 대가를 받은 것
　　　　이라오.

오레스테스 아, 포이보스여! 그대가 복수의 운명을 정했소.
　　　　그대가 잠자고 있는 슬픔을 깨워 빛을 보게 하였소.
　　　　그대는 멀리 헬라스 땅에서 살인자의 운명을 내게 안겨 주었으니,
　　　　나는 이제 어느 도시로 가야 합니까?
　　　　어느 주인이, 어느 경건한 친구가 모친살해범을 바로 쳐다보겠습니까?

엘렉트라 아아, 슬프고 슬프다! 나는 어떤 춤을, 어디서 출 수 있으랴?
　　　　내가 어떤 결혼을 할 수 있겠느냐?
　　　　어느 신랑이 나를 그의 신방으로 맞이하겠느냐?

코러스 아가씨의 마음이 바람 따라 또 방향을 바꾸었군요.
　　　　전과 달리 지금은 생각이 건전한데,
　　　　전에는 그렇지 않았지요.
　　　　원치 않는 동생을 설득해서
　　　　억지로 끔찍한 일을 치르도록 했으니 말입니다.

오레스테스 누나는 보았나요? 가련한 여인이 살해당하면서
　　　　옷깃을 열어젖히고 젖가슴을 다 드러내 보인 모습을 보았나요?
　　　　사지를 땅바닥에 내던지던 모습을? 그리고 어머니의 머리카락들이—

엘렉트라 나도 보았다. 어머니의 비명소리를 듣고 너의 고통이 얼마나 컸을지—

오레스테스 내 턱에 손을 대면서 이렇게 소리쳤어요.
　　　　"아들아, 제발 부탁이다." 어머니가 나의 볼을 집고
　　　　매달리는 바람에 내 손에서 칼이 떨어졌어요.

코러스 (*엘렉트라에게*)

오오, 가련하구나! 어머니가 죽어가며 몰아쉬는 마지막 숨을
어찌 아가씨는 차마 눈 뜨고 지켜볼 수 있었단 말이오?

오레스테스 난 겉옷으로 내 두 눈을 가리고 칼을 잡고는
어머니의 목을 무자비하게 찌르기 시작했어요. 계속 찔렀어요.

엘렉트라 나도 옆에서 너를 북돋우며 칼을 같이 잡았지.

코러스 두 분은 가장 끔찍한 몹쓸 짓을 했어요.

오레스테스 내 옷으로 어머니의 육신을, 상처들을 덮어주세요.
어머니의 자식들이 어머니의 살해자가 되었어요.

엘렉트라 보세요. 우리가 사랑하면서도 그토록 증오하고
사랑할 수 없었던 어머니를 이 겉옷으로 덮어드립니다.

코러스 이 가문의 큰 재앙도 이제 종말을 고하는구나.

『아울리스의 이피게네이아』

▌배경

그리스 병사들이 트로이 원정을 위해 아울리스에 집결해 있는 동안 사령관 아가멤논은 이곳에서 아르테미스 여신이 신성하게 여기는 사슴을 죽였다. 이로 인해 함대를 정렬시키는 동안 바람이 멈추고 함대는 꿈적하지 않아 전진할수 없게 되었다. 예언자 칼카스는 아가멤논이 죽인 사슴에 대한 보상으로 아가멤논의 첫째 딸 이피게네이아를 아르테미스에게 제물로 바칠 것을 충고한다.

▌작품 소개

이 극의 첫 장면은 동요가 심하고 감정적이다. 이야기는 요약하면 이렇다. 보이오티아의 아울리스에서 트로이와의 전쟁을 위해 떠나려는 그리스 동맹군의 함대가 출항을 기다리고 있으나 바람의 역풍으로 출항을 못 하고 있다. 예언자 칼카스에 따르면 이는 아르테미스 여신의 뜻으로, 아가멤논이 약속을 지키지 않았기 때문이다. 아가멤논의 약속은 그의 딸 이피게네이아를 아르테미스의 제물로 바치겠다는 것이었다. 그래서 그는 이피게네이아를 그리스 장수 아킬레스와 결혼시킨다는 거짓말로 아내 클리타임네스트라를 속이고 아울리스로 딸을 데리고 오라는 전갈을 보낸다. 그러나 양심상 마음이 꺼림칙한 그는 첫 편지를 무시하라는 내용의 두 번째 서신을 보냈는데, 클리타임네스트라는 이 두 번째 서신을 받지 못했다. 왜냐하면 아가멤논의 동생 메넬라오스가 두 번째 서한을 중간에 가로채어 읽어 보고 형의 변심에 분개했기 때문이다. 그는 아가멤논의 의지박약을 맹렬히 비난하고 이 서한을 마음대로 묵살했다. 메넬라오스에게 전쟁의 목적은 트로이 왕자 파리스에게 빼앗긴 그의 아내 헬레네를 되찾아오는 일이기 때문이다. 형제간의 격렬한 언쟁이 벌어지고, 결국 아가멤논은 딸을 제물로 바칠 준비를 한다.

사령관의 부인으로서 딸의 결혼에 한껏 흥분한 클리타임네스트라는 딸 이피게네이아와 어린 아들 오레스테스를 데리고 아울리스에 도착한다. 이피게네이아는 그리스의 위대한 장수 아킬레스와 결혼하는 꿈에 부풀어 있다. 이 계획에 대하여 전혀 아는바 없는 아킬레스를 클리타임네스트라가 만나면서 희극적 장면이 연출된다. 속임수를 모르는 두 사람의 만남은 비극적 상황에 희극적 요소를 가미하는데, 이런 분위기는 이후의 그리스 신코미디[New Comedy]와 유럽의 코미디를 탄생시키는 요소가 된다. (그리스 코미디는 구코미디[Old Comedy]와 신코미디[New Comedy]로 분류된다. 신코미디는 기원전 3-4세기에 그리스의 메난도로스의 신희극과 아리스토파네스의 구희극을 구별하는 데서 비롯하여, 기원전 3세기와 2세기 로마의 플라우투스와 테렌스에 의해 발전했다.)

이 모두가 음모였다는 진상을 알게 된 클리타임네스트라가 아킬레스에게 도움을 호소할 때, 아킬레스는 기사도적인 이유 때문이 아니라 악용된 자신의 이름 때문에 분노를 느끼고 그녀를 방어할 것을 맹세한다. 그러나 그다음 우리가 보는 그의 모습은 자신의 미르미돈 부하들에 의해 비겁해진 모습이다.

클리타임네스트라와 이피게네이아는 아가멤논에게 마음을 바꿀 것을 설득하지만 그에게는 달리 선택할 길이 없다. 이제 아울리스에 온 이유를 알게 된 이피게네이아는 자신의 생명을 살려줄 것을 아버지에게 간곡히 호소하고, 클리타임네스트라는 자식을 희생시키려는 남편을 맹렬히 비난한다. 아킬레스가 이피게네이아를 힘으로 막아서려 하지만, 피할 수 없는 사태를 인식한 이피게네이아는 아킬레스에게 이미 끝난 일에 목숨을 걸지 말라고 간청한다. 그녀는 억지로 제단에 끌려가기보다는 나라를 구하는 희생제물이 되어 영웅적으로 죽겠다고 다짐한다.

이 비극은 인물들의 성격을 탐색하고 에우리피데스가 혐오하는 악에 대하여 쓰고 있다. 그러나 메넬라오스를 제외한 주요한 인물들은 전형적인 악한이 아니다. 희생제물의 가장 큰 책임을 지고 있는 아가멤논은 그가 불러들인 그의 아내와 딸이 캠프에 도착하자 움찔하고 낙담한다. 그러나 다른 한편 그는 딸의 희생을 제물로 삼지 않을 경우, 군대의 반감을 일으키게 될 것을 두려워하고 또 그에게 영광을 안겨 줄 원정대의 지원을 놓치게 될까 염려한다. 아킬레스는 호머의 『일리아드』(기원전 8세기경)에서 보여주는 두려움을 모르는 용감한 청년은 아닐지 몰라도, 최소한 클리타임네스트라의 자극을 받고 고귀한 행동을 보여준다. 이피게네이아의 소녀다운 수줍음과 용기는 아름답게 구현되었고, 상처를 깊이 입은 에우리피데스의 클리타임네스트라는 아이스킬로스나 소포클레스의 극 속에서 보여주는 살기등등한 무정한 여인이 아니다. 아가멤논은 줏대 없는 나약한 인물로, 메넬라오스는 교만한 정치가로, 클리타임네스트라는 야망에 찬 중년 부인으로 그려지고, 아킬레스는 허풍쟁이 병사로 왕정복고시대의 희극에 나올 법한 젠체하는 '맵시꾼'[fop]의 조상처럼 보인다. 이들 소인배들의 행위는 애국적인 이유로 순교를 받아들이는 이피게네이아의 단순한 영웅심과 대조된다.

아가멤논의 답변 속에서 트로이 원정의 목적이 변화하는 것을 볼 수 있다. 전에는 그리스인의 개인적인 문제로, 다른 남자와 달아난 메넬라오스의 아내 헬레네를 잡아들이려는 개인적 사건으로 보였던 것이 이제는 국가적 대사업으로 나타난다. 이 극에서 반복되는 모티브(motif)는 변화하는 마음에서 드러난다. 메넬라오스는 처음에는 아가멤논에게 그의 딸을 희생시키도록 강요하지만 곧 후회하고 그 반대로 나가는가 하면, 아가멤논 또한 처음에는 딸의 희생을 결심하지만 나중에는 두 번씩이나 마음의 변화를 일으킨다. 이피게네이아는 생명을 살려달라고 애원하던 소녀에서 죽음과 명예를 향한 결단력 있는 성숙한 여인으로 갑자기 변한다. 어머니를 위로하는 그녀의 연설은 이 극의 다른 인물들의 행위를 불성실한 싸구려로 보이게 만든다. "어머니, 제 마음속에 어떤 생각이 떠올랐는지 제 얘기를 들어보세요. 저는 죽기로 결심했어요. 그리고 죽기는 죽되 제 마음에서 온갖 야비한 생각을 몰아내고 영광스럽게 죽고 싶어요. 어머니도 저와 함께 곰곰이 생각해 보시면, 제 말이 정말 옳다고 생각하실 겁니다. 위대한 그리스가 지금 저를 바라보고 있어요. 함대의 출항과 트로이의 멸망은 저한테 달려 있어요. 그리고 앞으로 축복받은 그리스에서 야만인들이 여인들을 납치하려 할 때, 그걸 막아내는 역할도 저에게 달려 있어요. 파리스가 헬레네를 납치한 대가를 치르고 나면 그들은 감히 그럴 엄두가 나지 않을 것입니다. 이 모든 일은 저의 죽음으로써 해결될 것이며, 그리스의 해방자라는 제 명성은 두고두고 축복받게 됩니다. 그리고 제가 지나치게 제 목숨에 집착하는 것은 옳지 않다고 봐요. 어머니는 어머니 혼자만이 아니라, 그리스인들 전체를 위해 절 낳아주신 거나 다름 없어요. 하거늘 조국이 모욕당하고 무수한 장수들이 방패로 무장하고 무수한 사람들이 손에 노를 들고 적과 용감히 싸워서 그리스를 위해 전사하려는 이 중차대한 시점에 제 목숨 하나가 이토록 원대한 사업을 방해해야 하나요? 우리는 어떤 논리로 그게 옳다고 주장할 수 있지요?"

영웅심에 대한 패러디처럼 보이는 이 비극에서 에우리피데스는 자발적인 희생의 주제를 특별히 효과적인 클라이맥스로 사용한다. 그의 많은 극에서 에피소드로 남아 있는 자발적 희생의 죽음이 이 극에서는 중심 주제가 되고 있다. 죽음의 공포에서 삶에 대한 결정적 애착을 느끼고 또 거기서 확고한 자발적 희생으로 옮겨가는 젊은 여자의 영혼 변화를 처음으로 보여주는 극이다. 그런 의미에서 『아울리스의 이피게네이아』는 새로운 드라마로 성큼 내닫는 큰 진전을 보여준다. 그러나 아리스토텔레스는 『시학』에서 이 극을 죽음을 두려워한 이피게네이아와 위대한 영웅적 희생자가 어떤 공통점을 갖는지 알 수 없다면서, 이 극을 엄격하게 비판했는데, 이런 평이 보여주는 자세는 그리스 사상의 전형으로 보인다.

에우리피데스는 그의 많은 작품에서 전쟁에 대한 허영심을 주제로 다룬다. 전쟁을 일으킨 주역인 아가멤논과 메넬라오스는 관객에게 전쟁의 야비함을 드러낸다. 트로이전쟁은 아가멤논의 개인적인 야심과 메넬라오스의 과장된 적개심 때문에 오래 지속된 파괴적인 전쟁이다. 이런 가운데 이피게네이아가 그리스를 위해 죽을 것이라는 아가멤논의 논리는 납득하기 쉽지 않다. 그리고 그의 영향을 받은 딸이 이기심을 버리고 희생제물에 승복함으로 빚어지는 아이러니 또한 견디기 어렵다. 여기서 독자는 어쩌면 이피게네이아와 정체성을 함께하지 못하고 오히려 클리타임네스트라의 어처구니없는 끔찍한 곤경을 동정하게 된다. 아킬레스의 영웅심도 독자들의 생각을 헷갈리게 한다. 이 극에서 전통적인 관례의 영웅주의는 어리석은 허튼 이야기로 변한다. "희생제물로 인간이 흘리는 피를 즐거워하는 끔찍한 신들의 힘 앞에 우리는 맹세한다"는 구절에서 읽히듯, 신들을 혹독한 아이러니로 다루고 있다. 결국 장중한 이야기의 흐름은 아르테미스의 요구조차 익살로 보이게 만든다. 왜냐하면 이피게네이아는 희생제물이 되려는 순간 증발하고 그녀 자리에는 사슴이 대신 피를 흘리며 죽어가고 있기 때문이다. 그러다 보니, 영웅적 배경과 영웅적 인물들의 등장에도 불구하고 이 극은 여러 면에서 가정비극의 모양새를 보인다. 아이스킬로스의 비극에서 보여준 무거운 열기는 에우리피데스의 비극에서는 볼 수 없다. 에우리피데스가 이 극에 앞서 9년 전에 쓴 이피게네이아 전설을 다룬 『토리스의 이피게네이아』(414 BC)와 비교하면 이 극은 가벼운 기분이 든다. 이 극에서 아가멤논은 부정적으로 그려져 있고, 특히 딸을 제물로 바칠 것을 과연 신들이 요구하는지 의심하는 클리타임네스트라의 대사 부분은 상기할 만하다. 그의 여러 다른 극들에서 보았던 "기계신"[deus ex machina]은 이 작품에는 등장하지 않는다. 따라서 사자[메신제]는 극 끝에 이피게네이아의 몸에 칼을 대려는 찰나에 그녀가 없어졌다고 클리타임네스트라에게 말하지만 분명한 기적의 확증이 없고, 클리타임네스트라도 관객도 이런 기적적인 사실에 확신이 없으며, 유일한 증인이라 할 수 있는 아가멤논은 증인으로서 신뢰할 수 없는 인물이다.

에우리피데스가 이 작품을 쓸 무렵 그는 아테네에서 비교적 안전한 마케도니아로 이주하여 살고 있었으며 펠로폰네소스전쟁으로 알려진 아테네와 스파르타의 오랜 갈등은 약화되어 있었다. 기원전 408년과 406년 사이 에우리피데스가 죽기 얼마 전에 쓴 이 극은 그리스비극의 마지막 작품이기도 하다.

▌『아울리스의 이피게네이아』

이피게네이아　아닙니다. 어머니, 제 말을 들어보세요. 아버지에 대한
어머니의 분노는 아무 의미 없어요. 감정을 소모하실 필요가 없어요.
(*아킬레스에게*) 고마워요, 아킬레스. 당신은 친절하고 진실된 친구여요.
(*클리타임네스트라에게*) 그러나 어머니, 이분의 열의에 대해
감사 표시를 하시는 건 당연하지만, 이분이 군사를 흔들게 하지는 마
세요.
그건 전혀 도움이 안 되고, 조심해야 할 부분입니다.
어머니, 제 얘기를 들어보세요.
제가 깨달은 점이 있어요. 저는 죽게 되어 있는 운명이어요.
그래서 결심했어요. 비겁한 생각을 모두 버리고
나의 고귀함을 지키기로 결심했어요. 어머니, 제 말이 옳다고 해주세요.
그리스 백성 모두가 나를- 나를 바라보고 있어요.
저 바다에 있는 함선들은 바람을 일으키기 위해 나만을 의존하고 있
어요.
트로이의 패배와 파멸도 나를 기다리고 있습니다.
저의 희생이 우리 여인들의 명예를 오랫동안 보장해 줄 것입니다.
이방인들이 우리 여인들을 이 땅에서 겁탈하고 납치하는 일은
더 이상 없을 겁니다. 나의 죽음이 이를 막아낼 테니까요.
제가 그리스를 구할 것이고 내 임무는 축복받을 것입니다.
저는 비겁자의 삶을 원치 않아요.
오, 어머니, 어머니가 저를 낳아 제게 생명을 주신 것은
나만을 위한 것이 아니라 우리나라를 위한 것입니다.
지금 그리스가 공격받고 있어요.
방패로 무장한 무수한 군사가 우리 조국을 방어하고

죽을 준비가 되어 있는 이때에, 제 목숨 하나 건지려고

구국의 임무를 방해하면 되겠습니까?

어머니는 정의를 어떻게 판단하시나요?

어떻게 아킬레스, 이분이 여자 하나 때문에

그리스 군대와 싸우도록 할 수 있겠습니까?

여신은 저를 희생제물로 원합니다.

제가 어찌 여신의 요구를 거절할 수 있겠어요?

거절할 수 없습니다. 트로이를 정복하도록 제 뜻을 받아주세요.

수천 명 여자들의 목숨보다 나라 위해 싸워야 하는

한 남자의 목숨이 더 소중합니다.

오로지 내 생명이 내 남편이고 내 아들이고 내 명성입니다.

우리는 이 야만인들을 퇴치하고 지배해야 합니다.

이들은 노예이고 우리는 자유인입니다.

코러스 아가씨, 아가씨는 용감하고 고귀합니다.

아가씨의 운명과 여신을 탓할 수밖에 없군요.

아킬레스 아가멤논의 따님이여, 그대가 나의 아내가 되어 준다면

얼마나 큰 축복이겠습니까? 그런데 그대는 그리스와 결혼을 했군요.

그대와 그리스가 부럽소. 그리스에 대하여 영예롭게 말하는군요.

신들과의 대결을 포기하고 승복하는 것을 보니, 그대는

무엇이 옳고 무엇을 해야 하는 일인지 알고 있는 분입니다.

그대의 진실한 본성을 보면서

고귀한 영혼을 지닌 그대에게 아픔을 느낍니다.

이피게네이아여, 내가 그대를 돕고 모시겠습니다.

오, 그대를 고향에 돌려보내고 싶소.

나의 어머니 테티스 여신의 이름에 걸고,

그리스 전 군대와 함께 적을 물리쳐서 그대를 구할 것이오.

이피게네이아, 죽음이 얼마나 끔찍하고 무서운 재앙인지 기억하십시오.

이피게네이아   나는 두려움이나 수치는 이제 개의치 않아요.

헬레네의 미모 때문에 많은 그리스 남자들이

전쟁터에서 학살당한 것으로 충분합니다.

아킬레스여, 나 때문에 당신이 죽어서는 안 되고

또 나를 구하려고 다른 사람을 죽여서도 안 됩니다.

내게 그리스를 구할 수 있는 능력만 있다면 얼마나 좋겠습니까.

아킬레스   그대는 진정 고귀한 분이오. 그대의 결단 앞에

내가 무슨 말을 더 할 수 있겠소? 그대의 영혼은 위대합니다.

이를 부정할 자 누가 있겠소? 그러나 혹이라도

그대의 마음에 변화가 일어날 수도 있으니,

내가 하려는 일을 들어보시오.

나는 다시 돌아와서 이 무기들을 제단 앞에 놓겠소.

군중 속에서 지켜보려는 것이 아니라 그대를 구출하기 위해서입니다.

제단의 칼이 그대의 목을 찌르기 직전에라도, 저를 부르십시오.

그대는 용감하지만, 혹시라도 그대의 경솔함이

원치 않는 죽음을 부르는 참사가 일어나지 않게,

나의 무기와 내 부하들이 제단을 둘러싸고 있을 것이오.

나는 그 자리에서 그대를 기다리겠소.

(*아킬레스는 퇴장한다.*)

이피게네이아   어머니, 왜 소리 없이 울고 계십니까?

클리타임네스트라   내 마음이 아파서 죽을 것만 같구나.

이피게네이아   울지 마세요. 제 목적을 포기하게 하시면 안 됩니다.

제 청을 들어주세요.

클리타임네스트라　네 마음을 다치게 할 생각은 없다. 애야,

　　　　네가 원하는 게 무엇인지 말해보아라.

이피게네이아　슬프다고 해서 어머니의 머리털 한 가락도 자르면 안 됩니다.

　　　　저를 위해 검은 상복도 입지 마세요.

클리타임네스트라　그런 말이 어디 있느냐? 너를 잃게 되었는데 –

이피게네이아　아닙니다. 저를 잃는 게 아니라, 이 일로 저는 명성을 얻고,

　　　　어머니께 영광을 안겨드리는 것입니다.

클리타임네스트라　네가 가버린 후에도 슬퍼하면 안 된단 말이냐?

이피게네이아　네. 저를 위한 무덤도 묘비도 만들지 마세요.

클리타임네스트라　그렇지만 죽은 자는 매장을 해야 하는 게 관례다.

이피게네이아　여신의 제단이 저를 위한 기념비입니다.

클리타임네스트라　네 말은 바르고 옳다. 네 말에 따르겠다.

이피게네이아　그리스를 도울 수 있으니 저는 운이 좋은 거지요.

클리타임네스트라　그러나 너의 동생들에게 – 내가 뭐라고 해야 하겠느냐?

이피게네이아　그 애들에게도 나를 위한 상복을 입히지 마세요.

클리타임네스트라　그렇지만 동생들에게 마지막으로 보여줄 애정의 표시는 없느

　　　　냐?

이피게네이아　이제 작별 인사를 할게요. 그리고 저를 생각해서

　　　　오레스테스를 잘 돌봐 주세요. 이 아이를 남자답게 잘 키워주세요.

클리타임네스트라　헤어지기 전에 마지막으로 오레스테스를 안아보렴.

이피게네이아　(오레스테스에게)

　　　　오, 귀여운 내 동생 오레스테스, 넌 항상 이 누나를 도와주었지.

클리타임네스트라　내가 집에 가서 너에게 해줄 수 있는 게 아무것도 없겠니?

이피게네이아　네, 없어요. 아버지를 미워하지 마세요. 어머니의 남편입니다.

클리타임네스트라　너의 아버지 말이냐? 너에게 이런 일을 저지른

　　　　그 사람은 앞으로 공포 속에서 고난받고 살아야 한다.

이피게네이아 아버지도 마지못해 하신 일이어요.

나라를 위해 저를 포기하신 겁니다.

클리타임네스트라 그건 정치적 수단일 뿐이지! 계략일 뿐이야!

그의 선조들이 한 어떤 악행도 이보다는 나았다.

이피게네이아 누군가 내 머리를 끌고 가기 전에

제단으로 나를 인도할 사람은 없나요?

클리타임네스트라 내가 너를 인도해주마.

이피게네이아 아니오. 그건 옳지 않습니다.

클리타임네스트라 네 옷을 잡고 갈 뿐이다.

이피게네이아 어머니, 어머니는 여기 그대로 계세요.

어머니와 저를 위해서 그렇게 하시는 게 좋습니다.

아버지 부하가 저를 제물로 바치기 위해

아르테미스 신전으로 데리고 갈 것입니다.

클리타임네스트라 정녕 떠나는 것이냐, 애야?

이피게네이아 저는 돌아올 수 없는 곳으로 갑니다.

클리타임네스트라 어미를 버리고—

이피게네이아 그러나. . .

클리타임네스트라 날 떠나지 마라! (*기절한다.*)

이피게네이아 더 이상 눈물은 흘리지 마세요. 어머니, 제우스의 딸

아르테미스를 찬미하는 노래를 목청 높이 부르세요.

보리 한 통을 가져와서 불을 피우고 그 위에 알곡을 던지세요.

그러면 아버지는 제단을 포용하고

저는 그리스의 승리를 안겨드릴 겁니다.

저는 그리스를 구할 겁니다! 제 말을 따르세요.

제가 트로이를 이길 것입니다!

제 머리에 화환을 두르고 정화용 물을 부어주세요!

춤을 추세요! 처녀 여왕 성스러운 아르테미스 여신을 위해

춤을 추세요. 저는 희생제물이어요.

제 피가 예언이 맞는다고 증명할 것입니다.

오, 위대한 대지의 어머니, 나의 어머니시여,

난 눈물을 뒤에 두고 떠납니다. 신전 의식에

눈물은 어울리지 않지요. 아르테미스 여신을 찬양하세요.

여신의 신전이 있는 항구에서 창군(槍軍)이 나를 기다리고 있어요.

오, 페라스기아 나의 어머니 땅이여!

내 고향 내가 자란 미케네여, 안녕!

코러스 그대는 외눈의 거인들이 지은 페르세우스의 요새를 부르는 것이오?

이피게네이아 나를 그리스의 등불로 키운 나의 조국이여,

나의 죽음 속에서 내가 이를 기억하리라.

코러스 죽음도 물리치는 아가씨의 영광은 영원할 것이오.

이피게네이아 보세요. 대낮의 횃불을!

승리하는 그날의 첫 등불을 보세요!

나의 신성한 불입니다.

나는 다른 곳에서 다른 시간을 살 것입니다.

안녕히들 계세요. 밝은 햇빛이여, 안녕!

『바쿠스 여신도들』

▌배경

주신(酒神) 디오니소스는 테베의 왕 펜테우스의 궁 앞에 서 있다. 그는 그의 출생과 그의 밀교를 전파한 이야기를 들려준다. 이제 처음으로 그의 모친 세멜레의 도시에 디오니소스의 종교의식이 들어오게 되었다. 그러나 테베의 통치자는 그를 숭배하는 밀교를 반대한다. 이에 대한 저항으로 디오니소스는 테베 여인들의 격정을 발동시켜 황홀경에 빠지게 만드는 그의 의식을 거행하게 한다. 디오니소스는 이 도시에 겸손을 가르치고 이 도시가 그의 어머니에게 행한 잘못을 복수하려 한다. 테베의 현재 통치자 펜테우스는 카드모스의 외손자로 디오니소스 숭배를 거부하고 이를 물리친다. 그렇기 때문에 디오니소스는 펜테우스에게 그가 신이라는 사실을 보여주기 위해서 자신을 신이 아닌 인간의 모습으로, 디오니소스의 전도자로 가장하고 나타난다.

▌작품 소개

이 극은 에우리피데스가 아테네로부터 마케도니아로 자진 망명했을 때 쓰인 극으로 그의 사후 공연되었다. 기록에 의하면 『바쿠스 여신도들』만큼 고대 그리스 극장에서 인기 있고 자주 화제가 된 작품이 드물다. 디오니소스를 찬양하는 코러스의 노래와 작가의 아름다운 시적 감성은 빼어나다.

극은 디오니소스 자신이 테베를 방문하여 그의 혈통과 신적 특권을 선언하고 테베인들에게 그의 밀교를 소개하는 것으로 시작한다. 디오니소스는 헤라가 남편 제우스에게 번개를 보내게 하여 제우스가 사랑한 세멜레를 죽이고 그 때문에 그녀의 뱃속에 있던 제우스의 아기/디오니소스가 만기를 채우지 못한 채 태어났음을 설명한다. 사실 세멜레의 세 자매들은 이 사실을 믿지 않았고 신이 아닌 어떤 인간에 의한 임신을 숨기기 위해 그런 거짓을 꾸몄다면서, 이런 거짓에 대한 벌로 제우스가 세멜레를 번개로 쳤다고 생각한다.

테베인들 앞에 보통의 인간으로 변장하고 나타난 디오니소스는 그가 제우스의 아들이고 세멜레는 그의 어머니임을 입증할 것이며, 그를 섬기는 종교의식이 시작될 것을 선언한다. 디오니소스는 그의 이모들을 포함한 테베의 여인들을 그를 추종하는 광신도로 만들었다. 디오니소스의 헌신자들인 코러스는 끊임없이 그를 찬양한다. ". . . 신성한 정화를 위해 산속을 떼 지어 거니는 자는 복되도다. 디오니소스를 섬기는 자는 복되도다! . . . 들판에는 젖과 포도주가 흐르고 벌들의 넥타르가 흐른다네. 바쿠스 신의 지팡이는 시리아산 향연처럼 송진불이 활활 타오른다네. 춤추고 환호하며 돌아다니는 자들을 고무하고 숱이 많은 머리를 하늘 향해 휘날리며 고함치는 그분의 목소리는 우렁차도다. . . 달콤한 피리소리 성스럽게 울리며 배회하는 여인들을 산으로, 산으로 인도할 때, 풀 뜯는 어미 옆의 망아지처럼 바쿠스의 여신도들은 기쁨이 넘치고 흥에 겨워 민첩한 사지를 움직이며 껑충껑충 뛴다네."

눈먼 예언자 티레시아스와 디오니소스의 외조부 카드모스, 이 두 노인은 새로운 종교운동에 가담키로 결심하고 디오니소스의 비밀주신제(秘密酒神祭)에 참석한다. 티레시아스는 신이면서 인간인 디오니소스를 추종하고 테베의 왕 펜테우스에게 새로운 의식을 탄압하지 말고 받아들일 것을 열심히 충고한다. 카드모스는 티레시아스에게 말한다. "인간들에게 자기가 신이라는 사실을 입증해 보여주신 디오니소스는 내 외손자인 만큼, 우리가 힘이 닿는 대로 그분의 권능을 키워드려야 마땅할 것이오. 나는 어디서 춤을 추어야 하고, 언제 발을 들었다 놓았다 해야 하오? 어디서 백발을 흔들어야 하오? 노인인 그대가 노인인 나를 인도하시구려. . . 나는 튀르소스 지팡이를 가지고 밤낮없이 땅을 쳐도 지치지 않을 것 같으니, 내가 노인이란 걸 잊을 수 있다면 얼마나 좋을꼬! . . . 내가 이 나이에 담쟁이넝쿨 관을 쓰고 춤추려 하다니 부끄럽지 않냐고 말할 사람도 더러 있을 것이오." 티레시아스는 대답한다. "나도 마찬가지올시다. 나도 젊음을 느끼며, 함께 어울려 춤추고 싶소이다. . . 디오니소스 신께서는 젊은이들만 또는 늙은이들만 춤춰야 한다고 명하지는 않았소. 그분께서는 만인으로부터 존경받기를 바라시며, 어느 누구도 배제하지 않음으로써 자신의 권능이 커지기를 원하지요."

테베 여인들이 산으로 올라갔다는 소식을 들은 펜테우스왕은 여인들을 체포한다. 특별히 그는 긴 곱슬머리 금발에 두 눈에는 아프로디테의 꿀맛 같은 열정이 넘친다는 사나이, "밤낮으로 젊은 여인들과 함께 지내며 자신의 환희의 비의로 그들을 유혹한다"는, 밀교를 들여온 리디아의 이 전도자를 잡아들이고 싶어 혈안이 되어있다. 코러스는 펜테우스의 오만함에 대한 공포를 노래한다. 모든 여인들이 집을 버리고 산으로 올라가 밤을 새우며 문란한 행동을 한다면, 통치자로서는 마땅히 관심을 두어야 할 현상일 것이다. 티레시아스는 이렇게 지적한다. "디오니소스는 결코 여인들에게 정절을 지키도록 강요하지 않을 것이오. 여인들이 언제 어디서 정절을 지키느냐 하는 것은 전적으로 그들의 성격에 달려 있소. 바쿠스의 축제에서도 정결한 여인은 결코 타락하지 않을 테니 말이오." 이런 사실을 펜테우스가 의식하든 않든, 그는 디오니소스의 부드러운 미모와 여인들의 총애를 한 몸에 받고 있는 이 사나이를 부러워한다.

목동은 산에서 목격한 여인들의 광란을 보고한다. 나무 밑에서 잠자고 있는 여인, 야수를 만져주고 젖을 물려주는 여인, 우유 또는 포도주를 땅에서 솟아나게 하는 여인 등등의 목격담을 읊는다. 목동들은 펜테우스왕의 어머니 아가웨를 몰래 빼오려다 발각되어 쫓겨나고 도망 왔으나 불행히도 이들의 소 떼는 여인들 손에 갈기갈기 찢겼다는 것이다. 산에서 벌어진 일들을 목격한 목동은 그의 결론을 왕에게 말한다. "그 신이 누구든 간에 이 도시에 받아들이소서. 왕이여, 그분은 다른 여러 가지 점에서도 위대합니다. 들리는 소문에 의하면 그분이 바로 고통을 멎게 해주는 포도나무를 인간들에게 주었다고 하더이다. 인간들에게 포도주가 없다면 사랑의 기쁨도, 그밖에 다른 즐거움도 없어지고 말 것이옵니다."

디오니소스의 여인들이 평화롭게 산속에서 쉬고 있을 때 이들의 마음에는 모든 자연으로부터 분리된 인간의 적대심은 녹아내리고 화합의 축복에 도달한다. 그러나 이 여인들이 자신들의 마법을 방해하는 자가 나타나면 그때는 광포한 자가 되어 산골짜기 주민들을 공격하고 사슴을 찢는 야만적인 기괴한 행동을 한다. 에우리피데스는 디오니소스를 자연의 거울로 삼아, 평화와 폭동, 미소 짓는 용모와 파괴적인 마귀 모습의 극단적 양극화를 보여준다. 작가는 두 번에 걸친 메신저의 대사에서 놀랍도록 서로 모순된 모습을 그리고 있다. 바쿠스의 신도들의 행위를 전달하는 첫 번째 메시지는 펜테우스 앞에서 디오니소스 숭배의 실상을 들려주는 것이고, 두 번째 메시지는 극렬한 광신자의 모습을 들려주고 있다.

문제의 그 이방인 전도자가 사슬에 묶여온다. 그와 펜테우스는 서로를 인정하지 않고 논쟁한다. 펜테우스는 이방인을 감옥에 보낸다. 또 다른 코러스의 노래 후에 세멜레의 무덤에 천둥과 번개가 치고 감옥에 갇힌 여인들과 이방인이 쇠사슬을 풀고 나온다. 분노한 펜테우스는 바쿠스 신도들을 다스리려고 군대를 조직할 준비를 한다. 이방인은 펜테우스에게 군사를 동원하여 자신을 추종하는 여자들을 죽이려는 그의 계획을 포기하도록 설득한다. 그는 펜테우스에게 환희에 찬 이 여인들을 보고 싶지 않으냐고 묻는다. 그는 펜테우스가 여인들이 벌이는 광란의 장면을 보고 싶어 하는 약점을 간파하고 이를 이용한다. 갑자기 펜테우스에 대한 이방인의 지배력이 커지고 펜테우스는 최면에 걸린 듯 그가 제안하는 대로 따른다.

디오니소스의 신성을 부정하는 왕가의 자손 펜테우스가 이국적인 디오니소스의 의식을 추방할 때 이미 그는 자신의 파괴를 자초한 것이다. 이방인은 펜테우스를 여신도로 변장시키고 여인들에게 들키지 않고 몰래 볼 것을 권한다. 펜테우스는 집 안에 들어가서 의상을 갈아입는다. 디오니소스가 말한다. "펜테우스여, 보아서는 안 될 것을 보고 싶어 하고 서둘지 않아도 될 일을 서두는 자여, 집에서 나와서 내 앞에 모습을 보이시오." 사제로 가장하고 등장한 디오니소스는 기적을 행하고 급기야 펜테우스왕의 마음을 180도 돌려놓는다. 광란의 바쿠스 여신도들이 입는 여자 옷을 입고 지팡이와 사슴 가죽을 걸친 펜테우스는 이쯤에서 사물이 제정신으로 보이지 않는다. 펜테우스의 눈에는 이제 태양이 둘로 보이고, 산을 맨손으로 찢어 놓을 만큼 강력한 힘이 온몸에 솟아오름을 느낀다. 과연 그의 눈은 이방인으로 변장한 디오니소스 머리에 뿔이 솟아난 것을 본다. 이방인은 펜테우스를 산으로 데리고 간다. 강한 사람이 갑자기 무너지는 것을 지켜보는 건 곤혹스럽다. 정신이 몽롱하게 사로잡힌 펜테우스는 여자 옷차림으로 숲속에 들어가서 흥청대는 여신도들을 몰래 구경한다.

코러스 노래가 따른 뒤 메신저가 와서 이방인이 어떻게 그 큰 나무를 구부려서 펜테우스를 나무 꼭대기에 앉혔으며, 거기에 남자가 있는 것을 알아본 여인들이 나무뿌리를 뽑아버린 사실을 보고한다. 그리고 그 남자를 사자로 착각한 펜테우스의 어머니 아가웨가 여인들을 선동하여 그 몸을 갈기갈기 찢고, 아가웨는 바쿠스/디오니소스 신의 지팡이 위에 펜테우스의 머리를 꽂아 들고 기뻐하는 이야기를 상세히 들려준다.

카드모스는 사방에 흩어진 손자의 신체 부분들을 모아서 들고 온다. 아들의 머리를 들고 나타난 아가웨는 아버지와 아들 펜테우스를 찾으면서 그녀가 포획한 사자머리를 자랑하고 찬양한다. 문 위에 머리를 매달아 테베인들이 모두 볼 수 있게 하라고 외친다. 아가웨가 사자의 머리로 착각한 아들의 머리를 지팡이에 꽂아 들고 오는 장면에서 에우리피데스는 그리스드라마에서 볼 수 없는 극단의 장면을 연출한다. 그녀가 서서히 환각에서 깨어나는 이 장면은 작가의 목적이 달성되는 심리적 기술로 묘사된다. 황홀한 환상이 사라지기 시작하고 서서히 최면상태에서 깨어나는 아가웨는 자기가 죽인 것이 사자가 아니라 아들임을 알고 망연자실한다.

　첫 장면에서처럼 다시 한번 디오니소스는 신으로 나타나서 카드모스 가문의 남자들을 추방하여 펜테우스 왕족은 완전히 파괴된다. 아가웨와 그 자매들은 멀리 망명길에 오르고 디오니소스는 카드모스와 그의 아내 하모니아가 뱀이 되어 야만인 집단을 이끌고 헬라스의 도시를 습격하도록 명한다. 조부 카드모스에게는 오랜 고통을 치른 후에 축복된 땅에서 아내 하모니아와 함께 살게 될 것을 예언한다.

　펜테우스가 받는 벌의 정당성을 논하기에 앞서 우리는 아가웨와 펜테우스의 운명에 충격을 받는다. 디오니소스는 분명 강력한 신이지만 누구도 그가 자비롭기를 기대할 수는 없다. 이것은 어떤 이교도 신들도 마찬가지다. 에우리피데스의 『히폴리투스』(428 BC)의 첫 대사에서 아프로디테는 신의 속성을 들려준다. "내 권위를 존중하는 자는 나도 명예를 높여주지만, 내게 오만한 생각을 가진 자는 내가 반드시 넘어뜨리노라. 신들 역시 인간에게 존경받고 싶어 하는 특성이 있기 때문이다. 내 말이 진실임을 당장 보여주겠다"고 말한다.

　펜테우스는 그의 도시를 안정된 방법으로 통치하려고 최선을 다한다. 젊은 펜테우스왕은 이성적인 사회 질서를 순수하게 지켜내기를 원한다, 펜테우스가 원하는 질서는 법적 질서만이 아니라 삶의 질서를 찾는 것이다. 여기에는 여성을 적당히 통제하는 일도 포함된다. 그에게 디오니소스의 존재는 왕으로서 그가 꿈꾸고 실현시키고 싶은 사회 질서에 위협적이다. 펜테우스가 권한을 행사하기 전까지는 신속의 여인들이 이상한 행동은 보였어도 악을 행하지는 않았다. 더 크고 더 공개된 악을 저지르게끔 몰고 간 것은 결과적으로 펜테우스의 물리적 탄압 탓이다. 한마디로 자연적으로 나오는 행동은 위험하지 않으나 디오니소스적인 요소를 억압하는 행태는 부분적인 자살행위이고 파괴적일 수 있다는 것이 작가의 메시지다. 테베의 왕 펜테우스는 가장 야만스럽고 소름 끼치는 방법으로 그의 어머니 아가웨의 손에 의해 죽임을 당한다. 그렇다면 작가는 왕을 비이성적인 미치광이의 희생자로 그리는 것인가? 펜테우스는 어떤 의미로든 악한 인물이 아니고 그의 도시를 파괴적인 환경으로부터 보호하려는 책임감 있는 왕이다. 극이 끝날 때 아가웨에게 평생토록 망명 생활을 하게끔 벌을 내리는 것은 어쩌면 설득력을 얻을 수 있다. 펜테우스가 나쁜 왕이 아닌 것은 사실이지만, 한편 그는 어른들의 충고도 거부하고 자신의 생각과 논리에만 의존하는 지혜 없는 왕이다. 디오니소스 숭배는 파괴되어야 한다는 그의 주장은 인간의 본성을 거부하는 태도이다. 디오니소스는 인간의 원초적 본능을 포함한 힘을 대변하기 때문이다.

구조가 잘 잡힌 이 극은 질서의 공간에서 비이성적인 무질서한 공간이 가능한가 하는 질문에 대한 답을 시도한다. 통제/억제하려는 힘과 자유의 힘 사이의 대결장이다. 디오니소스가 암시하는 것은 사회에서 비이성에 대한 공간이 허용되어야 그 사회가 존재하고 번성한다는 것으로, 만일 그렇지 않으면 그 사회는 무너진다는 것이다. 이는 극단의 질서를 요구하는 체제와 집단적 격정이 몰고 오는 살인적 광기의 충돌을 피하기 위해서 중용의 지혜가 필요함을 보여준다. 따라서 이 극의 중요한 주제는 서로 반대/대립되는 이중성과 짝을 이루는 이원성이다. 이와 같은 양극의 힘은 디오니소스와 펜테우스 두 주인공에서 드러난다.

이 비극을 이해하는 데는 니체(1844-1900)가 설명하는 아폴로와 디오니소스의 대조가 도움을 준다. 니체는 그리스의 신화에서 그리스비극의 원천을 탐색했다. 아폴로 정신은 질서 있는 행동을 의미하고 법과 질서의 책임 있는 사회구조, 지성과 이성의 빛을 의미한다. 디오니소스 정신은 종교적 열광과 인간을 억압에서 풀어주는 감성주의를 의미한다. 니체에 따르면 비극의 탄생은 두 개의 서로 다른 인간의 성향에서 비롯된다고 결론 짓고, 질서 있고 분명하고 이성적인 것에 대한 욕구와 무질서하고 야성적이고 비이성적인 충동이 서로 갈등을 일으키는 데서 비극이 생성된다고 보았다. 그는 이 두 가지 충동을 그리스예술의 아폴로 신과 디오니소스 신의 의인화로 보고 있다. 즉 아폴로 정신은 이상적인 꿈을 제공함으로써 인간을 현실의 공포로부터 보호해준다. 그리스에서는 인간들이 신들을 그렇게 살게 함으로써 인간의 삶에 의미를 주는 방법으로 올림포스 신들을 창조하였다고 보는 것이다. 다른 한편 격렬한 디오니소스 정신은 인간이 자존심과 자만심을 포기하고 자연과 하나 된 원초적 존재임을 인정할 때 환상의 가면이 벗겨진다는 것이다. 니체의 비극관은 불멸의 개념과 밀접한 관련이 있다. 위대한 예술은 디오니소스와 아폴로의 요소들 사이의 균형을 요구하는 것으로, 따라서 니체는 기원전 5세기 그리스에서 소크라테스와 에우리피데스의 영향 아래 아폴로의 요소가 지배적이 되면서 이성주의가 디오니소스적인 관점을 얼버무렸기 때문에 비극이 쇠퇴하기 시작했다고 보았다.

태고 때부터 존재하고 반복되는 이성과 비이성적 힘 사이의 갈등을 보여주는 이 극은 도덕극이나 상징적 심리드라마와 비슷하다. 상징성이 매우 높은 이 비극은 에우리피데스의 신조 표명으로 매우 사실적이고 상상력이 뛰어난 작품이다. 극작가 에우리피데스는 광신적 행위를 통해 신에 의한 정의를 비판하는지도 모른다. 그는 이성도 그 한계가 있음을 확신하는 것으로 보인다. 즉 이성주의는 인간과 자연의 진리를 전적으로 철저히 규명할 수도 없고 비이성적 선동이나 격려를 극복할 수도 없음을 고백/고발하는 것으로 보인다. 자연을 부정하는 자들이 그들의 자아로 파괴되듯이 펜테우스는 디오니소스에 의해 파괴된다.

아테네인들은 아이스킬로스는 너무 엄격하고 소포클레스는 너무 초연하다고 생각했으나, 기원전 4세기의 새로운 정신세계에 반응하는 에우리피데스의 세계주의와 회의적인 태도를 높이 평가하면서 그를 가리켜 소크라테스 다음으로 지혜로운 자라는 찬사를 보냈다.

『바쿠스 여신도들』의 발췌 장면은 두 개로 나누었다.

▌『바쿠스 여신도들』

〈장면 1〉

펜테우스 (*병사들에게*) 그만하면 됐다. 그자를 풀어주어라. 그자는 지금
내 손 안에 있으니 움직일 수 없고 도망갈 수 없다.
(*디오니소스에게*) 이방인이여, 자네는 흉하게 생기지는 않았어.
자네가 이곳 테베에 온 이유는 여인들에게
자네의 그 잘난 외모를 보이고 싶어서겠지.
뺨에 흘러내리는 긴 머리와
레슬링 해본 적 없고, 햇볕에 그을려 본 적 없어 보이는
그 하얀 피부를 매력으로 삼아
여인들 마음을 낚으려는 거겠지.
자네는 대체 누구요? 어디서 왔소?

디오니소스 난 잘난 자가 아니오. 그러나 대답하리다.
트몰로스라 불리는 강을 들어보았소? 꽃이 만발한 곳이오.

펜테우스 그래 그 강을 알지. 사르디스 마을 주위를 흐르는 강 아닌가.

디오니소스 난 그곳 출신으로 내 나라는 리디아요.

펜테우스 그대가 행하는 비밀의식이 어떻게 해서 이곳 그리스로 들어오게 된
것이오?

디오니소스 제우스의 아들 디오니소스가 내게 영감을 주었소.

펜테우스 리디아에도 새로운 신들을 낳을 수 있는 힘센 제우스가 또 있단 말이
오?

디오니소스 아니오. 디오니소스는 이곳 테베에서 제우스와 세멜레 사이에서 태
어났소.

펜테우스 디오니소스는 제우스의 억누를 수 없는 충동적인 욕망을

밤에 받았던 거요? 아니면 대낮에 "영감"으로 받았나?

디오니소스 난 디오니소스를 보았고 그도 나를 보았소.

서로 대면하는 가운데 자신의 비밀의식을 내게 전수해 주었소.

펜테우스 그렇다면, 그 비밀의식이란 게 대체 어떤 거요? 말해 줄 수 있겠소?

디오니소스 디오니소스가 태어난 것을 모르는 자,

그에게 입문하지 않은 자에게는 나타나지 않을 것이오.

펜테우스 비밀의식을 공유하는 그들에게는 어떤 이익이 있는 거요?

디오니소스 발설하면 안 되지만, 그러나 그런 사실을 알아두는 건 중요하오.

펜테우스 자네는 영리하지만 가짜야!

듣고 있자니 궁금해지는군.

그대는 디오니소스를 분명히 대면했다고 하는데,

그의 모습은 어떻게 생겼소?

디오니소스 당신이 원하는 모습대로 보여 줄 수 있소.

내가 꾸민 것은 아니지만.

펜테우스 좋소. 그런데 그대는 또 한 번 핵심을 피하는군.

공허하고 의미 없는 소리만 하고 있으니 말이오.

디오니소스 가장 큰 진실은 이해될 때까지는

때로 미치광이 소리처럼 들리지요.

펜테우스 그대는 이곳을 방문하면서 그 신을 처음 인도했다는 것이오?

디오니소스 아니오. 동쪽의 모든 민족이 그 의식을 따르고 있소. 춤을 추고 살
지요.

펜테우스 그자들은 이성 없는 종족이고, 우리 그리스인은 훨씬 현명하니까.

디오니소스 그렇지 않소. 방법의 차이가 다를 뿐,

이 경우에는 그리스인들이 이성이 없는 것이오.

펜테우스 그대가 말하는 그 의식은 신성한가? 밤에 하는 거요? 아니면 대낮에?

디오니소스 주로 밤에 하지요. 어둠은 근엄한 분위기를 줍니다.

펜테우스 여자들에게 밤 시간은 위험하고 음탕한 시간이오.

디오니소스 사람들은 대개 대낮에 죄를 짓는 것으로 알고 있소.

펜테우스 그대는 궤변을 늘어놓는군! 벌 받게 될 것이네.

디오니소스 그 신비한 의식을 불경하다고 하는 당신의 어리석음이 벌 받게 될
　　　　　 것이오.

펜테우스 술주정뱅이 춤꾼이 언변 훈련도 잘 받았군.

디오니소스 자, 벌을 내리시오. 무슨 끔찍한 운명의 벌을 내게 주려는 것이오?

펜테우스 우선, 그 흘러내리는 머리부터 잘라버리겠다.

디오니소스 내 머리에 손대지 마시오. 이 머리는 디오니소스 신을 위해 기르는
　　　　　 것이오.

펜테우스 그리고 자네가 들고 있는 그 지팡이를 내게 넘기라.

디오니소스 내게서 직접 빼앗아 보시오. 내가 지닌 이 지팡이는 디오니소스의
　　　　　 소유물이오.

펜테우스 그렇다면 그대를 투옥시킬 것이고, 절대로 옥문을 벗어날 수 없지.

디오니소스 디오니소스 신은 내가 원하기만 하면 나를 풀어줄 것이오.

펜테우스 그래? 그렇다면 그대가 그대의 추종자들과 함께
　　　　　 디오니소스를 부르기만 하면 되겠군.

디오니소스 그가 당신을 지켜보고 있소. 이 순간에도
　　　　　 내게 일어나고 있는 일을 그가 모두 지켜보고 있소.

펜테우스 그럼 그는 지금 어디 있는 거요? 내 눈엔 안 보이는데.
　　　　　 왜 내 앞에는 모습을 드러내지 못하는 것이오?

디오니소스 내가 서 있는 이곳에는 지금 드러나 있소.
　　　　　 오만하게 짜증 내는 당신 눈에는 아무것도 보일 리가 없지.

펜테우스 그대는 화가 단단히 났군.

디오니소스 난 정상이고 당신은 정상이 아니오. 나를 풀어주시오.

펜테우스 (*병사에게*) 이자를 감옥으로 끌고 가라. 이곳의 주인은 나다. 권력을

가진 자는 나야.

디오니소스　당신 인생이 어떤 것인지, 지금 무슨 짓을 하고 있는지,

당신이 누구인지 그대는 모르고 있소.

펜테우스　난 에키온과 아가웨의 아들 펜테우스다.

디오니소스　펜테우스, 그 이름은 재앙을 당할 이름이오.

펜테우스　사라져 버려! 어서 꺼져 버려! 이자를 가까운 마구간에 가둬라.

껌껌한 어둠 속에서 춤을 추어라!

그대가 이곳에 데리고 온 여인네들을

우리가 팔아버리든지 노예로 삼든지 할 것이니까.

요란하게 가죽 북을 치는 행위 대신 베틀을 돌리고

베 짜는 일을 시킬 것이다.

이 여인네들은 내게 속한 자들이다.

디오니소스　난 이제 떠나겠소. 고통당할 필요 없는 일에

내가 공연히 이렇게 당할 일은 아니지.

디오니소스는 당신의 끔찍스러운 교만한 행동을 벌줄 것이오.

당신은 디오니소스가 존재하지 않는다고 말하는데,

나를 감옥에 보내는 당신이야말로

당신이 부정하는 디오니소스 신에게 벌을 받을 것이오.

〈장면 2〉

(디오니소스는 감옥에서 도피했다. 그의 감옥이었던 마구간에는 거대한 황소 한 마리만 남아있다. 그는 펜테우스와 다시 마주한다. 펜테우스는 디오니소스를 자유롭게 하는 초자연적 권력을 인정하기를 거부함으로써 그를 모욕한다. 디오니소스 신은 미소 지으며 펜테우스 앞에 조용히 서 있다.

메신저는 달려와서 디오니소스 추종자들이 거칠게 약탈하고 짐승의 사지를

찢는다는 소식을 전하면서 이 현상을 위대한 신의 작용으로 결론짓는다.)

펜테우스　자, 알겠다. 그렇다! 여신도들의 횡포가 점점 심해지는구나!
　　　　　참을성 없는 이들의 미친 짓이 불길처럼 타오르는구나!
　　　　　그리스인들이 우리를 모두 멸시한다. 이제 단단히 버텨야 한다.
　　　　　엘렉트라 문으로 가서 군사들을 무장시켜라.
　　　　　기병대, 창잡이, 활잡이, 전부 출전시켜라.
　　　　　우리는 즉시 바쿠스 신도들과 싸울 것이다.
　　　　　이런 망신을 당하다니! 참을 수 없지. 그동안 많이 참아주었어.
　　　　　한 무더기 미친 여자들한테 더 이상 당하고만 있을 수는 없다.

디오니소스　펜테우스, 당신에게 일러주었으나 결코 듣지를 않았소.
　　　　　당신은 내게 수모를 안겨주었지만,
　　　　　신에 대항하여 무기를 들지 말고 가만히 있으시오.
　　　　　신은 바쿠스 여신도들을 혼란시키는 행위를 용서하지 않을 것이오.
　　　　　방해하지 말고, 그들이 산에서 행복한 시간을 보내도록 가만히 두시오.

펜테우스　내게 설교하지 마라. 그대는 감옥에서 도망했어.
　　　　　자유의 몸이 된 지금 그 상태를 지키고 싶으면 가만히 계시오.
　　　　　나서서 반항하면 다시 처벌할 것이니.

디오니소스　나는 차라리 디오니소스를 위해 희생하겠소.
　　　　　화를 내며 당신과 싸우지 않을 것이오.
　　　　　디오니소스는 신으로서의 영원한 권력을 지녔지만
　　　　　당신은 한낱 인간에 불과하오.

펜테우스　내가 제물을 바쳐 신을 다룰 것이오!
　　　　　여인들 피를 제물로 바칠 것이다.
　　　　　그게 그 여신도들에게 어울리는 일이지.
　　　　　키타이론산에 피를 흠뻑 뿌려줄 테다.

디오니소스   당신은 수치스러운 수단으로 패주할 것이오.

당신은 패하게 되어 있소. 당신의 청동방패도

바쿠스 여신도들의 나무지팡이를 물리치지 못하오.

그들 앞에서 당신은 꼬꾸라지고 말 것이오.

펜테우스   내 앞에서 이자를 없애줄 자 누구 없느냐?

누가 나서서 날 좀 도와줄 자 없느냐?

이자에게 내가 무슨 일을 해도,

이자가 내게 무슨 말을 해도 달라질 건 없어!

이자는 오직 말, 말, 말뿐이다!

디오니소스   참으시오. 아직은 당신이 이 일을 해결할 시간이 있소.

아무 문제 일으키지 않고 해결이 가능하오.

펜테우스   어떻게? 어떻게 가능하다는 거요?

날 보고 이 나라에서 가장 천한 자들보다

더 천한 노예가 되라는 거요?

디오니소스   내가 여인들을 설득해서 무기를 지참치 않은 채

그들을 이곳으로 데려오겠소.

펜테우스   그래, 그거 고맙군. 거창한 계략이군.

디오니소스   그런 말은 마시오. 난 당신이 다치지 않기를 바라서 하는 일이오.

펜테우스   그건 그대의 친구들과 꾸민 계략이 아닌가.

춤추는 무질서한 제의 행위를

영원히 지속시켜주려고 모의한 계획이겠지.

디오니소스   그 계획은 분명 맞소. 디오니소스 신과 함께했소.

펜테우스   그대는 입 다물라! 병사들은 어서 가서 내 무기를 꺼내오너라.

디오니소스   잠깐! 잠시 참고 기다리시오!

당신은 이 여신도들이 보고 싶지 않소?

산 위에서 쉬고 있는 그들을 보고 싶지 않소?

펜테우스 그래, 보고 싶다. 그렇다. 보게 해주는 값은 치르겠다.

　　　　얼마를 주면 되겠느냐? 황금 천 량? 만 량?

디오니소스 당신은 내 뜻에 푹 빠져 있구려. 참고 기다릴 줄을 모르는군.

　　　　그토록 빨리 보고 싶어 안달하는 이유가 뭐요?

펜테우스 여인들 꼬락서니가 기껏해야 구제할 길 없이

　　　　술에 취한 모습일 테지.

　　　　구역질 나는 광경이겠지만... 그래도 보고 싶다.

디오니소스 구역질 나는 그 광경이 그럼에도 진정 보고 싶단 말이지요.

　　　　무척 끌리는 모양이지요?

펜테우스 그렇소. 보고 싶다고 내가 말했잖소.

　　　　조용히 소나무 숲에 숨어서 지켜볼 것이오.

디오니소스 은밀히 접근해도 여인들은 당신의 냄새를 이내 알아낼 것이오.

펜테우스 좋은 지적이야. 그걸 깜빡 잊었군.

　　　　그렇다면 오히려 내 정체를 드러내고 공개적으로 가겠소.

디오니소스 내가 당신을 인도하면, 어떻소?

　　　　산으로 가는 길이 우리 앞에 보이는데,

　　　　나하고 같이 갈 용기는 있소?

펜테우스 갑시다! 지금 당장 날 데리고 가시오. 일각이라도 빨리.

디오니소스 그럼 먼저 의상을 바꿔 입어야 하오. 얇은 드레스로 갈아입으시오.

펜테우스 그건 또 왜? 난 남자요. 여자 옷을 입지 않겠소.

　　　　그래야만 하는 이유가 뭐요?

디오니소스 그렇지 않으면 그들이 당신을 죽일 수 있어요.

　　　　어떤 남자가 자기들을 지켜보는 걸 알아차리면,

　　　　무슨 일이 일어날지 상상해 보시오. 당신을 죽일 거요.

펜테우스 그럴지도 모르겠군. 알겠소.

　　　　내가 미처 깨닫지 못했는데, 그대는 영리해.

디오니소스 디오니소스 신이 내 안에 살아 있소.

펜테우스 그럼, 그대의 충고를 어떻게 수행하면 되는 거요?

디오니소스 집 안에 들어가서 당신이 그곳에 갈 수 있도록 준비를 도와주겠소.

펜테우스 어떤 준비를? 여자 옷을 나에게 입히겠다는 거요?

　　　　오, 그건 안 돼. 안 돼. 그런 창피한 짓을 난 할 수 없어.

디오니소스 용기를 잃은 거요? 광적인 그 여인들을 보고 싶지 않소?

　　　　벌써 관심이 사라졌소?

펜테우스 내가 어떤 치장을 하면 되는 거요?

디오니소스 어깨까지 길게 내려오는 가발을 써야 하오.

펜테우스 그것 이외에 또 뭐가 있소? 의상 말고 또 뭐가 있냐고?

디오니소스 머리에는 두건을 두르고, 긴 겉옷을 입어야 하오.

펜테우스 어떤 장신구를 걸치라는 거요?

디오니소스 넝쿨로 덮인 지팡이를 들고 어린 얼룩사슴 가죽을 걸치시오.

펜테우스 안 돼. 절대로 내가 여자 옷을 입을 수는 없어.

디오니소스 그럼 어떻게 하렵니까? 들켜서 여인들과 싸우렵니까?

　　　　괜한 피를 흘리려는 거요?

펜테우스 그대 말이 옳아. 더 앞서 나아가기 전에 내가 먼저 현장을 살펴봐야겠다.

디오니소스 더 나쁜 꼴 당하기 전에 그렇게 하는 편이 좋겠군요.

펜테우스 남의 눈에 뜨이지 않고 테베 거리를 통과할 방법이 있겠나?

디오니소스 방책을 찾아보지요. 내가 안내하겠소.

펜테우스 그렇게 하게.

　　　　난 절대로 저 광신자 여인들의 노리개가 되지 않을 것이다.

　　　　함께 들어가세. 이 계획을 생각해 보겠다.

디오니소스 결정하는 대로 진행하겠소. 지나치게 문제 될 건 없어요.

펜테우스 일단 들어가세.

내가 내 군대를 불러 그곳으로 함께 행진할지도 모르니까.
아니면 그대의 조언대로 진행하든지, 두고 보자고

『토리스의 이피게네이아』

▌ 배경

　　이피게네이아 신화를 다룬 에우리피데스는 아울리스에서 딸을 제물로 희생시킬 때 아르테미스 여신이 이를 짐승으로 대체하고 그녀를 야만의 땅 토리스로 데려간 것으로 되어 있다. 토리스 땅에 발을 들여놓는 모든 이방인들은 아르테미스의 희생제물이 되었다. 이피게네이아는 아르테미스 신전의 여사제로 이방인들을 제물로 봉헌하는 임무를 맡았다. 극이 시작하기 얼마 전 이피게네이아의 남동생 오레스테스는 어머니 클리타임네스트라를 죽인 죄 때문에 아폴로 신탁에 의해 토리스로 가서 아르테미스(아폴로의 쌍둥이 누이)의 신상을 아티카로 가져오라는 명을 받았다.

▌ 작품 소개

　　이 극은 플롯상 이야기 전개와 인물 구성에서 에우리피데스의 극작술이 어느 작품에서보다 잘 드러난다. 멀리 떨어진 장소와 이를 둘러싼 경이로운 분위기는 극의 전체적 효과를 약화시키지 않으면서 오히려 마지막 기적을 받아들이기 쉽게 만든다. 아리스토텔레스는 두 남매의 정체를 확인해주는 장면이 자연스럽게 진행된 점을 지적하고 이를 최고의 장면으로 높이 평가했다.

　　에우리피데스는 분명 아트레우스 가문의 전설에 매료되어 있다. 그가 쓴 『토리스의 이피게네이아』를 비롯하여 『엘렉트라』『오레스테스』『아울리스의 이피게네이아』는 모두 이 가문에 대한 이야기다.『토리스의 이피게네이아』의 내용은 줄거리의 진행상 에우리피데스 말년에 쓴『아울리스의 이피게네이아』이야기의 뒤를 잇는다. (이 "명장면 20선" 책에서는 이야기의 흐름을 돕기 위해서『토리스의 이피게네이아』의 차례를『아울리스의 이피게네이아』다음에 놓고 있다.)

몇 년 전 젊은 공주 이피게네이아는 아버지 아가멤논왕에 의해 아울리스에서 제물로 바쳐지려는 순간에 아르테미스 여신이 끼어들어 제단의 그녀를 사슴과 바꾸어 놓았다. 성경『창세기』에서 아브라함이 아들 이삭을 제물로 바치기 위해 죽이려는 순간 한 마리 양과 대체된 사건과 유사하다. 이피게네이아는 토아스왕이 지배하는 토리스의 아르테미스 신전의 여사제로 봉직하면서, 이곳에 들어오는 이방인들을 제물로 희생시키는 왕의 명령을 이행하고 있다. 이 지역의 통치규약은 그리스인은 누구든 잡히면 희생제물이 되어야 하는 것이다.

강제성을 띤 토리스의 종교행위를 증오하는 이피게네이아는 고국 그리스의 가족과 연결되기를 갈망한다. 그녀는 가족에게 아르테미스 여신에 의해 기적적으로 살아남게 된 것은 감사한 일이지만, 지금 그녀가 담당하고 있는 끔찍한 여사제의 역할을 벗어나서 고국에 돌아가고 싶다는 소식을 전할 수 있기만을 고대한다.

이피게네이아는 그녀 가문의 궁이 큰 기둥 하나만 남기고 무너져 폐허가 된 꿈을 꾸었다. 그녀는 이 꿈을 통해서 동생 오레스테스가 죽은 것으로 믿고 있다. 그러나 오레스테스는 살아있고 친구 필라데스의 도움을 받아 아버지 아가멤논의 원수를 갚기 위해 어머니 클리타임네스트라를 죽였다. 그는 이 일로 복수의 여신들에게 쫓기고 있으며 이들이 내린 벌로 광증에 시달린다. 그는 아폴로 신의 지시에 따라 재판을 받기 위해 아테네로 간다. 결과는 그에게 유리한 판결이었음에도 그는 계속 복수의 여신들로부터 괴롭힘을 당하고 있다. 아폴로는 아르테미스의 성상을 훔쳐서 아테네로 가지고 오면 복수의 여신들로부터 그가 자유로워질 것이라며 그를 토리스로 보낸다. 오레스테스와 필라데스가 토리스섬에 도착한다. 이들은 토리스인들이 아르테미스 신전에서 그리스인의 피를 희생제물로 삼는 것을 알고 있다.

코러스와 이피게네이아는 동생이 죽은 것으로 믿고 애통해한다. 소몰이꾼이 여신께 희생제물로 바칠 두 명의 그리스인을 붙잡았다고 이피게네이아에게 보고한다. 그와 그의 동료들이 들판에서 소 떼를 먹이고 있을 때 두 명의 잘생긴 청년들을 보고 이들이 신인 줄 알고 기도했는데, 한 청년은 경건심이 없고 당돌한 죄인으로 이들의 기도를 멸시하고 자신들은 "난파한 항해자들"이라고 했다고 전한다. 이피게네이아는 희생제물로 잡힌 자가 헬레네였으면 하고 내심 바랐다. 이피게네이아는 이제 오레스테스가 죽었기 때문에 자기는 마음이 고운 여자가 아니라는 독백을 한다. "나는 우리 여신을 이해할 수 없구나. 여신께서는 어떤 인간이 살인을 하거나 출산을 돕거나, 시신을 만지면 그를 불결하다 여기고 제단에서 물리치면서도 자신은 인간제물을 받고 좋아하다니! 제우스와 레토 사이에서 그처럼 분별없는 자식이 태어났다는 사실을 믿을 수 없구나. 나는 제 아들의 고기로 신들을 접대했다는 탄탈로스의 잔치도 믿을 수 없는 이야기라고 생각한다. 오히려 이곳 사람들이 스스로 살인자면서 여신께 자신들의 죄과를 떠넘기는 것이라 믿고 싶구나. 신이라면 어떤 신도 이렇게 악할 수 없다는 게 내 신념이니까."

이피게네이아는 쇠사슬에 묶여 들어오는 포로들을 마주하고 묻는다. "당신들은 형제요?" "사랑하는 형제지만 출생은 다르오." 오레스테스는 그의 이름을 밝히기를 거부하면서, "내 이름을 불행자라 부르는 게 좋겠소." 그러나 그가 그리스 사람임을 시인하자, 이피게네이아는 오레스테스에게 많은 질문을 한다. 특히 트로이에서 싸운 그리스인에 대하여 묻고 헬레네가 메넬라오스에게 돌아왔는지, 칼카스, 오디세우스, 아킬레스, 아가멤논의 운명은 어떻게 되었는지에 대하여 묻는다. 그녀는 아가멤논은 클리타임네스트라의 손에 죽었고, 클리타임네스트라는 불행 가운데 살고 있는 아들 손에 죽었다는 사실을 그를 통해 알게 된다. 이 말을 들은 이피게네이아는 두 명의 이방인 중 한 사람은 편지 한 통을 아르고스에 전해주고, 남은 한 사람만 희생제물로 바치기로 한다.

이피게네이아는 청년에게 자기가 써주는 편지를 갖고 그리스에 가줄 것을 제안하고 그의 목숨을 살려준다. 오레스테스는 그녀의 제안을 받아들인다. 그러나 여기서 살아나갈 자는 자기가 아니고 그의 친구 필라데스라는 조건을 단다. 오레스테스는 그가 데리고 온 친구 필라데스를 죽게 할 수는 없기 때문에, 자신이 희생되고 필라데스를 편지와 함께 고향에 보내기를 요청한다. 오레스테스는 진지하게 설명하기를, 자신의 불안정한 정신 상태로 볼 때 그런 자신은 다른 사람들에게 짐이 된다는 것이다. 따라서 오레스테스의 생각은 필라데스가 고향에 돌아가서 엘렉트라와 결혼하여 가족을 이루고 사는 게 낫다는 설명이다.

필라데스는 편지를 전하겠다고 약속하고, 행여나 배가 파선될 경우를 대비하여 편지의 내용을 알고자 한다. 내용은 이렇다. ―죽은 줄로 알고 있는 아울리스에서 희생된 이피게네이아는 아직 살아있다. 아르테미스 여신은 사슴을 대신 제물로 올리고 나를 이곳으로 데려왔다. 오레스테스가 어서 와서 나를 이 미개한 땅에서, 이방인을 죽이는 끔찍한 사제의 임무에서 구해주기를 바란다. 그렇지 않으면 난 오레스테스 가문의 저주가 될 것이다. ―이런 내용을 소상히 밝히고 있다. 필라데스의 제안에 따라 그녀는 "오레스테스에게 이피게네이아로부터"로 시작하는 편지를 낭독하면서 내용을 확실하게 전달한다. 내용을 들은 후 이피게네이아의 정체를 알게 된 필라데스는 편지를 받아 정식으로 이 자리에 있는 당사자인 오레스테스에게 넘겨준다. 오레스테스는 누나가 수놓던 일, 그녀 방 한구석에 있던 조상 펠롭스의 창 등 어린 시절의 기억을 언급하면서 그의 정체를 분명히 확인시킨다.

오레스테스의 정체를 확인한 이피게네이아는 그를 끌어안는다. 이제 세 사람은 성상을 어떻게 훔칠 것인지 계획을 세운다. 이 일이 성공하면 분노의 여신들의 추적에서 해방될 수 있다. 오레스테스는 아직도 이것이 아폴로의 처방이라고 생각한다. 신전에서 성상을 훔치는 일은 가장 큰 범죄로 간주되었음을 기억할 필요가 있다. 오레스테스, 필라데스, 이피게네이아는 도피를 계획한다. 이피게네이아는 오레스테스가 찾고 있는 아르테미스 상을 가지고 온다. 토리스 왕 토아스가 들어와서 그녀에게 두 명의 이방인의 의식이 행해졌는지 묻는다. 이피게네이아는 신전에서 아르테미스 석상을 찾아왔고 이방인들이 상 앞으로 왔을 때 그 상은 돌아서서 눈을 감고 있었다고 설명한다. 이피게네이아는 이에 대하여 토아스왕에게 이렇게 해석한다. 이방인들은 친족을 죽인 죄의 씻음을 받아야 하고 석상도 씻음을 받아야 한다. 그래서 이방인들과 석상을 바다에서 씻어주고 깨끗한 제물로 삼고 싶다고 설명하자, 토아스는 이피게네이아를 의심하지 않고 그렇게 하도록 허락한다. 사실을 이용하여 속임수를 만드는 것이다. 모친살해 사건을 들은 토아스는 충격을 받고 외친다. "어떤 미개인도 그런 짓은 하지 않는다!" 토아스는 그의 백성을 위해 이 일을 하는 이피게네이아에게 고마움을 표한다.

정화의식을 장시간 기다리던 수비병들이 그리스인들이 훔친 성상을 들고 배를 타고 고향에 가려고 준비 중임을 발견한다. 역풍으로 빠져나가기 힘든 좁은 해협이어서 토아스가 풀어놓은 기병대는 족히 도망자들을 잡을 수 있는 곳이다. 그러나 그때 기계신으로 등장한 아테나가 "내 백성을 가게 하라"고 명하고, 토아스는 여신의 요구를 받아들인다.

에우리피데스는 오레스테스와 관련해서 중요한 주제를 다양화한다. 오레스테스가 이피게네이아 앞에 죄수로 나타났을 때 그는 동정을 경멸한다고 말한다. 이피게네이아가 그의 이름을 물을 때 자신을 "불행자"라고 대답하는 방법은, 그의 비참한 상태를 암시하는 것이다. 그러나 한편 그의 친구 필라데스를 자유롭게 놓아주기 위해서 자신의 희생을 주장할 때 그의 고귀한 성격이 드러난다. 에우리피데스의 극에서 이기심 없는 사랑은 항상 구원의 표시이다. 토아스 왕은 그들 미개인은 그리스인 오레스테스가 한 것처럼 모친살해를 하지 않는다고 주장하지만, 그럼에도 그는 사원의 처녀들까지 포함한 모든 그리스인의 학살 명령에 대해서는 전혀 양심의 가책이 없다.

이 극의 중심 주제는 신의 부당성과 인간의 고통이다. 이피게네이아는 아르테미스 여신에게 속박되어 있다. 제물 희생자였던 이피게네이아는 이곳에서 모든 이방인들과 그리스인들을 희생제물로 삼는 의식을 돕는, 그녀가 끔찍이 싫어하는 임무를 맡고 있다. 아르테미스는 사건 전체의 가해자이다. 첫눈에 보면 아폴로와 아르테미스, 쌍둥이 남매 신들은 잔혹한 모습으로 나타난다. 그러나 이런 관점을 완화시키는 또 다른 면이 있다. 오레스테스는 그의 죽음의 문턱에서 살 기회가 주어졌으나 필라데스를 구하기로 결정한다. 아폴로는 그를 적의를 품은 희생자보다는 자유로운 인간으로 행동하도록 토리스로 보냈는지도 모른다. 이런 선택 후에 조화가 따른다. 이피게네이아는 오레스테스의 도피를 돕고, 그들이 함께 배를 탈 때 오레스테스는 누이의 목숨을 구해줌으로써 호의를 베푼다. 그리고 가장 위험한 순간에 아테나 여신이 타인을 돕는 자들을 신들도 돕는다는 것을 보여줌으로써 이들을 구하려고 도착한다. 에우리피데스는 스스로 희생자로 간주하는 동안은 고통을 받을 수밖에 없으며, 오직 다른 사람을 위해서 이기심을 버릴 때 고통이 멈추고 신들도 그런 자들을 돕는다는 뜻을 보여준다.

미개지 토리스에서 몇 년을 지낸 이피게네이아는 그녀가 태어나고 어린 시절을 보낸 고향에 돌아가고 싶은 마음이 간절하다. 이 극에는 두 개의 중요한 클라이맥스가 있다. 첫째는 죽은 줄로 믿고 있던 동생이 포로가 되어 재회하는 일이고, 둘째는 세 사람이 도망갈 계획을 세우고 아테나 여신의 도움으로 모든 난관을 극복하는 것이다. 이 비극은 낭만적 멜로드라마 요소가 많다. 그리스인이 아닌 세련되지 못한 미개인이라도 그리스인만큼 용감하고 명예로울 수 있다는 점을 이 로맨스에서 에우리피데스는 보여준다.

셰익스피어처럼 에우리피데스도 그의 후반기에 세상에 대한 긍정적 세계관을 보이는 새로운 로맨스 장르에 기울었다. 에우리피데스는 『트로이의 여인들』과 같은 무거운 비극을 쓴 이후, 흡사 셰익스피어가 『리어왕』(1605)과 『맥베스』(1606)를 쓴 이후 희비극적 요소가 강한 『심벌린』(1609)과 『폭풍』(1611)을 쓴 것처럼, 현실문제에서 극작의 방향을 돌려 로맨스 쪽으로 기울었다. 그의 『엘 렉트라』에서도 희비극적 요소가 담겨 있음을 감지할 수 있다.

흥미 삼아 괴테의 『토리스의 이피게네이아』(1779) 번안을 언급해 본다. 괴테는 잘 짜인 그의 극에 에우리피데스의 플롯을 그대로 사용하고 있지만 한 가지 의미 있는 예외가 있다. 토아스로 하여금 이피게네이아를 사랑하는 인물로 만든다. 토아스는 만약 그녀가 그와 결혼해주면 그리스인들을 희생제물로 삼지 않고 살려주겠다고 약속한다. 그녀는 "난 절대 당신과 결혼하지 않는다"고 결혼 요청을 거듭거듭 거부한다. 토아스는 결혼에는 이르지 못하지만 순수한 노처녀 의 존재가 정열적인 미개인의 마음을 녹여주어 그리스인들을 놓아준다. 5세기 그리스인들이 괴테의 변형된 도덕적 이야기를 듣는다면 의아해할 것이다. 시대 마다 주어진 사회상에 따른 도덕적 윤리 기준이 존재함을 인식시켜준다.

▋『토리스의 이피게네이아』

(*이피게네이아는 편지 한 통을 들고 등장하여 오레스테스와 필라데스에게로 간다.*)

이피게네이아   이방인들이여, 내 옷소매 안에 편지가 있어요.
그러나 좀 더 확인해봐야겠어요.
여기서 위험을 벗어나는 순간
두 분의 마음이 변할지도 모르고,
이 편지에 대한 관심을 잊을까 염려도 됩니다.
이 편지를 아르고스에 전달할 당신의 친구가
안전하게 위험을 벗어나서 고향에 도착하면,
그간의 긴장도 풀리고, 편지 전하는 임무를
행여 잊게 되지나 않을까 걱정스럽습니다.

오레스테스   원하는 게 무엇인가요? 어떻게 확신시켜 드리면 좋겠습니까?

이피게네이아   편지를 가져가는 사람이 아르고스에서 내 편지를 받아볼 분에게
정확히 전달하겠다는 맹세를 하는 것입니다.

오레스테스   그럼 당신도 똑같이 맹세하겠습니까?

이피게네이아   무엇에 대한 맹세를 말하는지요?

오레스테스   야만인이 지키는 이곳의 해안을
무사히 벗어날 수 있게 해주겠다는 맹세요.

이피게네이아   편지를 전해줄 자가 살아서 가지 못한다면
나의 약속도 지켜줄 수 없겠지요.

오레스테스   왕이 이 일을 허락할까요?

이피게네이아   내가 허락을 받아 내겠습니다.
당신 친구가 배에 오르는 것을 내 눈으로 직접 확인할 거예요.

오레스테스　필라데스여, 이분께 맹세하게.

　　　　　아가씨는 이 친구에게 어떤 맹세를 해야 하는지 말해 주십시오.

이피게네이아　내 편지를 나의 친구들에게 반드시 전해주겠노라고 맹세하세요.

필라데스　아가씨의 친구들에게 편지를 반드시 전해줄 것을 맹세합니다.

이피게네이아　나는 왕의 허락을 받아서 그대가 험한 바위들을

　　　　　안전하게 벗어나게 해줄 것을 맹세합니다.

필라데스　아가씨는 어떤 신의 이름으로 맹세합니까?

이피게네이아　내가 여사제로 봉사하고 있는 이곳 신전의

　　　　　아르테미스 여신의 이름으로 맹세합니다.

필라데스　저는 하늘의 왕, 권력의 신 제우스 이름에 걸고 맹세합니다.

이피게네이아　만일 당신이 맹세를 어긴다면?

필라데스　그럴 경우, 내가 고향에 돌아갈 수 없게 하십시오. 그러나 만일

　　　　　당신이 맹세를 저버리면- 내가 이곳에서 무사히 나가지 못한다면-

이피게네이아　그렇게 되면, 나 또한 고향에 돌아가지 못하겠지요.

　　　　　오 나의 사랑하는 조국 아르고스-

필라데스　우리가 미처 생각지 못한 중요한 부분이 있어요.

　　　　　만약 내가 탄 배가 풍랑을 만나 파선되고

　　　　　다른 물건들과 함께 편지가 분실되면, 그때는 어떻게 됩니까?

　　　　　내가 벌거벗은 채 해변가로 헤엄쳐 이 몸만 살아난다면?

　　　　　그렇게 되어도 우리의 맹세는

　　　　　여전히 구속력이 있는 건가요, 없는 건가요?

이피게네이아　그럼 이렇게 하지요. 내가 쓴 편지 내용을 당신에게 말해주겠어요.

　　　　　그러면 당신이 그 내용을 나의 친구에게 되풀이해 줄 수 있겠지요?

　　　　　만약 살아서 편지를 지니고 있다면 그대로 전달할 것이고,

　　　　　편지가 실종되고 당신은 살아남는다면

　　　　　당신은 여전히 편지 내용을 기억할 수 있겠지요.

필라데스 그렇게 하는 게 우리를 위해서도 또 우리의 신들을 위해서도 좋겠군요.
그러면 이 편지를 아르고스의 누구에게 전하면 됩니까?
그리고 사고가 생길 경우 무슨 말을 그들에게 해야 하나요?

이피게네이아 그건 이렇습니다. "아가멤논의 아들 오레스테스에게:
아울리스에서 죽은 것으로 네가 알고 있는
이피게네이아 누나가 너에게 전한다: 누나는 살아 있다."

오레스테스 이피게네이아가 살아있다고? 어디에요? 죽은 자가 살아날 수 있습니까?

이피게네이아 당신들 앞에 있는 이 사람이 바로 이피게네이아입니다.
전할 내용을 좀 더 얘기할게요. "나의 동생 오레스테스,
이 미개지에서 나를 구출해다오. 이곳 제단에서
이방인들을 죽이는 내 임무에서
나를 해방시켜다오. 이방인들을 죽이는
이 끔찍한 제의에서 부디 나를 구해다오!"

오레스테스 우리가 있는 이곳이 대체 어디야, 필라데스? 이게 무슨 소린가?

이피게네이아 "네가 할 수 없다면, 오레스테스, 난 너를 저주하겠다."
이 말을 두 번 반복해주세요.
오레스테스란 이름을 꼭 기억해야 합니다.

오레스테스 오, 신들이여!

이피게네이아 왜 당신들은 신들을 부릅니까? 난 인간입니다.

오레스테스 내 머리가 복잡해서 그래요. 어서 계속하세요.
이제 더 많은 기적을 보게 되겠군!

이피게네이아 오레스테스에게 전해주세요. 아울리스에서 아르테미스 여신이
나 대신 수사슴을 제단에 놓고 나를 구해주었다고 알려주세요.
나의 아버지는 그가 칼을 내게 꽂았다고 생각했지만,
아르테미스 여신이 칼이 몸에 닿기 전에 재빨리 나를 낚아챘어요.

지금 말한 이런 내용이 편지에 적혀있습니다.

필라데스 저의 맹세를 지키는 게 아주 쉽군요! 기다릴 것도 없어요.

바로 지금 수행하겠습니다.

자, 오레스테스, 자네 누이의 편지를 받게!

오레스테스 받기는 하는데 손이 떨려서 열어 볼 수조차 없네.

흥분된 내 심정을 뭐라고 표현할 길이 없구나.

누이여, 오 내가 누이를 포옹합니다.

내 귀를 의심하지만, 오, 나의 누이여,

아가멤논의 자식들인 우리는 한 피를 나눈 남매입니다.

동생한테서 돌아서지 마세요.

누나를 이렇게 만나리라고는 상상도 못 했어요.

이피게네이아 내 동생이라고? 당신은 오레스테스가 아니어요.

내 동생은 아르고스에 있어요.

오레스테스 누나의 불행한 동생은 아르고스에 없습니다.

바로, 여기 이 자리에 있습니다.

이피게네이아 당신이 스파르타의 틴다레우스 가문 태생이란 말이오?

오레스테스 네. 아버지 쪽으로는 펠롭스 가문입니다.

이피게네이아 무슨 말을 하고 있는가요? 당신이 하는 말을 증명할 수 있어요?

오레스테스 네. 우리 아버지 가문에 대해 물어보세요.

이피게네이아 아니, 내가 들을 테니- 어서 계속해서 얘기해 봐요.

오레스테스 내 기억으로는 엘렉트라 누나가 우리 할아버지 아트레우스와

작은 할아버지 티에스테스, 두 형제 사이의 싸움에 대한

이야기를 들려주곤 했어요.

이피게네이아 그래, 나도 그 얘기를 들었어. 황금 양 때문에 싸웠다는 얘기지.

다른 얘기도 더 들려다오.

오레스테스 누나가 황금 양 이야기를 벽걸이에 짜 넣었지요. 맞아요!

이피게네이아   오, 네가 정말 오레스테스니? 내 심장이 떨리는구나.

오레스테스   누나는 궤도를 벗어난 태양의 모양도 그 벽걸이에 짜 넣었어요.

이피게네이아   바늘 한 땀 한 땀 모두 기억하고말고.

오레스테스   아울리스에서 그날 어머니는 결혼 향수로 누나를 씻겨 주지 않았던
             가요?

이피게네이아   불행한 결혼식이었어. 모두 기억하고 있다.

오레스테스   왜 누나는 머리카락을 어머니에게 보내셨나요?

이피게네이아   그건 내 무덤의 뜻으로 나를 기억하라고 보낸 거였어.

오레스테스   내 눈으로 직접 본 것들이 있어요. 그게 증명이 되겠지요.
             우리 조상 펠롭스가 피사에서 히포다미아를 신부로 맞이하기 위해
             오이오마우스왕을 죽일 때 사용한 그 오래된 창 말이어요.
             그 창은 누나 방 벽에 높이 달려 있었지요.

이피게네이아   네가 오레스테스인 게 틀림없구나. 오, 내 동생!
             아르고스에서 멀고 먼 이곳에서 너를 만나다니!
             너를 이렇게 가슴에 안고 있다니!

오레스테스   내가 안고 있는 이 여인이,
             죽지 않고 살아 있는 나의 누이 이피게네이아가 맞나요?
             우린 슬프고 기뻐서 울고 있군요.
             고통 속의 환희로군요.

이피게네이아   내가 떠날 때 넌 아직 어린 애였어.
             너무 기뻐서 어지럽구나.
             뭐라 표현할 길이 없구나.
             이 놀라움을 어떻게 뭐라고 해야 하나?
             말문이 막혀 손가락만 깨물고 바라볼 수밖에 없구나.

아리스토파네스

『아카르니아 주민들』

▌ 작품 소개

　　『아카르니아 주민들』은 아리스토파네스가 20세 때 쓴 그의 첫 번째 현존하는 초기 희극이다. 기원전 425년 이 극이 디오니소스 축제 공연에서 1등상을 받은 것은 20대의 작가로서 위업이었다. 작가 특유의 저속한 성적 희롱과 풍부한 창의력으로 아리스토파네스는 전형적인 그의 주제인 반전사상과 비민주적 정치의 비판 등을 보여주고 있다. 극이 공연되었을 당시 스파르타와의 펠로폰네소스전쟁(431-404 BC)은 이미 6년째 접어들었고, 작가는 아테네 정치가이며 전쟁 옹호자인 클레온의 선동적 위협에 굴복하지 말라는 주장을 드러낸다. 작가의 공격대상은 위대한 정치가 페리클레스(490?-429 BC)의 뒤를 이은 군국주의자 선동가인 클레온(?-422 BC)으로, 작가는 전쟁을 경멸한 것만큼이나 펠로폰네소스전쟁을 끌고 가는 그의 책략을 혐오했다. 대중적인 정치관을 풍자하는 이 극은 현존하는 아리스토파네스의 최초의 "반전"희극으로 불릴 수 있다.

　　아리스토파네스가 이 극을 썼을 때 아테네는 전염병에 시달리고 적군의 손에 농토와 농작물이 모두 파괴된 상태였다. 그리스 중부 특히 아테네 서북쪽 파르나소스 산기슭에 위치한 아카르니아 주민들은 농토를 적군에게 거듭 약탈당하는 바람에 고생이 심했다. 시골 주민들은 도시국가의 장벽들 사이에 살면서 평화를 갈망했다. 그래서 평화의 주인공으로 등장한 사람이 아테네의 농부 디카이오폴리스이다. 철저한 평화주의자인 그의 평화 청원을 아테네 사람 아무도 받아들이지 않는 것을 알게 된 디카이오폴리스는 스파르타 사람들과 각각 개인적인 평화조약을 맺기로 결론짓는다. 전쟁에 지친 한 시민이 적과 개인적 평화를 이룰 수 있다는 관점은 대단히 독특하다. 그는 스파르타와 30년의 평화조약을 개인적으로 체결하고, 거래할 다양한 물목(物目)을 정한다. 그러나 전쟁의 고난 가운데 그가 이룬 평화라는 소중한 자산을 아카르니아의 잔인한 숯장수들과 맞서 지켜내는 것은 어려운 작업이었다. 숯장수들은 쑥대밭이 된 자기네 고향을 보복하기 전에는 절대로 전쟁을 포기하지 않겠다는 것이다.

극은 힘든 세상살이를 탄식하는 디카이오폴리스의 프롤로그로 시작한다. 그는 평화로웠던 옛 시절을 그리워하며 그의 반대자들이 달려들 뿔난 민회가 열리기를 초조하게 기다리고 있다. 극은 익살맞게 시사적이다. 예컨대 디카이오폴리스가 그의 동료 백성들로부터 배척당하자 그는 숯장수들의 숯 가마니를 모두 파괴하겠다고 위협함으로써 자신을 구한다. 그는 전쟁을 대표하는 숯장수들로 이루어진 코러스의 공격을 받는다. 숯 제조업은 그 지방수입원의 중요한 품목이다. 이들은 거친 상이군인들로 과거에 이들의 농가를 스파르타인들이 파괴했기 때문에 평화를 말하는 자를 증오한다. 그를 돌로 쳐 죽이겠다고 공격하는 아카르니아인들에게 배신자로 몰린 디카이오폴리스는 처형당하기 전에 연설이 허용된다. 반전연설을 위한 코러스의 허락을 얻은 후 디카이오폴리스는 청중의 동정을 사기 위해 이웃에 사는 비극작가 에우리피데스를 찾아가서 필요한 비극적 의상과 소품들을 빌려온다. "에우리피데스 선생님 계십니까?" 하고 문을 두드리자 작가의 하인이 지극히 에우리피데스적인 태도로 "계시기도 하고 안 계시기도 합니다. 이 재담이 무슨 뜻인지 알아듣는다면 말이오" 하고 답한다. 디카이오폴리스는 에우리피데스의 많은 보급품에서 헌 의상을 입수하고 청문회를 연다. (에우리피데스의 누더기를 걸친 영웅들과 비극의 쇠락은 아리스토파네스의 극에서 계속 놀림의 대상으로 다루어지는 재료들이다.) 비극 『텔레푸스』의 주인공은 거지로 가장한다. 다 찢어진 의상과 거지 같은 소품들을 모두 내어주면서 에우리피데스는 "불쌍한 사람이여, 당신은 내 비극을 몽땅 가져가는구려"라고 말한다. 극작가는 실상은 마스크 뒤에 있는 배우일 것이다.

디카이오폴리스는 민회에서 목숨을 걸고 말하겠으니, 그의 의견을 들어 보도록 당당하게 그의 반대자들을 설득한다. 그는 "난 듣기 좋은 말이 아니라, 진실만 말할 뿐이오. . . . 난 결론을 냈소. 우리에겐 상식이 없어요"라고 용감하게 말한다. 그렇게 『텔레푸스』의 주인공으로 가장한 디카이오폴리스[텔레푸스/거지/아리스토파네스]는 그의 머리를 도마에 올려놓고, 코러스에게 전쟁을 반대하는 이유를 설명한다. 디카이오폴리스는 전쟁의 원인은 시시한 것에서 시작되었다는 우스꽝스러운 연설을 한다. 그는 페르시아전쟁(499-450 BC)의 원인에서, 전쟁은 술 취한 아테네인들이 메가라의 음탕한 여인을 납치하였을 때 그리고 메가라인들이 복수로 아스다시아 창녀 둘을 납치하였을 때 시작되었다고 지적한 헤로도토스(484?-425? BC) 책의 첫 부분을 풍자함으로써 시작한다. 전쟁은 세 명의 창부들을 납치했기 때문에 시작되었으며, 이는 개인적 사건이 국가적 분쟁으로 확대된 것이라고 주장한다. 거만하고 우아하면서 또 한편 우습기도 한 디카이오폴리스의 솔직함은 그들로 하여금 그의 주장을 받아들이는 데 도움을 준다.

코러스의 절반은 토론으로 설득되었으나 절반은 설득되지 않았다. 전쟁 찬성파와 반대파 사이의 조정자로서 아테네 장군 라마쿠스가 허황된 이들의 다툼에 끼어들게 된다. 질서는 회복되었고 장군은 왜 그가 스파르타와의 전쟁을 지지하는가, 임무 수행 때문인가, 아니면 대가를 받기 위함인가의 질문을 받는다. 기대치 않게도 당시의 라마쿠스 장군과 벌인 평화주의 논쟁에서 디카이오폴리스가 승리한다. 그리고 그의 개인사업은 성공한다. 그의 승리는 의기양양한 전쟁 영웅 라마쿠스가 당하는 고통과 대조적이다.

아리스토파네스는 이 극에서 극작가 에우리피데스에 대한 풍자와 군국주의자들의 어리석음, 잘 속는 아테네인들, 그리고 이들의 근시안적 외교정책에 대한 냉소적인 비판을 드러낸다. 익살스럽고 쾌락주의적이며 비정치적인 모습으로 디카이오폴리스는 전쟁옹호 편에 선 코러스를 설득하고 평화의 열매를 거둬드린다.

코러스는 이제 디카이오폴리스 편에 서서 작가의 파라바시스(parabasis: 고대 그리스희극에서 코러스가 관객을 향해 작가의 주장을 노래하는 부분)를 전달한다. 여기서 다른 파라바시스에서와 마찬가지로 아리스토파네스는 자신의 장점을 주장한다. 특히 아리스토파네스가 국가에 조언자로 봉사했다며 극의 한 장면에서 이를 피력하기를, "우리의 선생님은 희극의 코러스들을 맡은 뒤 관객 앞에 나서서 자화자찬을 늘어놓은 적이 한 번도 없소이다. 오히려 우리 도시를 웃음거리로 만들고 민중을 모욕한다고 하여 그분의 적들인, 변덕스러운 아테네인들로부터 모함당했소. 그래서 그분은 오늘 아테네인들의 마음을 변화시키고자 답변하기를 원하시오. 어떤 시민이 말하기를 그분께서는 여러분이 이방인 말에 쉽게 속아 넘어가고 아부하는 말을 듣기 좋아하는 멍청한 시민이기를 그치게 해주었으니 여러분에게 크게 은혜를 베풀었다고 하오."

아테네의 적들과 평화롭게 사적으로 장사할 수 있는 디카이오폴리스의 가게에 다양한 인물들이 우스꽝스러운 상황에서 들락날락한다. 굶주린 메가라 사람이 전쟁 이전에 메가라에 많던 생산품인 소금과 마늘을 디카이오폴리스에게서 사려 하고, 굶어 죽게 생긴 그의 두 딸을 돼지로 둔갑시켜 속여서 판다. 다음에는 보이오티아 사람이 새와 장어를 팔려고 온다. 디카이오폴리스는 보이오티아인이 사려는 물건이 그의 가게에 없기 때문에 꾀를 내어 그의 관심을 끌기 위해 아테네식 아첨꾼이 된다. 바로 그 순간 또 다른 아첨꾼이 나타나서 새와 장어를 몰수하려 하지만, 그 아첨꾼은 오히려 짚더미에 도자기처럼 포장되어 보이아티아 사람에 의해 고향으로 끌려간다.

두 명의 전령이 온다. 전령 한 사람은 라마쿠스를 전쟁에 부르고 또 다른 전령은 디카이오폴리스를 저녁 만찬에 부른다. 두 사람은 불려갔다가 곧 돌아오는데, 전쟁에서 부상당한 라마쿠스는 양쪽에 군사의 부축을 받으면서 고통 속에 들어오고, 디카이오폴리스는 술에 취해 흥겨운 모습으로 양쪽 팔에 춤추는 여자들을 껴안고 들어온다. 디카이오폴리스는 술 내기에서 이기고 상으로 받은 포도주 가죽부대를 흔들며 기뻐서 떠든다. 그리고 고통 속에 있는 라마쿠스만 제외하고 모두들 축하하며 퇴장한다. 이로써 이 희극은 평화의 이득으로 얻어진 소박한 시골축제로 끝난다.

고도의 시사 문제를 다루는 형태의 고대그리스 희극[Old Comedy]은 당시의 이름 있는 정치가, 시인, 역사가들, 이를테면 페리클레스, 아스파시아, 투키디데스, 라마쿠스, 아이스킬로스, 에우리피데스 등 정치가, 역사가, 시인들이 가차 없는 놀림감의 대상으로 등장한다. 그의 희극은 항상 풍자 위에 번성한다.

이 극에서 아리스토파네스가 주인공 디카이오폴리스와 정체성을 동일시할 때 작가 자신이 때로는 조롱의 대상이 되기도 한다. 디카이오폴리스는 그가 작가 자신인 듯 지난 몇 년 동안 고소당한 상황을 말하면서 작가를 대변한다. 어느 시점에서 코러스는 조롱조로 그를 스파르타와 싸우는 아테네의 큰 무기로 표현한다. 디카이오폴리스가 관객을 향해 직접 정의와 평화를 위해 언제든지 싸울 것이라고 선언하는 것은 아리스토파네스를 대변하는 것이다.

그러나 『아카르니아 주민들』의 유머는 에우리피데스의 의상을 빌려오는 작가의 생각이라든가, 잔뜩 쌓인 넝마 더미에서 보여주는 아리스토파네스의 풍성한 아이디어와 기발한 이야기에서 비롯된다. 주인공의 공중연설은 에우리피데스의 비관적인 태도를 조롱하고 군중의 동정심을 얻는 데 효과적인 방법이다. 두 딸을 돼지로 둔갑시켜 팔려는 사람이 드러내는 가난과 도덕성의 쇠퇴와 딸들의 추악함을 지적하는 장면은 혐오스럽게 보이지만, 아리스토파네스의 손에서 상황 설명이 정확한 삽화로 묘사된다. 이러한 상식과 창의성이 시적 아름다움과 합치면서 아리스토파네스 희극이 지닌 위대성을 보여준다.

아리스토파네스의 관점은 상식적이다. 전쟁은 궁핍을 낳고 정치를 부패시키고, 도덕성의 타락을 가져오고 부상과 죽음을 초래하는 반면, 평화는 풍요와 성공의 기쁨을 가져다줌으로써 전쟁보다 바람직한 것이라는 지적이다. 그런데 군국주의적인 선동가들은 평화를 허락하지 않기 때문에 이 문제의 해결은 디카이오폴리스가 하는 것처럼 개인적으로 해결하는 게 낫다고 보는 것이다.

아이러니하게도, 전쟁은 평화를 이루는 수단으로, 평화와 국가의 안전을 지키기 위한 하나의 방법이 전쟁이다. 역사가 투키디데스의 "함정"이론에 따르면, 멀리 떨어져 있는 나라들보다 무력충돌이 가능한 가까운 이웃 나라들끼리의 전쟁이 사실이고 현실적이다.

아리스토파네스의 희극성을 이해할 수 있도록 약간의 설명을 덧붙이고자 한다. 길버트 머리는 1933년 이렇게 쓴 바 있다. "모든 희극은 현대 심리학자들이 말하는 해제 요법[Releas]과 관련 있다." 해제라는 희극의 요소는 그리스 구코미디[Old Comedy]의 틀림없는 형태로, 비평가 노드롭 프라이의 문학비평서 『비평의 해부』(1957)에 와서 이 말의 권위를 인정받게 되었다. 일상생활의 구속에서 해제 또는 해방은 아리스토파네스의 희극에서 분명히 유쾌하게 표출된다. 그의 드라마의 언어, 플롯, 무대 관습은 일상생활로부터의 자유를 표방하고 있다. 농부 디카이오폴리스가 프롤로그를 시작할 때 스파르타와 원수가 된 생활에서 그가 평화를 절실히 갈망하고 있음을 관객은 안다. 소박한 시골 생활과 세상물정에 익숙한 도회지 생활, 순박한 시골 풍경과 어쩌면 닮고 닮은 도회지 풍경 사이의 대조는 그리스 희극작가 메난드로스(343-291 BC) 이후의 신코미디의 끊임없는 주제이다. 구코미디 작가 아리스토파네스의 농부는 밭을 바라보면서, "들판의 평화를 갈구하고 도시를 증오하고, 내 고향마을을 그리워하는" 그런 주인공이다. 아리스토파네스의 희극은, 신코미디의 특징이라 할 수 있는 뒤틀린 애정 문제를 다루는 것과 달리, 항상 실질적인 문제와 공공문제의 반사적 여진으로 시작한다. 디카이오폴리스가 주장하는 평화의 필요성은 바로 그 도시를 위한 평화의 필요성이기도 하다. 그러나 평범한 상식적인 저항 태도로는 아무도, 아무것도 이룰 수 없다는 사실을 깨달은 디카이오폴리스는 일단 현실에서 한발 물러서서, 즉각적인 소원 성취를 이루는 초월적 세계[meta-world]로 발을 내딛는다. 비극의 주인공이 입은 너절한 의상을 빌려 입고 나타나서 그는 희극도 무엇이 옳고 무엇이 그른지 분별할 수 있음을 선언한다. 그는 전쟁 이전처

럼 스파르타와 개인적인 평화협약을 맺고, 고립된 낙원 생활을, 마치 진귀한 포
도주를 음미하듯 흡족하게 풍미하며 즐긴다. 실상 포도주 가죽부대인 "wine
skin"은 그리스어로 "협약" "해방" 또는 "술"이라는 뜻도 있다고 하니, 그렇다면
이와 같은 말장난의 시각적 익살은 이 극의 이미저리가 디오니소스의 주신축제
와 관련이 있음을 일깨워주는 열쇠가 된다. 주인공은 자신의 입술을 다시면서,
"오, 우리는 당신의 뜻대로, 당신과 당신의 포도주 부대를 위해 우승자 만세를
노래하며 당신을 따르리다" 하고 포도주 가죽부대를 흔들며 그의 마지막 대사
를 외친다. 그리고 곧 관객은 개인적인 디오니소스축제를 즐기는 그를 보게 된
다.

▌『아카르니아 주민들』

(디카이오폴리스가 하얀 돌멩이들과 세 갈래로 된 채찍을 들고 등장한다. 그는 네 모퉁이에 각각 돌을 놓는다.)

디카이오폴리스 자, 이 구역은 나의 시장 경계다. 이 안에서는
　　　　　　　펠로폰네소스, 메가라, 보이오티아에서 온 사람 누구든지
　　　　　　　마음대로 나하고 거래를 할 수 있는 곳이야. 감독관은 없냐고?
　　　　　　　투표로 선출된 이 세 갈래 채찍을 감독관으로 임명한다.
　　　　　　　이곳에는 밀고자도 전쟁 도발자도 들어오면 안 되지.
　　　　　　　난 이제 가서 메가라와 보이오티아와 평화를 맺고
　　　　　　　협정문을 새긴 기둥을 가져다 여기 이 자리에 세울 것이다.

(그는 집 안으로 들어간다.)

메가라인 *(그는 손에 들고 있는 큰 자루와 두 소녀를 본다.)*
　　　　　여기는 아테네 시장이로구나. 우리 메가라 사람들은
　　　　　이곳을 얼마나 좋아했던가!
　　　　　아들을 그리워하는 어미처럼 내가 얼마나 이 도시를 그리워하는가.
　　　　　오, 내 딸들아, 어디 주변에 먹을 것이 없나 재빨리 살펴보아라.

(소녀들은 주변을 둘러보지만 아무것도 발견하지 못한다.)

　　　　　그러면 너희들, 내 말 잘 들어. 양자택일이다.
　　　　　노예로 팔려 가겠느냐? 앉아서 굶어 죽겠느냐?
소녀들 팔려 갈래요! 팔려 갈래요!

메가라인 내가 너희들이라도 그쪽을 택하겠다. 그렇긴 한데,

　　　　문제는 어떤 바보가 너희들을 사려고 하겠느냐?

　　　　아직 내 머리에는 메가라 사람의 꾀가 있으니, 어디 두고 보자.

(*그는 자루를 집어 든다.*)

　　　　난 너희들에게 돼지 옷을 입히고 돼지새끼로 둔갑시킬 거다.

　　　　몸집 커다란 암돼지가 낳은 새끼로 보이도록 하겠단 말이야.

　　　　자, 이 돼지 발굽을 신어라. 너희들이 팔리지 않아서 너희를

　　　　다시 집으로 데려가면, 굶주림이 어떤 건지 정말 실감 날 게다.

　　　　여기 돼지주둥이도 걸쳐라.

　　　　그래, 이제 자루 속에서 우물거리고 있으렴.

　　　　돼지새끼가 헌제물로 바쳐질 때, 꽥꽥 우는 것처럼 소리 내야 한다.

　　　　디카이오폴리스를 불러야지.

　　　　디카이오폴리스! 시골 새끼돼지를 사지 않겠소?

디카이오폴리스　　(*관객에게*)

　　　　저 말소리는 메가라 사람 어툰데.

메가라인 디카이오폴리스, 물건 팔러 왔소이다.

디카이오폴리스　당신네 고향 사정은 어떻소?

메가라인 불 앞에 앉아 배를 곯고 있습지요.

디카이오폴리스　(*그의 말을 잘못 이해하면서*)

　　　　그렇다면 달콤한 음악소리만 곁들이면 좋겠구려.

　　　　그 밖에는 어찌 지내시오?

메가라인 그저 그렇습지요. 정부가 세우는 시책이 있는데

　　　　그 계획대로 따라가면 그건 가장 빠르게

　　　　가장 효과적으로 망하는 길이라오.

그리되면 우린 가장 빨리 죽게 되겠지요.

디카이오폴리스　그렇다면 당신은 걱정거리도 없어지겠군그래.

메가라인　그리되면- 그건 그렇겠지요.

디카이오폴리스　메가라에는 또 무슨 일이 있소?

　　　　　밀값은 거기서 얼마나 합니까?

메가라인　하늘 높은 줄 몰라요. 신들이나 살 수 있는 값이라오.

디카이오폴리스　그래, 팔려고 가져온 물건은 뭐요? 그 좋은 메가라 소금이오?

메가라인　소금이오? 그건 이미 당신네 정부가 통제하는 품목이 되었잖소?

디카이오폴리스　그럼 마늘을 가지고 왔소?

메가라인　뭐요? 마늘은 당신들이 우리를 침입할 때마다

　　　　　당신네 군사들이 들쥐 잡아내듯 몽땅 뽑아가지 않았소!

디카이오폴리스　그럼 무얼 팔러 온 거요?

메가라인　시골 햄이오.

디카이오폴리스　아, 그래요. 어디 봅시다- 햄은 어디 있소?

메가라인　이 안에요. 자루 주머니 감촉을 느껴 보시오. 통통하게 살쪘지요?

디카이오폴리스　이게 대관절 무엇이오?

메가라인　시골 햄이라니까요.

디카이오폴리스　어느 시골을 말하는 거요?

메가라인　그야 물론 메가라지요. 자- 보시오. 시골 돼지새끼 아닙니까?

(*자루를 열어 보여준다.*)

디카이오폴리스　내 눈엔 햄으로 보이지 않는데.

메가라인　잘 보시오. 이게 햄이 아니라고요?

　　　　　이게 돼지가 아니면, 소금 한 되를 걸고 내가 내기하겠소,

　　　　　그것도 사향초를 갈아 넣은 소금 한 되를 걸고 말이오.

이건 그리스 품종의 질 좋은 돼지랍니다.

디카이오폴리스   그리스 품종이라- 그리고 돼지라- 그런데 하체가 사람 종자
아니오.

메가라인 물론입지요. 내 종자니까. 돼지소리를 들어 보겠소?

디카이오폴리스   어디 들어봅시다.

메가라인 (*첫째 딸에게*)
자, 소리를 내 보렴.

(*침묵이 흐른다.*)

메가라인 (*딸에게 다시 말한다.*)
꿀꿀거려 보란 말이야. 아니면 너를 집으로 다시 데리고 가야 한다.

첫째 소녀 꿀 꿀 꿀 꿀

메가라인 시골 돼지 소리 들으셨지요?

디카이오폴리스   알았어요. 당신 뜻을 알았소. 돼지 소리 맞소.
저 햄이 점점 자라서 큰 돼지가 되겠군. 하하하하!

메가라인 오, 물론이고 말고요. 제 어미와 똑같이 될 거요. 거대한 돼지로 클 것
이오.

디카이오폴리스   그렇지만 이걸 제물로 쓸 수는 없겠군.

메가라인 어째서요?

디카이오폴리스   꼬리가 없지 않소.

메가라인 아, 그건 이놈이 아직 어려서 그런 거요.
자라면 멋지게 생긴 분홍빛 꼬리가 나올 겁니다.
잘 기르면 두 마리의 질 좋은 암돼지로 클 거요.

디카이오폴리스   돼지 두 마리가 꼭 닮았군.

메가라인 물론이지요. 같은 애비, 같은 어미 사이에서 태어났으니까요.

살이 좀 찌고 크면 언젠가는 사랑의 여신을 위한 멋진 헌제물이 될 것
이오.

디카이오폴리스 그러나 우린 아프로디테 여신께는 돼지를 제물로 삼지는 않거
든요.

메가라인 그럼 어떤 신을 위한 제물로 삼으려는 거요?

내 돼지들 아랫도리에 길고 뜨거운 꼬챙이를 꽂아 보시오.

맛이 끝내줄 거요.

디카이오폴리스 젖은 확실히 뗀 겁니까? 어미가 필요한 건 아니겠지요?

메가라인 물론입지요. 애비도 필요 없어요.

디카이오폴리스 먹이는 무얼 줍니까?

메가라인 뭐든지. 뭐든지 다 잘 먹어요.

디카이오폴리스 소리 한 번 내 봐라, 돼지새끼들아.

첫째 소녀 꿀 꿀 꿀

둘째 소녀 꿀 꿀 꿀

디카이오폴리스 마른 병아리콩 좀 줄까?

첫째 소녀 (*별로 내키지 않아 하면서*)

꿀 꿀

둘째 소녀 꿀 꿀

디카이오폴리스 싱싱한 무화과 먹을래?

첫째 소녀 (*열렬한 소리를 낸다.*)

꿀 꿀 꿀 꿀 꿀 꿀

디카이오폴리스 소리 한 번 크구나! 그래 무화과를 먹어 보렴.

(*무화과를 던져 준다.*)

어디 먹을 줄 아느냐? 아이고, 저걸 보게. 우적우적 잘도 씹어 먹는군.

이 돼지들은 어디 걸신나라에서 온 모양이오. 하하하하!

메가라인 (*관객에게*)

으음- 나도 한 알 살짝 뺏어 먹어 보자.

디카이오폴리스   돼지 치고 이상하게 생기기는 했지만, 괜찮은 한 쌍의 동물이군.

그래, 얼마에 팔겠소?

메가라인   이쪽 이놈은 마늘 한 단 값이고,

요기 요놈은 소금 사 분의 일 말만 주면 됩니다.

디카이오폴리스   좋아요. 내가 이들을 사겠소.

메가라인 (*관객에게*)

아, 이제 내 마누라와 내 모친만 이렇게 빨리 팔 수 있으면 좋겠다!

디카이오폴리스   자, 여기 마늘과 소금이 있소. 잘 가시오. 행운을 빌겠소.

메가라인   행운이란 우리 메가라와는 거리가 먼 인사말이오.

(*딸들에게*) 잘 가라, 새끼 돼지들아-

이 애비와는 멀리 떨어져 있더라도

빵에 소금을 약간 뿌려 먹는 걸 잊지 마라.

혹시, 누가 너희한테 빵을 주면 말이다.

『구름』

▌작품 소개

이 극은 기원전 5세기 아테네에서 있었던 소크라테스(470-399 BC)의 "신학문" 문화에 대한 신랄한 철학적 풍자극이다. 젊은이들에게 옳은 것과 그른 것을 마음대로 뒤집을 수 있는 방법을 가르치는 소크라테스를 소피스트의 우두머리로 공격한다. 당대 최고의 희극작가 아리스토파네스는 그의 특유한 익살과 야유적인 태도로 철학자 소크라테스를 희화함으로써 전반적인 수사학 교육운동을 풍자한다. 아리스토파네스의 초기 극에서 보여준 펠로폰네소스전쟁이나 스파르타와의 평화협정의 필요성 등 아테네의 정치와 사회문제를 다룬 주제들과는 달리, 『구름』은 이와 같이 새로운 방향을 시도한다. 기원전 423년 이 극이 초연되었을 때는 아테네가 평화의 시대를 기대하고 있던 때였고, 기원전 426년 클레온(?-422 BC)을 중상한 죄로 아리스토파네스를 처형하겠다던 그의 시도는 단지 불만 지폈을 뿐이었다.

정치와 전쟁 문제에서 자유로워진 아리스토파네스는 『구름』에서 많은 갈등을 야기시키는 옛것과 새것, 구식과 신식의 폭넓은 대결 문제에 집중한다. 만물의 근원이 물이라고 주장한 기원전 6세기의 자연주의 철학자 탈레스 같은 사상가들의 과학적 사고는 아리스토파네스의 시대에 와서 상식이 되었다. 이런 영향의 효과는 이를테면 문명사회는 신들의 선물이 아니라 원시적인 인간이 점점 발달하여 이룬 것이라는 새로운 사고를 갖게 되었다. 『구름』이 공연된 당시에는 철학자 데모크리토스가 우주원자 원리를 발전시키고 있었고, 히포크라테스는 실험적이고 과학적인 접근으로 의학을 확립하였으며, 소크라테스는 미세한 종자에 정신이 작용하여 세계가 이루어졌다고 주장한 철학가 아낙사고라스를 공부하고 있었다. 이와 같은 사회적 변화의 분위기에서『구름』이 제기하는 문제는 서로 경쟁하는 두 개의 다른 교육 방법론이다. 이는 아리스토파네스가 인정하는 옛 교육방법과 청소년들을 부패시킨다고 그가 비난하는 소피스트의 신교육 방법의 대결로 구식 교육과 신식 교육에 대한 논쟁이 이 극의 핵심이다.

플롯은 채권자들에게 빚을 갚지 않으려는 스트렙시아데스의 시도에서 진행된다. 농부 스트렙시아데스는 갑자기 침대에서 벌떡 일어나 앉는다. 아들 페이디피데스는 상류층이 즐기는 호사스러운 취미생활인 전차경주와 말(馬)에 미쳐, 과도한 낭비로 재산을 탕진하고 있다. 아들을 뒷바라지하느라 아버지는 파산할 지경이다. 아들 때문에 잠 못 이루는 아버지는 어쩌다 이런 아들이 나왔고 이 지경이 되었는지를 설명한다. 스트렙시아데스는 허영심 많은 자기보다 사회계층이 높은 여인과 결혼하였다. "빌어먹을 내 신세! 네 어머니와 결혼하도록 나를 꼬드긴 그 중매쟁이 여편네나 비참하게 뒈졌으면 좋겠다. 나는 시골에서 즐겁게 살고 있었어. 몸치장도 하지 않고 더운물로 목욕도 하지 않았지만 벌 떼와 양 떼와 올리브와 함께 행복한 생활을 했는데, 그런데 시골뜨기인 내가 메가클레스의 아들 메가클레스의 조카딸과 결혼한 게 문제다. (아버지와 아들 이름이 똑같이 메가클레스이다.) 이 여자는 도회지 사람으로 거만하고 사치스럽기가 제2의 코이쉬라였다니까. 첫날밤 결혼 침상에 올랐을 때 내 몸에서는 술지게미에 무화과에 양털 냄새가 나는데 그녀는 향수와 사프란색 옷에, 음탕한 키스나 좋아했으니까."

스트렙시아데스는 옆에서 자고 있는 아들을 깨우고 빚을 해결할 방법을 찾아보자고 한다. 궁리 끝에 그가 얻은 한 가지 해결책은 아들을 사색과 언술을 가르치는 학원에 등록시키는 것이다. 스트렙시아데스는 법정에서 채권자들을 따돌릴 수 있는 언술을 습득할 수 있다고 아들을 설득하지만 아들은 사색원에 등록하기를 거부한다. 하는 수 없이 늙은 아버지가 진실을 왜곡시키는 새로운 수사법을 배우려고 사색원에 등록할 결심을 하고 이곳에서 빚쟁이를 물리칠 수 있는 방법을 터득키로 한다.

사색원의 한 학생이 원장 선생인 소크라테스가 최초로 발견한 것에 대한 얘기를 들려준다. 그중에는 벼룩이 뛰는 거리를 재는 새로운 단위, 그리고 모기의 소리를 내는 정확한 원인과 일종의 낚시 갈고리 같은 도구를 이용하여 벽에 걸린 옷을 훔칠 수 있는 컴퍼스의 새로운 방법도 포함되어 있다. 이에 감동한 스트렙시아데스는 원장님을 소개해달라고 청한다. 소크라테스가 태양과 기상현상을 관찰하기 위해 공중에 달린 바구니 속에 실려 나타난다. 흥미 있는 부분은 코러스로 구성된 구름과 게으름뱅이들의 행렬로, 이들은 그에게 밝은 미래를 약속한다. 소크라테스 학원에 충성을 맹세한 그가 바라는 오직 한 가지는 "정론"과 "사론", 두 가지 논리 가운데 빚과 이자를 한 푼도 갚지 않는 논리, 요컨대 빌린 돈을 떼먹는 요령을 배우는 것이다.

구름으로 이루어진 코러스가 스트렙시아데스의 우스꽝스러운 운명을 날카롭게 공격한다. 스트렙시아데스가 제우스 이름으로 맹세하자, 그런 신의 이름을 들먹이는 그를 가리켜 시대에 뒤떨어진 구닥다리 늙은이라고 조롱한다. 이들은 제우스는 이미 던져 버려진 신이고 지금은 디노스(Dinos)가 지배한다고 주장한다. 디노스는 사회의 변화하는 "소용돌이"[vortex]를 의미하고 따라서 관객은 스트렙시아데스가 이를 이해했다고 가정하지만, 그러나 그는 생각보다 훨씬 단순한 사람인고로 이를 알아듣지 못했다. 왜냐하면 극이 끝날 무렵, 그는 디노스란 단어는 도자기 항아리라는 뜻도 있어서 그런 줄로 알았다며, 앞에 놓인 항아리에 대고 "질그릇에 불과한 너를 신으로 여기다니. . . 소크라테스 때문에 신들을 내쫓으려 했으니 내가 미쳤지" 하고 탄식한다.

극작가 아리스토파네스가 무대에 등장하여 자신은 위대한 극작가이며 이 극은 그가 최대로 고심한 가장 영리한 극이라고 선언한다. 그는 이 위대한 극이 디오니소스축제 경연에서 실패한 것에 대해 관객들을 비난한다. 그러나 아테네 사람들은 클레온에게 권력을 허용한 것이 얼마나 어리석은 일인가에 대한 공공의 관심사를 주제로 노래하고, 코러스 구름은 클레온과 같은 영향력 있는 정치가들을 풍자한 작가의 용기와 독창성을 찬양한다.

소크라테스는 멍청한 스트렙시아데스에게 공부를 더 가르치려 한다. 수업은 사색의 배양 형태가 포함되어 있는데 이것은 생각이 자연스럽게 나오도록 노인이 담요 속에 누워있는 것이다. 수업의 결론이 담요 속에서 스트렙시아데스가 자위하는 행위로 나오자 소크라테스는 구제불능의 이 늙은이를 내쫓는다.

코러스 구름은 스트렙시아데스에게 장성한 아들을 학원에 보내도록 충고한다. 페이디피데스는 아버지의 위협에 승복하고 내키지 않지만 아버지를 따라 사색원으로 간다. 소크라테스의 동료인 의인화 된 "정론"(正論)과 "사론"(邪論)이 만나서 수사학의 가르침을 서로 공격하고 방어한다. 어느 쪽이 더 좋은 교육을 제공할 수 있는지에 대한 정론(正論)과 사론(邪論) 사이의 논쟁 장면은 아리스토파네스 극에서 벌어지는 논쟁 가운데 가장 뛰어난 장면이라 할 수 있다. "정론"은 정의의 신들 편에서 페이디피데스에게 옛 방식을 존중하는 전형적인 남자들의 신중한 삶을 주지시키려 하고, "사론"은 정의의 신의 존재를 부인하면서 말재주로 곤란한 문제를 해결하여 편리하고 쾌락적인 삶을 살 것을 권한다. 논쟁의 말미에 관객은 "사론"에서 배운 골치 아픈 사람들이 아테네에서 권력 있는 자리를 차지함을 알게 된다. "정론"은 어쩔 수 없는 패배를 받아들이고 "사론"은 페이디피데스를 새로운 교육의 장으로 인도한다.

채권자를 물리칠 수 있는 길을 아들로부터 터득한 아버지는 금전적 문제가 말로 해결된다는 전망에 기뻐한다. "혀를 번쩍이는 내 아들은 나의 보루, 우리 집안의 구원자, 적들의 재앙, 아비를 불행에서 구해 줄 해결사"라며, 사색원의 학업 과정을 마친 아들을 축하하기 위해 스트렙시아데스는 잔치를 벌인다. 그때 첫 번째 채권자가 증인 한 사람과 함께 그를 재판정에 부르려고 찾아온다. 채권자와 마주친 스트렙시아데스는 아들이 습득한 기술로 경멸스럽게 그를 물러가게 한다. 이내 두 번째 채권자가 도착하자, 그 역시 첫 번째와 똑같이 다룬다. 아들 덕분에 이제 스트렙시아데스는 두 명의 채권자들을 따돌리고 물리친 것이다. 아버지로서는 학습 진도를 잘 이행한 아들이 대견스럽기 그지없다. 코러스 구름은 곧 큰 재해가 닥칠 것처럼 보이는 음침한 노래를 부른다. 코러스는 스트렙시아데스가 채권자들에게 실천해 보인 모질고 야박한 행동 때문에 벌 받게 될 것이라는 경고의 노래를 한다.

스트렙시아데스는 아들의 축하연을 계속하기 위해 집으로 다시 들어간다. 그러나 형세는 반전되는 모습을 보인다. 스트렙시아데스가 아들에게 축하의 노래를 부를 것을 요구하자 아들은 아이스킬로스는 시대에 뒤떨어진 하찮은 폐물 작가라며, 그 대신 에우리피데스의 짤막한 노래를 부른다. 집안의 만찬 자리에서 아들이 에우리피데스에게 열중한 것을 본 아버지는 화를 낸다. 언쟁 중 페이디피데스는 그가 터득한 수사학의 논리를 들고 극단적인 범죄를 저지른다. 학교에서 배운 신학문에 따라, 그의 행동을 어린 시절 아버지로부터 받은 고통의 보복으로 정당화시킨 그는 아버지를 잔인하게 두들기기 시작한다.

스트렙시아데스가 아버지를 구타하는 것은 법에 어긋난 짓이라고 항의하자 아들은 논쟁을 통해 패륜적 행동의 도덕적 타당성을 증명하고, 소피스트의 논법으로 이렇게 응수한다. "하지만 처음에 그런 법을 상정하여 그것을 받아들이도록 옛날 사람들을 설득한 것은 아버지나 나 같은 인간이 아니었던가요? 그렇다면 앞으로는 아버지들에게 매를 되돌려 주라는 새로운 법을 아들들에게 만들어 주면 되지 않나요? 그러나 이 법이 제정되기 전에 우리가 맞았던 매는 포기하고, 우리가 맞았던 매는 선물로 돌려 드릴게요. 닭이나 다른 짐승을 보세요. 그것들도 낳아준 아버지한테 대들지 않던가요? 그런데 그것들이 우리와 무슨 차이가 있지요? 우리가 민회의 결의를 기록해 두는 것 말고 말이어요." 스트렙시아데스는 이 논지의 정당함을 수긍한다. 그러나 아들이 "나는 아버지를 때린 것처럼 어머니도 때릴 겁니다"라고 위협하자, 아들의 행동이 도를 넘었다고 판단한 아버지는 환멸을 느끼고 분개한다. 신교육방법에 분노한 아버지는 사색원의 악한들과 맺은 관계를 후회하고, 그의 노예들을 불러 횃불과 곡괭이로 무장시키고, 소크라테스를 비난하며 평판 나쁜 사색원을 불 질러버리기 위해 쳐들어간다. 놀란 학생들은 밖으로 뛰쳐나가고 코러스는 축하할 일 없이 조용히 떠난다.

스트렙시아데스는 비관적 주인공이 희극적 모습으로 성공하는 듯싶었으나 그의 지나친 자만심으로 실패하고 아들 손에 매를 맞게 된 사건 이후, 스스로의 잘못을 깨닫는다. 신교육은 웃음으로 비난을 면하지만 학교에 불을 지르는 행위는 아무런 해결책이 못 됨을 아리스토파네스는 알고 있다.

이 극의 제목 『구름』은 코러스 구름의 이름을 딴 것이다. 결과적으로 코러스는 액션의 도덕성을 강조하고 아이스킬로스적인 경건성을 덧붙인다. 스트렙시아데스의 정도를 벗어난 엉뚱한 행동을 비난할 때, 코러스는 악을 향해 기우는 자는 타락하게 되고 결국 고통을 통해 신에 대한 존중을 배우게 된다는 의미 있는 반응을 보인다. 빚을 지게 된 것은 아버지 잘못이 아니라 소비성 강한 아들 페이디피데스 탓이다. 그러나 풍자의 공격대상은 주로 소크라테스이고, 그를 통해 아테네의 수사학 교육을 공격하는 것이다. 소크라테스는 전통적인 종교와 도덕을 파괴하고, 도덕성이 결여된 자리에 허울 좋은 추리의 허튼소리가 대신한다는 점을 아리스토파네스는 지적하고 있다. 『구름』에서 소크라테스는 우스꽝스럽게도 자연과학, 특히 점성학과 기상학에 관심을 갖는다. 그런데 왜 아리스토파네스는 소크라테스를 공격하고 그를 조롱의 대상으로 삼는가? 그 이유 중 하나는 소크라테스는 수사학 소피스트로 잘 알려져 있었기 때문이다. 소피스트들은 절대적 진리를 인정하지 않고 수사학과 변론론에 의해 자기들의 주장을 관철하려 했기 때문이다. 더구나 아리스토파네스는 사회적 병을 공격하고 혹평하려면 그 원인이 되는 가장 대표적인 대상을 택하라는 교육을 받았다. 그래서 그는 정치에서는 클레온을, 교육에서는 소크라테스를 공격대상으로 삼았다.

아리스토파네스는 결국 인생의 모든 면에서 보수주의자였다. 지주의 아들인 그는 아테네가 펠로폰네소스전쟁으로 도덕성이 피폐해지는 것을 몹시 안타까워했고 새로운 극단적인 실험정신은 도시를 망치는 행위로 간주했다. 그가 소크라테스를 공격하는 데는 그만한 정당성을 갖는다. 왜냐하면 젊은 게으름뱅이들이 소크라테스의 변증법적 논리를 배워서 이들의 부도덕한 행동을 옳은 행동으로 주장하고 증명하려는 데 사용하였고, 신들은 더 이상 두려워할 대상이 아니라고 배웠기 때문이다.

▌『구름』

소크라테스 바보! 멍청이! 돌대가리! 내 숨결에 맹세코, 자네는 골 때리는 자로군.

고약한 입 냄새에 맹세코, 내가 한 말을 모두 까먹는

자네 같은 멍텅구리는 처음 보네.

신선한 공기를 마시면 도움이 될까?

스트렙시아데스! 침상을 들고 이리 나오게!

스트렙시아데스 빈대들이 나를 끌어당기고 못 가게 합니다.

소크라테스 그럼 거기 그대로 앉아서 내 말이나 잘 듣게.

스트렙시아데스 예, 그러지요.

소크라테스 이불을 들어 올리게.

스트렙시아데스 왜요?

소크라테스 생각을 할 수 있게 말이오! 머리를 박고 문제에 골몰하란 말이오!

스트렙시아데스 여기서는 안 돼요! 땅바닥에 뒹굴면서 생각할게요.

소크라테스 그건 안 돼. 이불 속으로 어서 들어가시오.

스트렙시아데스 (*들어가면서*)

우우- 아, 빈대들이 또 덤벼듭니다.

소크라테스 더 깊이 생각하란 말이오, 멍청이! 머리통을 박박 긁으시오.

머리통을 열어요. 한 가지 생각에만 집중해요.

그렇지, 머리를 비틀고, 뒤집고 뻗고, 던지고,

뛰어올라서 결론에 도달하란 말이오.

스트렙시아데스 난 수도 없이 몸을 돌리고, 돌고 돌았어요.

소크라테스 당신을 괴롭히는 게 뭐요?

스트렙시아데스 빈대가 날 뜯어먹고 있어요! 죽을 지경이오-

빈대들이- 떼를 지어 내 발가락을, 내 등을 물고 뜯어요.

피를 빨아 먹고 있어요. 오, 내 불알- 내 엉덩이-

여기저기 기어 다니면서 이것들이 내 온몸을 못 쓰게 합니다.

소크라테스　뭐가 괴롭힌다는 거요? 시끄러워!

스트렙시아데스　재산도 없어지고 내가 죽게 생겼어요.

엉덩이엔 물어뜯긴 혹 천지고,

신발도 없고, 평안도 희망도 사라지고—

죽은 자나 다름없이 되었다고요!

(*이불 밑에서 몸을 내리치고 있다.*)

소크라테스　(*이불을 들추면서*)

생각을 멈추지 말고 계속 생각만 하라니까.

스트렙시아데스　생각중이오.

소크라테스　무엇에 대해서?

스트렙시아데스　빈대들이 물기를 그치면 내 몸에 성한 곳이 얼마나 남아 있을
까 생각 중이오.

소크라테스　빈대들이 당신을 계속 물기 바라네.

벌레들아— 그 몸을 계속 먹어 치워라.

스트렙시아데스　이미 먹어 치웠소.

소크라테스　농땡이 치지 말아요. 이불 속에서 윙윙대란 말이오.

어떻게 해야 빚에서 해방할 것인지 그 궁리만 하라니까.

스트렙시아데스　(*이불 속으로 들어가면서*)

빈대에 물려 죽느니 차라리 생각에 뜯겨 죽는 게 낫겠군.

알았어요. 알았다고요. (*후퇴한다.*)

소크라테스　뭐라고? 저자가 무슨 생각을 하는 거야?

이보게, 잠들었나?

스트렙시아데스　(*이불 속에서*)

아닙니다.

소크라테스 그럼 무슨 생각을 하였소?

스트렙시아데스 아무 생각도 안 했소.

소크라테스 전혀 아무 생각도 안 한 거요?

스트렙시아데스 나를 깨무는 놈 생각만 했소. (*이불 밖으로 그의 성기를 흔들어 보인다.*)

소크라테스 얼간이, 바보, 이불을 덮으시오!

머리도 이불로 뒤집어쓰고, 오로지 생각에만 몰두하시오!

스트렙시아데스 (*머리를 이불 밖으로 내밀면서*)

무슨 생각을 하라는 겁니까?

소크라테스 그거 깊이 있는 좋은 질문 한 번 하는군.

당신이 알고 싶은 게 뭐요?

스트렙시아데스 몇 번이나 말해야 합니까!

빚에서 해방할 수 있는 손쉬운 방법을 알고 싶다고요.

소크라테스 좋소— 이불 속으로 다시 들어가시오.

(*스트렙시아데스는 다시 이불 속으로 기어들어 간다.*)

소크라테스 자, 이제 머리를 짜보시오. 그 문제에 대해 구석구석 푹 빠져서

문제가 당신을 삼켜버릴 때까지 머리를 짜내란 말이오!

스트렙시아데스 (*머리를 찰싹 때리면서*)

알아냈어요, 소크라테스 님.

소크라테스 무엇을 말이오?

스트렙시아데스 내 빚을 퇴치할 방법을 알아냈어요.

소크라테스 어떻게?

스트렙시아데스 상상해 보세요.

소크라테스   무얼 상상하란 거요?

스트렙시아데스   마녀를 하나 고용해서 달을 끌어내리고
　　　　　　　달을 상자에 넣어 두는 걸 상상해 보십시오.

소크라테스   그게 무슨 도움이 된다는 거요?

스트렙시아데스   달이 떠오르지 않으면 시간이 멈출 것이고, 그러면
　　　　　　　내 빚을 갚아야 하는 달이 오지 않을 것 아닙니까.

소크라테스   좋소. 내가 다른 문제를 하나 내겠소.
　　　　　당신에게 오천 달란트의 손해배상을 청구하면
　　　　　어떻게 그걸 벗어날 것인지 대답해 보시오.

스트렙시아데스   어떻게 하느냐? 모르겠는데요. 생각 좀 해봐야겠는데요.

소크라테스   생각을 깔고 앉아 뭉개지만 말고, 생각을 멀리 펴 보게.
　　　　　멀리 내보내서 자네를 붙들고 노는 빈대들처럼
　　　　　당신도 생각을 데리고 놀아보란 말이오.

스트렙시아데스   (*머리를 때리면서*)
　　　　　　　옳거니, 알아냈어요! 이건 아주 영리한 생각이오, 소크라테스 님.

소크라테스   답이 뭐요?

스트렙시아데스   가게에서 파는 투명한 돌이 있잖습니까?
　　　　　　　서로 부딪히면 불도 일으킬 수 있는 돌멩이 말이오.

소크라테스   화경(火鏡) 말이오?

스트렙시아데스   예, 맞아요. 그거 말입니다. 상상해 보세요.
　　　　　　　재판정에서 서기가 제 사건을 읽을 때
　　　　　　　제가 반대쪽에 있다가 화경을 사용해서
　　　　　　　기록에 있는 제 이름을 싹 태워버리면 되지요.

소크라테스   그거야말로 지혜로운 생각이군!

스트렙시아데스   와, 오천 달란트 소송을 드디어 물리치고 제가 해방되는 겁니다.

소크라테스   또 다른 문제 하나를 자네에게 주겠네.

스트렙시아데스   말씀해 보시지요.

소크라테스   자네는 피고일세. 사건이 자네에게 불리하게 되어

증인들이 필요하게 되었다고 합시다.

그런데 한 사람의 증인도 찾지 못한다면,

어떻게 재판관이 자네의 유죄선고를 막을 수 있겠는가?

스트렙시아데스   으음- 그건- 으음- 오, 그건 쉬워요.

소크라테스   어떻게?

스트렙시아데스   바로 앞에서 진행되는 사건 송사를 하고 있을 때

밖으로 뛰어나가서 목을 매달아 죽는 겁니다.

소크라테스   멍청이!

스트렙시아데스   아니오, 난 멍청이가 아니오.

제가 죽은 뒤에는 아무도 날 고소할 수 없잖습니까?

소크라테스   헛소리하고 자빠졌군.

난 이제 당신 선생 노릇을 하지 않을 것이니,

여기서 썩 나가주시오!

스트렙시아데스   오, 아니오, 아닙니다. 소크라테스 님, 제발!

소크라테스   당신은 내가 맨 처음 가르쳐준 것도 벌써 잊어버렸겠지!

그게 뭐였는지 기억이나 하나?

스트렙시아데스   생각할 시간 좀 주십시오. 맨 처음에 배운 게 무엇이었더라.

빵이오- 빵 만드는 거 아니었나요?

소크라테스   (*자리를 뜨면서*)

바보, 밥통. 노망한 얼간이, 건망증 환자.

그래 어서 가서 당신 목이나 매달아라.

어떻게 매다는지 방법을 알기나 하면 말이다.

(*퇴장한다.*)

『테스모포리아축제의 여인들』

▌ 작품 소개

　　이 극은 BC 411년 공연되었다. 제목은 여자들만 참여할 수 있는 "테스모포리아를 축하하는 여인들"이란 뜻으로, 풍년을 기원하기 위해 데메테르 여신에게 바치는 축제이다. 여인들은 이날 축제의 기회를 에우리피데스에 대한 복수를 토론하는 민회의 자리로 이용한다. 에우리피데스가 여성을 가리켜 살인적이며 저질이라고 악담하는 묘사에 대해 여자들은 분노하고 있다.

　　"오늘은 여자들이 페스티발에서 여자를 모욕했다는 죄목으로 나를 죽이려고 한다"는 에우리피데스의 이 대담한 언급이 이 극의 중심이다. 이날의 축제는 특별히 여성을 폄하하여 여성의 명예를 손상시키는 에우리피데스의 심판을 의제로 삼고 있다. 심판의 결과에 두려움을 느낀 에우리피데스는 여성스럽기로 유명한 동료 비극작가 아가톤에게 여자로 가장하고 몰래 민회에 참석하여 자기를 옹호해 줄 것을 부탁한다. 아가톤은 그의 극을 준비하느라고 이미 여자 옷을 입고 있다. 그러나 아가톤은 아테네 여인들이 여성적인 그를 질투하기 때문에 그의 정체가 발각되는 것을 두려워하여 에우리피데스의 청을 거절한다. 에우리피데스의 씩씩한 장인 므네실로쿠스가 아가톤 대신 참석하기로 한다. 에우리피데스는 장인의 남성적인 면모를 약화시키기 위해서 그의 수염을 깎고 그에게 아가톤의 여자 옷을 빌려 입히고 그를 여인들의 비밀재판 의식이 열리는 테스모포리아축제에 참여시킨다. 문제가 발생할 경우 에우리피데스가 그를 도우러 가겠다고 약속한다.

　　민회에서 여인들은 민주적인 시민처럼 행동하고 남자들처럼 심판관도 지명하고 회의록도 상세히 기록하며 진행한다. 민회의 절차를 시도하는 여인들의 모습이 아테네인들의 눈에는 아이들 놀이처럼 우스운 것이었다. 에우리피데스는 특히 미카와 관목상인, 이 두 여인들로부터 분노를 산다. 미카에 따르면 에우리피데스는 남자들에게 여자를 믿지 말라고 가르쳤고, 이로 인해 남편들은 아내들을 더욱 감시하게 되었다는 것이다. 헌제물의 부속도구들을 팔며 살아가는 관목상인은 종교에 의문을 던지는 에우리피데스의 태도 때문에 그녀의 생계를 망쳤다고 분개한다. 관목상인에 따르면 에우리피데스의 극은 불신앙을 조장해서 그녀의 생업인 화환장사가 어렵게 되었다는 것이다.

여자로 변장한 므네실로쿠스는 여자들의 행위는 사실 에우리피데스가 묘사한 것보다 훨씬 더 나쁘다고 선언하면서, 자기는 결혼한 여자인데, "우리는 어떤 놈팡이와 밤새도록 놀아나고 . . . 남편이 의심하지 않도록 아침에 마늘을 먹어요. 그러나 에우리피데스는 그런 말을 한 적이 없어요. 그자가 파이드라를 비방하기로서니, 그런 게 우리와 무슨 상관이 있겠어요?"라며, 남자친구와 놀아났고, 밀회 장소에서 성적 행위를 포함하여 자신이 저지른 죄를 자세히 읊어준다. 에우리피데스는 특별히 여성의 부정한 행위를 드러낸 것이 아니라는 암시를 므네실로쿠스가 보이자, 여인들은 그를 의심하고 주의 깊게 감시한다. 회원들이 성토하며 분노하고 있을 때 한 여자 전령이 다가오면서 질서는 회복된다. 이 전령은 아테네의 대사로서 악명 높은 동성연애자 클레이스테네스로 판명된다. 그는 에우리피데스의 스파이 노릇을 하는 한 남자가 이 자리에 참석해있다는 놀라운 소식을 전한다. 여인들은 민회 참석자들 가운데 정체를 알 수 없는 유일한 사람인 므네실로쿠스를 의심한다. 여자들이 그의 옷을 벗겨보니 과연 그가 남자임이 드러난다.

므네실로쿠스는 에우리피데스의 『텔레푸스』의 장면을 풍자적으로 연출하여 여자들이 그를 놓아주지 않으면 미카의 아기를 잡아 죽이겠다고 위협한다. 그러나 자세히 보니, 그 아기가 실은 사람이 아니라 포도주 가죽부대임을 알아본다. 그는 전혀 동요하지 않고 여전히 칼로 그 아기를 찌르겠다고 위협한다. 애주가인 미카는 "아기"를 놓아줄 것을 간청하지만, 회원들은 므네실로쿠스와 협상을 하지 않겠다고 하여, 므네실로쿠스는 어쨌든 아기를 칼로 찌른다. 미카는 그 귀한 피를 냄비에 열심히 받아 담는다.

한편 여자만 모이는 그곳에 한 남자가 불법으로 침입한 사실을 알게 된 남자 관리는 므네실로쿠스를 체포한다. 아테네의 경찰관에 해당하는 스키티아인의 손에 잡힌 므네실로쿠스를 구출하려고 에우리피데스는 결사적인 시도를 벌인다. 에우리피데스의 이런 모습은 매우 우스꽝스럽다. 에우리피데스는 앞으로 그가 쓰는 극에서는 절대로 여성을 모욕하지 않겠다는 약속을 하고 여인들과 협상한다. 여자들은 아테네의 죄수로 갇혀 있는 므네실로쿠스를 풀어주기를 주저하지만, 그의 도피 계획을 가로막지는 않을 것에 동의한다. 노파로 가장한 에우리피데스는 무희와 피리 부는 자를 대동하고 등장하여 스키티아인의 관심을 무희에게 돌려놓는 사이에 므네실로쿠스를 구출한다. 스키티아인은 이들의 도주를 알아차리고 잡으려고 시도하지만 코러스에 의해서 반대 방향으로 달려간다. 에우리피데스와 므네실로쿠스는 함께 도망하고 극은 행복하게 끝난다.

아리스토파네스의 아이디어에는 일련의 기이한 상황을 이용한 가시 돋친 신랄한 지적이 담겨 있다. 따라서 이 축제의 여인들의 말과 몸짓을 통해서 아리스토파네스는 실상 남자들로 구성된 아테네 모임을 공격하는 것이다.

생기 넘치고 재치 있는 이 극은 원기 왕성한 남녀의 성(性) 싸움에서 양쪽 모두 코믹한 상처를 입는다. 비극작가 에우리피데스는 아리스토파네스의 『아카르니아 주민들』과 『개구리』에서도 웃음거리의 대상이 된다. 아리스토파네스는 에우리피데스의 비관주의를 혐오하고 그의 젠체하는 태도, 그의 비참한 주인공들을 싫어한다. 그러나 예술적 태도에서 보수적인 에우리피데스에 대한 아리스토파네스의 혐오증은 독특하고도 예리한 상상력의 확대로 나타난다. 그 결과 활기찬 그의 희극이 보여주는 고도의 세련된 익살은 압도적이다. 극작가 아리스토파네스는 에우리피데스를 비난하기보다는 오히려 그에게 아부하는 것으로조차 보인다. 패러디에는 조롱이 전혀 없고 에우리피데스를 비난하는 여인들의 부당함도 증명되었다. 이 극을 본 이후에는 에우리피데스의 드라마를 액면 그대로 보기 어려울 것이라는 관객의 태도 변화를 작가 아리스토파네스는 의도했을지도 모른다.

▌『테스모포리아축제의 여인들』

(*에우리피데스와 그의 장인 므네실로쿠스가 등장한다.*)

에우리피데스 (*슬퍼하면서*)
　　　　오, 제우스, 제우스 신이여, 나를 기다리고 있는
　　　　오늘의 내 운명은 어떻게 될까요?

므네실로쿠스 왜 그리 비탄에 빠져 있는가? 끙끙 앓고 슬퍼하는 이유가 뭔가?
　　　　자네 장인인 내게 말해줄 수 있겠나?

에우리피데스 파멸이 저를 기다리고 있어요. 오! ―

므네실로쿠스 어떤 파멸을 말하는가?

에우리피데스 에우리피데스 이 몸이 살아날지, 죽게 될지, 오늘 판정이 나는 날
　　　　입니다.

므네실로쿠스 어떻게 그런 일이? 오늘은 여인들이 벌이는
　　　　테스모포리아축제 둘째 날이 아닌가.
　　　　법정도 열리지 않는 날인데 자네 무슨 그런 소리를 하나?

에우리피데스 바로 그겁니다! 그동안 여인들이 저를 제거하려고 음모를 꾸몄어요.
　　　　오늘이 바로 그 행동에 옮기는 날이어요!

므네실로쿠스 여인들이 무엇 때문에 자네를 제거하려 한다는 거야?
　　　　여인들 불만이 뭔데?

에우리피데스 제가 쓴 비극 작품에 자기들을 폄하했다는 이유 때문입니다.

므네실로쿠스 자네가 그렇게 쓴 건 사실이지. 심은 대로 거두게 되었군.
　　　　그래 어떻게 할 셈인가?

에우리피데스 아가톤에게 그 여자들 모임에 가서 저를 옹호해달라고 청할 참이
　　　　어요.

므네실로쿠스 아가톤인들 무슨 수가 있겠나?

에우리피데스   여인들 회의에 참석해서 저를 위해 주저하지 말고
                단호하게 변호해 달라고 부탁할 생각이에요.
므네실로쿠스   그럼 아가톤이 여자로 변장하고 참석해야겠군.
                아니면 자기 모습 그대로 갈 건가?
에우리피데스   물론 여자 옷을 입고 변장해야지요.
므네실로쿠스   멋진 발상이군. 자네 머리를 따라갈 자가 누가 있겠나.
                그리고 또- (*그때 문이 열린다.*)
에우리피데스   쉿! 조용히 하세요!
므네실로쿠스   왜 그러나?
에우리피데스   아가톤이 오고 있어요.

(*턱에 수염이 없는 아가톤이 여자 옷 입은 치장을 하고 나온다.*)

므네실로쿠스   그가 어디 있다는 거야?
에우리피데스   저기 오고 있어요. 안 보이세요?
므네실로쿠스   내 눈엔 안 보이는데. 내 눈이 멀었나?
                남자는 안 보이고, 여자만 한 명 보이는데.
에우리피데스   조용히 기다리세요. 아가톤이 노래를 부르려고 합니다.

(*아가톤이 목청을 가다듬는다.*)

므네실로쿠스   노래는 잘 부르는군. 저 친구 목소리 하나는 끝내주는구나!

(*아가톤은 달콤하게 노래한다. 처음에는 코러스장(長)의 역할로 부르고, 다음에는 과장된 몸짓으로 이에 반응을 보이는 코러스 역할로, 두 역을 번갈아 노래한다.*)

코러스장   춤을 추어요. 여인들이여, 소리치며 춤을 추어요.
          여신을 찬미하며 횃불을 높이 들어요.
          자유로이 춤추고 탄성을 올리세요.

코러스   자매들이여, 우리의 축가는 어느 신을 위한 것입니까?
          신들을 위해 노래합시다.

코러스장   황금 활을 매고 있는 강력한 궁수
          포이보스 아폴로를 찬양하시오. 오!

코러스   최고의 영광의 노래를 아폴로 신에게 바칩니다.
          춤을 추세요, 어서요. 우리는 뒤따라가겠어요.
          그대들은 상으로 가죽끈을 받았지요

코러스장   처녀 사냥꾼 아르테미스 여신을 찬미하세요.
          여신은 안개 속을 뚫고 숲속을 가로질러
          산속을 오르내리는 순결한 처녀입니다.

코러스   아르테미스, 아폴로의 누이여,
          여신을 위해 춤을 춥시다. 오, 오, 오.
          아무도 범하지 않은 흰 눈처럼 순결한 처녀여!

코러스장   두 남매의 어머니 레토여, 레토를 위해
          현악기 반주에 맞춰 노래하며 춤을 춥시다.
          우리 가슴에 불길을 일으킵시다.

코러스   오, 레토, 레토, 레토. 노래와 춤의 어머니시여,
          레토 여신을 위해 그리고 아르테미스와 아폴로를 위해
          무아경에 취해서 황홀하게 노래합니다.

코러스장   레토의 눈은 빛나고 여신은 우리의 노래를 듣고 흥분하십니다.
          그녀는 아들 아폴로를 오늘 밤 우리에게 내려보낼 것입니다.
          레토의 위대한 아들 아폴로 만세!

므네실로쿠스   오, 얼마나 신성한 목소리인가! 얼마나 달콤한 노래인가!

부드럽고 여성스럽고 참으로 절묘한 목소리로다.

듣고 있으니 온몸이 떨리는군.

(*아가톤에게*) 여보시오,

내가 당신에게 아이스킬로스 식으로 묻겠는데, 당신은 어디 출신이오?

어느 나라 사람이오? 그 복장은 또 뭐요?

여기 널려 있는 불가사의한 이 잡다한 것들은 다 뭐요?

현악기와 머리에 쓴 그물망,

씨름 선수와 브래지어, 이런 것은 서로 어울리지 않지.

손거울과 거대한 칼자루 사이에 무슨 공통점이 있나?

그대는 대체 뉘시오? 남자인 척하는 것이오?

그렇다면 남성 도구로 무얼 하였소?

그대가 여자라면, 그렇다면 젖가슴은 어찌 되었소?

말해 줄 수 없는 것이오?

말해 주지 않으면, 내가 보고 판단할 수밖에 없겠구려.

오, 노래와 춤- 오- 황홀한지고!

아가톤 여보시오, 영감님, 당신은 나를 시기하는 거요?

그래 보았자 내 화를 돋우지는 못하오.

난 내 역할에 따라 옷을 입으니까.

시인은 그가 창조하는 인물에 빠져야 합니다. 아시겠어요?

그래서 여자를 무대에 올리려면

여성이 어떤 것인지 그 체험을 나 스스로 익히고

이에 익숙해져야 하는 것이라오.

므네실로쿠스   (*혼잣말로*)

파시파에 왕비에 대한 극을 쓰려면 황소 노릇도 해봐야 하는 건가?

아가톤   한 남자에 대해 쓰려면. . .

(*그는 꼬고 앉았던 다리를 푼다. 그러자 그의 성기가 튀어나온다.*)

아, 난 모든 역할을 할 준비가 되어 있어요.

그러나 자연이 허락하지 않은 부분에 대해서는

모방을 할 수밖에 없지요.

므네실로쿠스　(*혼잣말로*)

사티로스극을 쓴다면 저 사람을 내가 지지하겠다.

축 처져버린 남성의 도구, 저자가

저걸 다시 일으켜 세울 수만 있다면 말이지.

아가톤　수염을 덥수룩하게 기르고 털북숭이가 되는 건

시인에게는 비문명적이라오. 이비오스, 아나크레온, 알카에우스,

이들을 상기해 보세요. 이들은 모두 머리에 리본을 달고

나처럼 속도가 느린 이오니아 춤을 추었지요.

프리니쿠스도 그랬어요. 영감님도 그를 보았지요?

옷에도 신경을 많이 쓰면서, 아주 아름답게 치장하지 않았던가요?

그렇기 때문에 그의 극은 스타일이 돋보인다고 말할 수 있어요.

므네실로쿠스　오, 그래서 그 흉측한 필로클레스가 그런 흉측한 극을 쓰는군.

사악한 크에노클레스는 사악한 극을 쓰고,

차가운 테오그니스는 역시 얼음장 같은 극을 쓴단 말이지.

아가톤　바로 그거요. 그래서 나 자신이 이렇게 특별한 행동을 합니다.

므네실로쿠스　어떤 특별한 행동을 한다는 거요?

에우리피데스　아버님, 저 친구를 괴롭히지 마세요.

저도 글쓰기를 시작하던 처음에는 그랬거든요.

므네실로쿠스　(*아가톤에게*)

난 자네의 훈련이 부럽지 않소.

에우리피데스　(*아가톤에게*)

아가톤, 내가 왜 자네를 찾아왔는지 들어보시오.

아가톤　　무슨 일로 날 찾아 왔소?

에우리피데스　　아가톤– 현명한 사람은 말을 아껴서 해야 합니다.

(*잠시 침묵이 흐른다.*)

내가 잔혹한 운명을 맞게 되었다오.

그대의 도움이 필요해서 찾아왔소.

아가톤　　원하는 게 무엇이오?

에우리피데스　　여인들이 오늘 여성 축제에서 나를 제거하려는 투표를 합니다.

여인들에 관해 쓴 내 글 때문에 그들이 날 죽이려 하고 있소.

아가톤　　그런데 내가 할 수 있는 게 무엇이오?

에우리피데스　　그대가 몰래 여인으로 가장하고 여인들 틈에 끼어서

나에 대한 규탄을 반박하고 나를 부디 구해주기를 바라오.

그대만이 나를 구할 수 있소. 그대만이 반박할 수 있어요.

아가톤　　에우리피데스여, 왜 당신 자신이 직접 가지 않는 거요?

스스로 직접 변론하면 되지 않소.

에우리피데스　　그건 가능하지 않은 일이오. 여인들은 나를 이내 알아볼 것이오.

난 이 긴 수염이 있고 몸에 털도 많고– 머리도 온통 하얗고,

그러나 그대는 부드러운 고운 피부에 귀여운 모습이고,

노래도 소녀처럼 잘 부르고 섬세하고–

아가톤　　에우리피데스!

에우리피데스　　어?!

아가톤　　에우리피데스, 그대가 한 말을 인용하겠소

"너는 너 자신의 삶을 사랑하면서

너의 아버지도 자신의 삶을 사랑한 것을 깨닫지 못하느냐?"

에우리피데스 그래, 그 말은 내가 했소.

아가톤 그렇다면 어째서 내가

내 몸이 찢기는 위험을 감수해야 한다는 겁니까?

그건 미친 짓이오. 당신의 비극적 운명은

당신 스스로 맞이할 수밖에 없어요.

그대 스스로 자초한 일이오.

(*우아하게 인용하면서*) 불행을 피할 수 없으니

(*무대를 나가면서*) 담담하게 인내심을 갖고 받아들여라.

에우리피데스여, 우아하게 말이오, 아주 우아하게.

(*에우리피데스는 바닥에 털썩 주저앉는다.*)

『개구리』

▌작품 소개

　　『개구리』는 아리스토파네스의 초기 극이 보여준 성격과는 다르다. 이 극은 어떤 대가를 치르더라도 펠로폰네소스전쟁을 끝내야 한다고 정치적으로 주장하며 평화를 노래하는 아리스토파네스 초기의 반전극 계열에 속하지는 않는다. 이 극의 공연은 기원전 405년 에우리피데스(485/4-407/6 BC)의 사망 후, 아테네와 스파르타 간의 펠로폰네소스전쟁(431-404 BC)이 끝나기 1년 전이었다. 승리는 했으나 전쟁으로 국력이 약해진 아테네는 위대한 비극시인들에게 조언을 듣고 싶었지만 이들은 이미 세상을 떠나고 없었다. 연극 축제의 수호신인 디오니소스는 공연작품의 지적 수준이 과거와 달리 낮아진 것에 크게 실망하여 지하세계 하데스에서 에우리피데스를 지상으로 다시 불러올 결심을 한다.

　　디오니소스는 지하세계 하데스의 공포와 맞서서 에우리피데스를 지상으로 데려오는 기발한 착상의 익살스러운 상황을 만든다. 이와 같이 극은 논리적 모순의 우스꽝스러운 부조리로 시작한다. 『개구리』를 쓰기 바로 얼마 전에 에우리피데스의 『바쿠스 여신도들』이 공연된 사실은 중요하다. 에우리피데스는 『바쿠스 여신도들』의 디오니소스를 신비하고 강력한 인물로, 공포를 모르는 복수심 강한 인물로 그렸다. 그러나 『개구리』의 작가 아리스토파네스는 디오니소스를 약하고 겁 많고 무사태평주의 신으로 그린다. 그런 평범한 신을 우쭐하게 만들어 준 에우리피데스를 디오니소스는 이 세상에 다시 불러오기를 원한다.

　　디오니소스는 지하세계로 가는 도움을 얻고자 그의 하인 크산티아스를 대동하고 헤르쿨레스를 찾아간다. 그는 그의 이복형제 헤르쿨레스가 한 때 하데스로 내려가서 케르베로스 개를 데려온 것을 상기하고 헤르쿨레스를 흉내 내어 자기도 사자가죽 옷을 입고 곤봉을 들고 그를 찾아간다. 헤르쿨레스는 여성스러운 디오니소스가 자기처럼 치장한 모습을 보고 웃음을 참지 못한다. 디오니소스는 헤르쿨레스에게 아테네 비극의 질이 천박해지고 지금 살아있는 시인들은 시시하기 때문에, 에우리피데스가 필요하다는 그의 여행 목적을 이야기한다. 디오니소스는 헤르쿨레스가 택했던 것처럼 호수를 건너기로 하고 그의 노예 크산티아스와 함께 출발한다. 노예 신분의 크산티아스는 배를 탈 수 없기 때문에 호수 주위를 걸어가서, 둘은 호수 건너편에서 서로 만나기로 한다. 호수에서는 개구리들이 "브레케케켁스-코악스-코악스"를 극성맞게 울어댄다. 개구리들의 아우성은 디오니소스의 신경을 심히 건드린다. 지겨움을 견디다 못한 그는 반항적으로 개구리 흉내를 내고 이들의 떼창보다 더 큰 소리로 압도하여 개구리들을 어리둥절하게 만든다. 이 극의 제목 『개구리』는 여기서 따온 것이다. (이 책의 발췌한 부분도 개구리 장면이다.)

여행을 시작한 지 얼마 되지 않아 디오니소스는 겁쟁이임이 드러난다. 디오니소스는 그의 겉치장 때문에 헤르쿨레스로 오인받아 곤욕을 치른다. 상황에 따라 유리하면 사자가죽 옷을 자신이 입고, 불리하면 크산티아스에게 입히는 디오니소스는 이기적이고 기회주의적인 태도를 취한다. 여행 중 사람들 앞에서 디오니소스가 잘못할 때마다 크산티아스는 주인을 무능하게 보이지 않도록 즉흥적으로 끼어드는 재치를 보인다. 디오니소스가 계속 실수를 일으키는 여행길 모험은 쾌활한 장면의 연속이다.

이 극의 핵심은 에우리피데스와 아이스킬로스 두 사람 중 누가 드라마의 장(長)을 차지할 것인가를 결정하는 문제에 있다. 최근에 사망한 에우리피데스는 지하세계의 지배자 하데스 앞에서 "가장 위대한 비극시인"의 위치를 놓고 아이스킬로스에게 도전한다. 에우리피데스는 비극의 왕좌를 요구하고 왕좌의 주인인 아이스킬로스는 자신의 위치를 방어한다. 두 작가는 시험대에 오르고, 디오니소스는 그의 신분이 밝혀지면서 재판관 자리에 앉게 된다. 소포클레스는 아리스토파네스가 이 극을 쓰고 있는 동안 사망했지만, 그는 아이스킬로스가 승리하면 만족할 것이고, 에우리피데스가 승리하면 소포클레스 자신도 경쟁에 도전하겠다고 한다. 소포클레스는 아이스킬로스의 비극은 위엄과 고도의 도덕성을 강조하지만, 에우리피데스의 비극은 타락한 취향과 부도덕성을 드러낸다며 비난한다. 에우리피데스는 자신의 작품이 더 사실적이며 지적 능력이 돋보이고 현대성이 있음을 주장하는 반면, 아이스킬로스의 작품에 대해서는 과장된 언어 사용 때문에 알아들을 수 없음을 지적한다. 두 작가는 그들의 극에 사용된 대사를 읊으면서 상대편을 조롱한다. 에우리피데스는 자기가 창조한 인물들이 인생에 더 진실하고 논리적이라서 훨씬 우수하다고 주장하는 반면, 아이스킬로스는 자신의 이상화된 인물들이 영웅적이고 도덕적인 모델을 제시해주기 때문에 더 뛰어나다고 주장한다. 이들은 서로 상대방의 대사를 예로 들어가면서 번갈아 조롱하고 공격하고 역습하고 반박한다. 예컨대, 코러스 격보(格步)와 서정적 비가를 서로 조롱하고 반박하며 경쟁을 벌이는 동안 디오니소스는 사이사이 끼어들어 원래의 그의 농담 역할을 계속한다.

결론이 쉽지 않자, 토론을 끝내기 위해서 어느 쪽이 우위를 차지할 것인지 결정할 저울을 가져온다. "저울만이 우리 두 사람의 시를 검증할 수 있을 것이오. 우리의 표현의 무게가 결정적인 증거가 될 테니까" 하고 아이스킬로스가 제안한다. 어느 쪽이 더 무거운지 두 작가의 시행의 무게를 달아보고 결정하자는 것이다. 심판관 디오니소스는 "나는 결국 두 시인의 예술을 치즈처럼 무게를 달지 않을 수 없게 되었군" 하고 이 제안을 받아들인다. 이런 기상천외한 아이디어에 대해 코러스는 "아아, 천재들은 수고를 아끼지 않고, 새롭고 놀라운 기발한 짓을 꾸며내는구나! 보통 사람 같으면 상상이나 할 일인가?" 하고 반응한다.

저울추가 기우는 쪽이 이기는 것이다. 두 작가는 심판관 디오니소스가 "멈춰!" 할 때까지 저울판 안에다 대고 각자의 시행/대사를 읊는다. 에우리피데스는 "아르고 선" "언어" "무쇠 몽둥이"가 들어 있는 시행을, 아이스킬로스는 "스페르게이오스강" "죽음" "전차 두 구와 시신 두 구"가 들어 있는 시행을 읊는다. 세 번에 걸친 시합에서 세 번 모두 아이스킬로스의 시행 쪽으로 저울추가 기운다. 그럼에도 디오니소스는 누구의 손을 들어 줄 것인지 결정을 내리지 못하고 주저한다. 디오니소스는 아이스킬로스를 존경하지만 에우리피데스에게서 맛보는 즐거움이 더 크기 때문이다.

시인의 임무에 대한 격론이 벌어진다. 아이스킬로스는 "우선 살펴야 할 것은 뛰어난 시인들이 공동체에 얼마나 기여했냐는 점"이라며 에우리피데스에게 "그대는 무엇 때문에 시인이 경탄의 대상이 된다고 생각하는지 말해보시오" 하고 묻는다. 에우리피데스는 "시적 재능과 조언, 그리고 우리가 시민들을 더 나은 사람들로 만들기 때문"이라고 답한다. 시인의 역할은 인간을 개선하는 데 있다는 점에 두 사람은 합의를 본다. 지하세계의 지배자 하데스는 최종 결정을 시민사회에 유익을 주는 기준으로 평가할 것을 디오니소스에게 주문하고 결과를 재촉한다. 이 부분이 우리의 관심을 끈다. 특별히 시민사회에 끼치는 시의 가치와 시민교육에 방점을 두는 부분은 흥미롭다. 디오니소스는 도시를 구하기 위해 좋은 충고를 하는 쪽을 택하기로 결정하고, 결국 누가 나라에 봉사를 더 많이 했느냐, 아테네가 무엇을 해야 하는가 하는 정치적 문제로 이 딜레마를 해결하기로 한다. 디오니소스는 "먼저 각자 알키비아데스에 대해서 어떻게 생각하는지 말해보시오. 도시는 지금 진통을 겪고 있기 때문이오" 하고 문제를 던진다. 소크라테스의 제자였던 알키비아데스(450-404 BC)는 펠로폰네소스전쟁(431-404 BC) 와중에 자신의 정치 신조를 여러 차례 바꾼 자로 아테네의 중우정치를 대표하는 선동적인 정치가였다. 이 문제는 그 당시 뜨거운 이슈였다.

에우리피데스는 말을 영리하게 하지만 그의 특유의 수수께끼 같은, 근본적으로 의미 없는 답변을 하는 반면, 아이스킬로스는 더 실질적인 충고를 한다. 디오니소스는 에우리피데스 대신 전통 가치를 대변하는 아이스킬로스를 살리기로 결정한다. 하데스는 아테네가 필요로 할 때 도시를 구할 수 있도록 아이스킬로스의 환생을 허락한다. 디오니소스는 결국 공공도덕의 준수자인 아이스킬로스를 지상으로 데리고 간다. 하데스를 떠나기 전에 아이스킬로스는 그가 없는 동안에 에우리피데스가 아닌 소포클레스가 그의 위치를 맡아 줄 것을 선포한다. 비록 아리스토파네스가 아이스킬로스를 좋아했을지라도, 시험대에 오른 아이스킬로스는 아리스토파네스로부터 에우리피데스가 받은 만큼이나 치명적인 타격을 입었다.

고대아테네 연극예술의 수호신은 디오니소스이다. 이 극에서 디오니소스는 여성스러운 겁쟁이로 연극에 대해 어설픈 지식을 가진 자로 그려져 있다. 그리고 우스꽝스럽게도 헤르쿨레스의 사자가죽 옷과 곤봉을 착용하고 지하세계로 가는 강에서 직접 배를 젓는 인물로 축소되어 있다. 영웅 헤르쿨레스도 그 비슷하게 촌스럽고 경박한 망나니로 그려진 반면, 디오니소스의 노예 크산티아스는 이들보다 영리하고 더 이성적인 인물로 등장한다. 이처럼 디오니소스를 철저히 오그라트린 아리스토파네스는 그를 심판자로 삼아 아이스킬로스와 에우리피데스를 무대에 올려놓고 우스운 논쟁을 벌이게 한다. 에우리피데스는 하데스에서 무례한 존재로 보인다. 아리스토파네스는 최근에 죽은 아이스킬로스의 명예 위치를 에우리피데스가 차지하고 싶어 하는 인물로 설정함으로써 에우리피데스를 마치 낮은 계층 출신의 벼락 출세자처럼 보이게 한다. 『아카르니아 주민들』과 『테스모포리아축제의 여인들』에서도 그는 에우리피데스를 우스꽝스러운 놀림감의 인물로 등장시킨다. 아리스토파네스는 아테네 정치와 도덕성이 퇴락한 책임이 부분적으로 에우리피데스에게 있다고 생각한다.

에우리피데스는 당시의 사회적 문제에 비극을 사용했는데, 희극작가 아리스토파네스는 비극작가를 선전용으로 이용한 것이다. 당시에는 극장이 유일한 선전장으로 대중의 견해를 통제하기 위한 전쟁터였다. 에우리피데스가 시도한 것은 비극과 희극의 차이를 좁힌 것이다. 그러나 철학자 아리스토텔레스가 그를 용서할 수 없어 했던 것은 에우리피데스가 전통적인 기존 제도를 무너트린 개혁주의자였기 때문이다. 에우리피데스의 오랜 작가 생활 동안 아테네 정치와 삶이 타락한 것은 사실이지만, 이렇게 만든 진정한 악당은 27년간 펠로폰네소스

전쟁을 일으킨 정치 선동가들 때문이었다. 직접적인 그 책임을 극작가에게 물을 수는 없다.

사회적으로 아이스킬로스는 아테네의 영웅으로 애국적인 미덕을 대변하고 에우리피데스는 타락한 당대의 사회를 대변하는 것으로 비친다. 아리스토파네스에 따르면 에우리피데스는 하층계급 출신이고, 공개적으로 하데스의 관객은 궤변을 좋아하는 중죄인들로 구성되어 있다고 말한다. 그러나 아리스토파네스가 에우리피데스를 진정으로 공격하는 것은 정치적 차원에서이다. 선동가들이 비틀어 놓은 논리는 사실은 그들이 에우리피데스에게 배웠기 때문이라는 것이다. 아이스킬로스와 에우리피데스 사이의 경쟁은 결국 정치적으로 어느 쪽이 더 좋은 충고를 제공하느냐에 달렸다. 그래서 아이스킬로스가 낙승을 거두고 디오니소스는 아테네인들에게 미덕을 가르치도록 그를 지상으로 다시 불러온다. 그러나 『개구리』는 스파르타와 평화협정을 맺는 게 낫다고 생각하는 아테네 사람들이 많았던 위기의 시대에 쓰였음을 기억해야 한다. 펠로폰네소스전쟁은 1년 이상 더 지속되었다. 『개구리』는 아테네 정치의 민감한 상태에 관심을 보임에도 불구하고 정치적이라기보다는 당시 아테네의 저급한 드라마의 질적 문제를 그 주제로 삼고 있다. 여기서 두 가지 문제를 들여다볼 필요가 있다. 신들에 대한 아리스토파네스의 태도는 어떤 것이며, 그가 그토록 조롱하는 시인 에우리피데스에 대한 태도는 과연 어떤 것인가? 이 극을 읽을 때 아리스토파네스의 에우리피데스에 대한 깊은 반감이 그를 공격한다고 생각한다면, 이는 아리스토파네스 희극의 요지를 놓치는 것이다. 희극작가의 익살스러운 농은 언제든지 농으로 받아들여야 한다. 물론 모든 조롱과 우스갯소리 뒤에는 전통적인 가치를 보호하려는 진정한 의도가 있다.

『개구리』는 오늘날에도 신선한 열기를 보여주는 작품으로 그리스극작가들의 자질을 분석함에 있어서 특별한 관심을 갖게 한다. 극 구조의 통일성, 플롯의 창의력, 기발한 사건들, 인간과 신들의 사소한 약점과 어리석음에 대해 재치가 넘치면서 감정이 우러나는 대사들, 이런 요인들이 이 작품을 가장 우수한 풍자극으로 만들어준다. 사회적으로 이토록 힘들고 편견이 심한 시대였음에도 불구하고 『개구리』 같은 어느 시대에나 호소력 있는 즐거운 희극을 탄생시킨 것은 놀라운 일이다. 정치적 혼란이 계속되는 동안에도 그리스의 고전문화는 더욱 완숙해진 것이다.

그런데 여기서 한 가지 짚어 볼 부분이 있다. 에우리피데스와 소포클레스의 죽음으로 비극의 위대한 시대는 지나갔다. 『개구리』는 이에 대한 애가이다. 그러나 다른 한편 이는 희극 자체에 대한 애가일 수도 있다. 왜냐하면 비극 장르와 아리스토파네스나 셰익스피어가 보여주는 종류의 희극 장르 사이에는 유기적인 연결이 있다. 『개구리』에서 아이스킬로스와 에우리피데스, 두 시인이 벌이는 치열한 논쟁에서, 도시국가의 도덕성과 정치적 삶의 형성에 있어서 시인의 상상력의 역할이 왜 중요한지 그 이유를 설명할 때 두 장르의 연결성이 드러난다. 에우리피데스가 그의 신화를 사실주의로 물들이고 그의 시를 논리로 맛을 내려는 것은 드라마의 전통적인 토대를 파괴하는 데 조력하는 것이다. 따라서 이성적인 언어로 덧입은 사고는 점점 철학가들의 영역으로 넘어가고, 시와 드라마의 지평은 계속 그 한계가 좁아지게 되었다. 기원전 5세기 아테네는 20세기 유럽이나 미국처럼 영웅적인 이상은 전쟁의 긴 과정을 거치면서 산산조각이 나버렸고, 이성과 지성에 근거한 새로운 철학의 확실성도 파손되는 것을 보았다. 사회적, 정치적 도덕성의 전통적인 근거가 희미해지면서, 현재의 우리 사회처럼 비극과 희극을 체험하는 기존 영역도 무너졌다. 장르의 구별은 식별할 수 없이 혼란되어, 이제는 형식의 차이조차 의미 없는, 어울리지 않는 게 되었다. 그럼에도 21세기 오늘을 살아가는 보통 사람들은 영웅을 필요로 하고, 영웅이 그리워지는, 기다려지는 시대에 살고 있다는 생각이 든다.

▌『개구리』

개구리들 깨골 깨골 깨골 깨골 – 끄르륵 끄르륵
　　　　　우리는 펄떡펄떡 늪 속에서 튀어 오르고,
　　　　　늪지와 물속에서 징얼 징얼 징얼 징얼 튀어 오른다.
　　　　　우리는 큰 소리로, 더 큰 소리로 제일 큰 소리로 목청을 높인다.
　　　　　우리는 개구리들이다! 디오니소스 신이여,
　　　　　인간들이 술 먹고 끄르륵거리고 토하고 비틀거리고
　　　　　늪지에 빠질 때 우리는 그대를 위해 노래하노라.

디오니소스　(*배 안에서*)
　　　　　엉덩이가 배겨 죽겠어!

개구리들 깨골 깨골 깨골 깨골!

디오니소스　노를 젓기에는 내 손이 너무 섬세하단 말이다.

개구리들 깨골 깨골 깨골 깨골.

디오니소스　너희들은 관심도 없느냐? 시끄럽다, 깨골들아.
　　　　　너희들 다리와 몸통을 요리해 먹어버릴 테다.

개구리들 들을 줄도 모르는 몹쓸 귀를 달고 있군.
　　　　　우린 개구리들이오.
　　　　　인간에게 알려진 가장 오래된 합창을
　　　　　우리가 부르는 겁니다.
　　　　　피리 부는 판 신도 그의 피리를 여기서 얻었어요.
　　　　　아폴로 신도 그의 현악기 줄을 우리가 살고 있는
　　　　　바로 이 커다란 늪에서 자라나는 갈대로 수선합니다.
　　　　　깨골 깨골 깨골 깨골.

디오니소스　내 엉덩이에 물집이 생겼어, 이것들아.
　　　　　구부릴 때마다 흐르는 땀이 따가워 죽겠다.

개구리들 깨골 깨골 깨골 깨골

디오니소스 너희들 냄새가 지독하구나! 이제 그만 좀 지껄여!

　　　그 우는 소리 좀 그만 그치라고!

개구리들 깨골 깨골 깨골 깨골.

　　　우린 절대로 노래를 그치지 않을 거요.

　　　우린 계속 노래를 부를 거요!

　　　햇빛 아래 발길질할 때처럼,

　　　흙탕물에서 햇빛으로 뛰어오를 때처럼,

　　　우린 계속 노래할 것이오

　　　비가 오면 바위에서, 물가에서,

　　　연꽃 잎새 위로 뛰어 다니면서

　　　더 많은 노래를 부를 것이오.

　　　물거품을 부글부글 꼭대기까지 떠올리며

　　　뽀락 뽀락 뽀락 뽀락—

디오니소스와 개구리들 깨골 깨골 깨골 깨골.

디오니소스 내 소리가 더 크다.

개구리들 당신 소리가 더 크면 우린 죽은 거나 다름없겠군.

디오니소스 내 소리가 더 크지 않으면 난 터져버릴 것이다.

　　　아이고, 쓰라린 내 엉덩이.

　　　아이고, 내 귀청 떨어지겠네.

개구리들 깨골 깨골 깨골 깨골.

디오니소스 내 소리가 더 크다. 깨골 깨골 깨골 깨골.

　　　울 테면 울어라, 이것들아.

　　　방귀쟁이 개구리들아.

개구리들 우린 트림하고 토하고

　　　숲에서 고약한 냄새가 나게 할 거고,

온종일 소리 지를 것이오.

깨골 깨골 깨골 깨골

디오니소스   (*더 큰 소리로 개구리들을 물리친다.*)

깨골 깨골 깨골 깨골.

들어봐라. 내 소리가 더 크다.

끝없이 올라가는 내 소리를 너희는 이길 수 없어.

개구리들 그럼 우리는 소리를 낮춰서 울 것이오.

디오니소스   깨골 깨골 깨골 깨골.

너희들이 나한테 놀라서 나가자빠질 줄 몰랐겠지!

이제는 내가 개구리 왕이다.

앞으로 조심해라.

난 하루 종일 울 테니까.

깨골 깨골 깨골 깨골.

(*개구리들은 민망해서 잠잠히 조용해진다.*)

그것 봐라. 결국 내가 이겼어.

너희들을 잠재웠지 않았느냐!

송옥

서울 출생. 고려대학교에서 영문학을 공부한 후, 미국 센트럴 워싱턴 대학(Central Washington University)에서 아동드라마로 석사학위를 받고, 오리건 주립대학(University of Oregon)에서 희곡문학으로 박사학위를 받았다. 한국현대영미드라마학회장과 한국고전르네상스영문학회장을 역임했으며, 고려대학교 영어교육과 교수를 지낸 후, 현재 고려대학교 영어교육과 명예교수로 있다. 저술에는 「Oedipus Rex와 비극정신」「Teaching Shakespeare: 텍스트와 무대」「The Ghost Sonata에 나타난 소나타형식의 영향」을 비롯한 많은 논문 이외에, 창작 시화집『참새들의 연가』『메데이아』『셰익스피어: 독백과 대사』『어린이와 어른을 위한 영시』『성경이야기: 청소년을 위한 2인극』『극으로 읽는 고전문학』『극으로 읽는 그리스신화』 등이 있다.

그리스드라마 명장면 20선

편집 및 번역 송옥

발행일 2021년 3월 5일
발행인 이성모
발행처 도서출판 동인
주 소 서울시 종로구 혜화로3길 5 118호
등 록 제1-1599호
TEL (02) 765-7145 / **FAX** (02) 765-7165
E-mail dongin60@chol.com
Homepage www.donginbook.co.kr
ISBN 978-89-5506-838-2
정 가 18,000원